# 怪咖奇异 事件簿

STRANGE EVENT

## 游 戏 匿 踪

蔡必贵 ◎ 著

贵州出版集团
贵州人民出版社

### 图书在版编目（CIP）数据

怪咖奇异事件簿．游戏匿踪 / 蔡必贵著．-- 贵阳：贵州人民出版社，2022.10
　　ISBN 978-7-221-17040-8

Ⅰ．①怪… Ⅱ．①蔡… Ⅲ．①长篇小说－中国－当代 Ⅳ．① I247.5

中国版本图书馆CIP数据核字（2022）第 003089 号

## 怪咖奇异事件簿·游戏匿踪
GUAIKA QIYI SHIJIANBU · YOUXI NIZONG

蔡必贵 / 著

---

| | |
|---|---|
| 出 版 人 | 王　旭 |
| 责任编辑 | 潘　媛 |
| 装帧设计 | 王　鑫 |
| 出版发行 | 贵州出版集团　贵州人民出版社 |
| 地　　址 | 贵阳市观山湖区会展东路SOHO办公区A座 |
| 邮　　编 | 550081 |
| 印　　刷 | 大厂回族自治县德诚印务有限公司 |
| 开　　本 | 620mm×889mm　1/16 |
| 印　　张 | 17 |
| 字　　数 | 206 千字 |
| 版次印次 | 2022 年 10 月第 1 版　2022 年 10 月第 1 次印刷 |
| 书　　号 | ISBN 978-7-221-17040-8 |

---

定　价　49.00 元

# 怪咖奇异 事件簿 | 目录
STRANGE EVENT

| 第 一 章 | "猴子"死了 | 001 |
| 第 二 章 | 又见梁警官 | 017 |
| 第 三 章 | 协助调查 | 031 |
| 第 四 章 | 鬼叔的猜想 | 047 |
| 第 五 章 | 摘星录 OL | 062 |
| 第 六 章 | TIT 公司 | 083 |
| 第 七 章 | 游戏公司群像 | 100 |
| 第 八 章 | 邀约 Vicky | 119 |
| 第 九 章 | 吾将净化尔等 | 136 |
| 第 十 章 | 另有其人 | 153 |

| 第十一章 | 不成功便成仁 | 169 |
| 第十二章 | 来自未来的策划案 | 186 |
| 第十三章 | 3217号蔡必贵上线 | 198 |
| 第十四章 | 果然是她 | 213 |
| 第十五章 | "登录"身体 | 242 |
| 第十六章 | 终局险胜 | 252 |

# 第一章
## "猴子"死了

嗡——床头柜上的手机震了一下。

估计又是"我司可代开发票""某宝旗舰店新年大回馈""专业代理银行贷款"之类的推送。我在床上翻了个身,准备继续睡。早春的天气本来就适合睡懒觉,何况外面还下着雨。

嗡,又一下。我骂了一句,往床头柜摸去,扯开下面的充电线,拿过手机,睁开惺忪的睡眼,一看手机屏幕,前后两条短信,都是同一个人发的。

第一条:"叔,快上QQ!"

第二条:"猴子死了!"

我吓了一跳,睡意消了大半。给我发短信的是个妹子,叫作"圈圈",是我粉丝QQ群的管理员。

几个月前,我用"鬼叔"这个ID,在论坛上发了个《雪山禁忌》的故事,要情节没情节要文笔没文笔的,竟然有不少人追着看,估计是被叔字里行间无法隐藏的帅气所吸引。

有一天,圈圈留言:"鬼叔,你应该建个QQ群,方便跟读者互动。"

听起来好像很有道理的样子,说干就干!叔当天就建了一个

1000人的超级群，起了个非常清新、非常文艺的群名，叫作"Wuli[1]鬼叔不会轻易狗带[2]"。圈圈自告奋勇，当了群管理员。

我把QQ群号码发到了帖子里，两三天群人数就接近了500人，后来一直有人进，有人退，维持在500多人的动态均衡，不再怎么变动。据叔观察，群里的粉丝妹子多，小哥少，人数比例大约7∶3，看来妹子们表面文文静静的，内心其实很有追求刺激的需要。

在群里聊了两三个月，大家也渐渐熟悉了起来，尤其是那经常活跃的二三十个人，有意无意地都透露了自己的年纪、所在地、职业，还有感情状态。有那么几个擅长打嘴炮的，总是在群里扬言要约，不过没一个真的见过面的。所谓咬人的狗不叫，真约成功的，应该是加了好友，开小窗偷偷勾搭的。

圈圈所说的这个"猴子"，就是群里的活跃人员之一。叔对男粉丝的关注度不高，猴子是比较有印象的一个。他的昵称叫"猴塞雷"，广东话"好犀利"，也就是"很厉害"的意思。他属猴，今年23岁，进群的时候自曝过照片，确实瘦得像只猴子，手长脚长，表情腼腆，大大的鹰钩鼻很抢镜。圈圈先叫他猴子，后来我们都这么叫。

猴子发言的频率不算最高，但是时间跨度很长，分散在一天的24小时里。白天工作时间，聊天的人里面有他，到了凌晨三四点，群里静悄悄的，他也会突然来一句"起床撒尿"，所以一开始我还以为他是时差党，不过后来据他透露，其实他生活在广州，叔开车过去也就两个小时的距离。

我坐起身来，一手挠着乱蓬蓬的头发，一手操作着登录手机QQ。印象中，猴子有三四天没在群里冒泡了，不过他以前也这样过，所以大家并没有在意。现在圈圈却说他死了，那么年轻的一个小伙子，虽然很瘦很宅，但看不出身体有任何疾病，难道是遭遇了什么

---

[1] Wuli：韩语우리的音译，意为我们的。
[2] 狗带：英文go die的谐音，意为去死。

意外？最好是虚惊一场，我心里想着。

一登录 QQ，就发现上面已经炸锅了。不光是"Wuli 鬼叔不会轻易狗带"群里消息大爆炸，还有十几个群里的粉丝私聊发消息给我。我点开圈圈的 ID，弹出来的对话框里，除了文字以外，还有一个 GIF 动图。

动图画面很黑，在一个房间里，一个瘦瘦的年轻人坐在电脑椅上。我皱眉看着那张动图，越看心里越发毛。这个人手长脚长的，虽然低着头，但看起来很像是群里的猴子。

瘦瘦的年轻人一开始右手放在背后，随着动图的播放，他从身后掏出一把水果刀——刀身窄，刀头尖，接着左手撩开上衣，毫不犹豫地把刀狠狠插进小腹！

年轻人虽然瘦，但是没有腹肌，腹部皮肉松垮垮的，他用力又大，水果刀在肚脐眼往上一点的位置，刀身轻易插进去了一半，起码有 10 厘米的样子。他的腹部没什么脂肪层，所以这个深度，肯定已经插进腹腔，切到了大肠。

我倒吸了一口冷气，这到底是在搞什么鬼？

这时候，年轻人抬起头来，脸上的表情竟然是——笑！没错，虽然这个笑容只有几帧，但我很肯定，那就是一个日常生活中再常见不过的微笑，如果不看他脖子以下的动作，从脸部表情里能读取到的是温暖、友好、舒适。这个年轻人，确实就是猴子。我完全想不通。

这几帧过后，猴子又低下头，他把刀从左向右水平划拉，动作就像是日本人切腹。我忍着难受，皱紧眉头往下看，动图却到这里就结束了，又回到他一开始的动作，循环播放。

我吞了一口口水，关掉了圈圈的对话框，点开其他粉丝的消息。他们说的话各有不同，但无一例外，都附上了同样的一张动图。我的第一个反应是：我去，猴子真的自杀了？！在这显而易见的事实之后，接踵而来的是无数的疑问。

首先，动图里这样极端、带有宗教仪式意味的自杀方式，太不科学了，正常人很难做到。即使是有精神疾病，或者说有神一样的意志力的人，能够用一把刀插进自己肚子里进行切腹，也不可能抬起头来，露出那么轻松惬意的笑容。

还有一点，动图里，猴子坐在一张带轮子的电脑椅上，而他的脚是踩在地板上的，人体感受到痛苦之后，双腿会下意识地用力绷紧，那么电脑椅必然会向后移动，可是，动图里那张电脑椅，却是纹丝不动的。这太有违常理了。其次，他为什么要自杀？

最后，是这张动图本身。原视频是谁拍摄的？如果这人在拍摄猴子自杀的视频，那么他跟这件事有什么关系？又是谁把视频制作成那么血腥的动图，发布到网上，流传到我们粉丝群里的？

我脑子里乱糟糟一团，突然，QQ跳出一条新消息。

猴塞雷："鬼叔，早。"

我吓得差点把手机扔地下，心脏忍不住地狂跳，一摸额头，早已布满了冷汗。突然之间，我脑子里开了窍——这群人在逗叔玩呢！

之前他们就在群里说过："鬼叔的小说把我们吓得够呛，一定要想个办法，狠狠吓鬼叔一次。"不过他们说归说，却从来没见有什么行动，所以我也没往心里去。

好嘛，这群家伙，一出手就搞出个大新闻，确实把叔吓到了。说是吓尿了也不为过。看起来，叔的粉丝群里藏龙卧虎啊，各路人才都有，就刚才猴子自杀的这个动图，刀插进去的细节做得那么真实，还有猴子脸上诡异的表情，令人毛骨悚然的气氛。啧啧，简直是恐怖大片的效果。

如果叔的小说要改编成电影、网剧什么的，都不用找别人，群里就有全套的拍摄团队，导演、灯光、摄影、演员，齐活了。这帮家伙不简单，在我看完GIF之后，猴子便马上来跟我聊天，这个点儿掐得，也是够了。

为了完成这个高水准的恶作剧，他们先是在 QQ 上铺垫了那么多，然后让唯一知道叔手机号码的圈圈，在叔还没睡醒的早上 8 点多，发短信提醒叔上 Q。接着，用信息跟动图密集轰炸，造成叔心理高度紧张，最后祭出大杀器——让猴子来跟叔说"早安"。

我都能想象出，他们在小群里讨论计划时的欢乐，还有实施计划时脸上的窃笑。玩得真溜。用群里 90 后甚或 00 后的语言来说，就是"233333333333""666666666666"。幸好，叔经历过一些吓人的事，好男儿一身是胆，换了别人，早就被吓得尿床了。

我深深吸了一口气，心底无比庆幸。这群家伙，还口口声声说是真爱粉，结果给叔来这么一出。幸好叔冰雪聪明，识破了他们的伎俩，不然的话，最少被他们嘲讽三个月。

这么想着，我点开了群聊的窗口，气定神闲打了一句话："宝宝们早。"

群里本来乱糟糟的，在讨论那张动图到底是不是猴子，现在有没有人可以联系上他。看见我说话之后，之前乱糟糟的讨论结束了，取而代之的是另一种乱糟糟的问话。

"叔，你终于来啦？！"

"叔，我发给你的动图看了吗？"

"叔，猴子到底怎样啦？"

我突然有了个想法，要不要装成没有识破他们的恶作剧，陪着演一下？这个念头在脑中一闪而过，算了，这么做并不适合叔的戏路，像叔这么直爽的，一下子戳破他们就好了。

这么想着，我在群里敲下几个字："好了，别闹。"

群里静了一会儿，圈圈跳出来说："哈？叔，我们没闹啊！猴子真的出事了！"

看来她还想负隅顽抗，继续演下去。

我嫌打字慢，索性发语音道："行了行了，知道你们为了吓叔，用心良苦，演了这么一出。叔给你们点32个赞，再颁个年度最佳创意群聊奖给你们，可以了吧？猴子，你快出来，当代表领奖。"

等我说完这番话，群里安静了一会儿，估计都是在听语音。

半分钟后，有几个人说："原来是恶作剧啊！"

还有拍马屁的："鬼叔英明！"

以及马后炮的："我早就猜到是恶作剧啦哈哈哈，猴子演得太假了。"

不过，我看了一会儿，说话的这些人里，没有圈圈，也没有平时跟猴子聊得多的那几个。我皱起眉头，按下Home键，正想着要不要打个电话给圈圈，像是有心电感应一样，她已经先打过来了。我接了起来，圈圈是成都妹子，幸好说的不是"萌萌的川普"，而是一口标准的普通话，不然我就听不懂了。

她一开口就问："叔，你说猴子是在恶作剧？"

我愣了一下说："这句话，应该我问你。"

电话两边都沉默了，看起来是在揣摩对方说的话。

圈圈先打破了沉默："叔，你跟猴子联系上了吗？"

我挠了一下头说："他跟我说了声早，然后就没动静了。"

电话那边，圈圈的声音显得很震惊："叔你没看错吧？猴子跟你说话了？在QQ上还是微信上，还是他打电话给你了？"

我皱起了眉头，光听声音，就能想象出千里之外，圈圈脸上那难以置信的表情。她说这话时情绪激动，感情丰富，听上去一点都不像是在演戏。我的心一下子提到了嗓子眼，难道说是我的判断失误，猴子自杀这件事情不是恶作剧，而是真真切切地发生了？

圈圈看我那么久没说话，在那边焦急地问："叔，你还在吗？"

我应了一声："在，当然在。那个，圈圈，你老老实实跟叔交代，真的不是在恶作剧？不是在逗叔玩？"

她的声音听起来都快哭了:"叔!你以为我们在开玩笑吗?是真的!猴子真的死了!"

我深深吸了一口气,她的声音表情很真实,情绪饱满,绝对不是在演戏。那么,猴子是真的死了。那个动图里面切腹自杀的,确实就是猴子。前两天还在群里跟我聊天,大力推荐一款他正在玩的游戏给我,还问我什么时候去广州找他吃饭的猴子真的死了。而且是以这么诡异、这么极端的方式!

电话那边,圈圈已经开始小声啜泣起来。

我挠了挠头,安慰道:"圈圈,你先别哭,告诉叔,到底是怎么回事?"

圈圈抽泣了两下,然后是纸巾擦鼻子的声音,她说话的语气听起来又可怜又害怕:"叔,对不起……"

我徒劳地挥了挥手:"有什么好对不起的,别哭啊,乖,告诉叔怎么回事。"

她在那边深呼吸了一下,尽量平静了音调说:"是这样的,猴子有三天没来群里聊天了,头像一直都是灰的,昨天晚上,我发了个消息给他。"

我挠了挠头:"然后呢,他回你了?"

圈圈叹了口气:"并没有,所以我就在微信上找他……"

我心里"咦"了一声,圈圈还加了猴子的微信,过从甚密,有点小暧昧的样子,难怪猴子出事她会那么紧张,那么难过。

不过我并没有打断圈圈,她继续往下说:"可是微信也没回复,这时候我就有点急了。猴子很爱玩游戏,有时候下副本,他说是开荒、世界首杀什么的,我也不懂,电脑一直在用,所以也试过两三天没上QQ。但是,只要我在微信上找他,都会很快回复的。"

我挠了挠头,照圈圈这么说,猴子的微信没有像我一样,设置成禁止新消息通知。

圈圈的声音有些哽咽:"这次,这一次,有点不一样……"

这时候越劝她,估计会越难过,所以我故意忽略她的情绪波动,"嗯"了一下:"继续说。"

圈圈深深吸了一口气:"我等了两个多小时,微信上猴子也一直没有回我,我就有点生气了,因为他答应过我,无论玩游戏怎么投入,都会回我微信的。到了10点多,我就打他的电话,电话响了,可是根本没人接。"

我皱起眉头,QQ没回复,微信没回复,电话响了没人接。这就说明,在昨晚10点多的时候,猴子就已经自杀身亡,或者是在准备自杀,所以不想跟外界有任何联系。而且,起码在昨晚10点多的时候,他自杀的事情还没有被人发现,也没有警察介入,不然手机不会没人接听。这样一来,事情就蹊跷了。

电话那边圈圈又开始哭了,声音离得有点远,应该是她不想让我听到她哭,所以把手机拿远了。我"喂"了好几句,她才抽抽搭搭地回到线上:"叔,对不起。"

我很能理解她现在的心情,耐心地问:"圈圈,昨晚你没有联系上猴子,对吧?"

圈圈轻声说:"对。"

我提出了疑问:"这样的话,那张猴子自……呃,那张动图是谁发的?"

圈圈不假思索地说:"是群里的'弥撒'发的!"

我也不假思索地问:"弥撒是谁?"

圈圈奇怪道:"弥撒就是弥撒啊,叔你没印象吗?是个小弟弟,在美国读高中的。昨晚12点多,弥撒那边是中午12点,他突然发了这样一张动图,开玩笑说是不是跟猴子很像。我一看就慌了,因为里面的人就是猴子,我认得出那张椅子,还有他身上穿的衣服。"

我皱着眉头,看来他们已经颇为熟悉,说不定都约过了。

圈圈自然没能看出我的心理活动，继续说："我就赶紧问弥撒，他也吓了一跳，说自己只是开玩笑。弥撒说他一边吃午饭一边玩手机，在国内初中同学的群里看见了这张动图，觉得有点像猴子就转发过来了。"

我挠头问道："这个弥撒会不会是装的？不会是猴子的'马甲'吧？"

圈圈愣了一下说："不可能，有一次猴子过来看我，我们吃饭的时候，还看见弥撒在群里说话。"

果然是约过了呀。

可能意识到自己暴露了太多，圈圈转口道："弥撒也很吃惊，问我那个真的是猴子吗。鬼叔，我可以百分百确定他不是装的，更不可能是猴子的'马甲'。猴子虽然缺心眼，但是不可能这样来逗我玩的，而且这一点都不好玩……"

说着说着，圈圈又快要哭了。

我正想要安慰，她却突然说："叔，你帮我去看猴子吧？"

我心里一惊："他不是死了吗？怎么看？"

圈圈哭哭啼啼地说："叔，我的意思是……"

我"哦"了一下："猴子在广州对吧，你是让我去广州看看到底怎么回事，对吧？"

圈圈的声音里带着一点希望："嗯，我不认识猴子的亲人、朋友，也没办法知道猴子到底怎么了。猴子他没有上班，但我知道他住在哪儿，我给他发过快递的。叔，你在深圳，离广州很近的不是吗？"

我"嗯"了一声，开始思考起来。

首先，叔是个追求刺激，喜欢探寻真相，了解世界运行规则的人，即使不考虑感情因素，群里有人自杀了，而且死得还那么诡异，这背后隐藏的秘密，很难不激起我的好奇心。

其次，猴子是我的粉丝，也算是朋友，现在他突遭意外，我有

责任去搞清楚状况。这样无论是对死者还是对群里的粉丝,都有个交代。一个人莫名其妙自杀,放着疑问在那里不解决,不是叔的个性。

更何况,圈圈哭得梨花带雨,我见犹怜的。好吧,什么梨花带雨,什么我见犹怜,都只是我的想象,毕竟没见过真人,不知道长什么样,现在妹子的照片又没有任何可信度。

不过,从圈圈刚才所说的话来看,她跟猴子肯定是见过面的。猴子去成都看过她,她还快递过什么东西给猴子,而且都掌握了QQ、微信、电话号码这"吉祥三宝",两个人即使没滚床单,也不远了。

电话那边,圈圈还在啜泣着,我拿出怪蜀黍对小妹妹的语气温柔地安慰道:"好啦,别哭别哭,叔答应你,明天,不,下午就去广州。"

圈圈一边擤鼻涕,一边说:"叔,真的吗?"

我认真地说:"嗯,难道叔骗过你们吗?"

电话那边没有说话,我仔细想想,确实在群里打嘴炮骗过他们挺多次的。

我嘿嘿一笑:"总之,叔吃完午饭就出发,你等下把地址发我。"

圈圈终于放心了,幽幽地说:"谢谢你,叔。"

我又安慰了她两句,就挂了电话。其实圈圈心里也知道,猴子肯定是凶多吉少,她自己远在成都,一时过不来,所以让我去广州看个究竟,有了确定的消息,她才好做出下一步的反应。

问世间情为何物?别说圈圈这样的年轻妹子,我这被叫作"叔"的中年人,不也如此?我叹了口气,从床上爬起来,去卫生间洗漱。

唐双早上用过的电动牙刷,原样放在杯子里,连牙刷头的朝向都是同一个方位。她第一晚在我家过夜的时候,没有电动牙刷,很不习惯,第二天就让助理Stacy买了两把一模一样的送过来,是的,连颜色都一样是黑色——正常的妹子都会选粉红色或者紫色。

我叹了口气,一边刷牙,一边想着午饭该去吃什么。

下楼的时候,圈圈把猴子的地址发了过来,是在黄埔区的某个城中村，她是个细心的妹子，把猴子的真名跟电话号码也一并发来了。侯小杰——猴子的真名，普通的名字，就跟他本人一样普通。

在楼下的比萨店里，我一边吃着东西，一边用手机收集讯息。我组合了一些关键词，男青年、××城中村、自杀、诡异等，输入搜索引擎，却找不到任何相关的信息。一条信息都没有，我皱着眉头，这不符合当下媒体的作风。

再打开微信，几个微信群里竟然也开始流传猴子自杀的那张动图。群里围绕这张动图纷纷展开讨论，有人说是日本宅男被凶灵附体，也有人说是上海青年为情所困自杀，等等，不一而足。

我用刚才同样的关键词，搜索了一下微信公众号文章，惊喜地发现，竟然有一条相关信息！等我点进去一看，却发现是一个白色页面，中间有个红色感叹号，下面一行字显示"此内容因违规无法查看"，也就是说，这篇文章因为违反某些规定，已经被微信官方删除了。

……

搞什么鬼？我关注了这个公众号，又查看了一下历史信息，是广州当地的一个介绍餐饮的订阅号，夹杂着一些耸人听闻的治安信息，估计是用来拉粉丝的。

我试着给公众号发了条信息，表达了对那篇关于城中村青年自杀的文章的兴趣。因为就算文章被删除，小编肯定有留底的，可以想办法让他发给我，如果用钱能搞定当然是最好了。可是，除了公众号的自动回复外，我没得到任何消息。泥牛入海。就跟我有时忍不住发给唐双的微信一样。我叹了口气，放下手机，开始吃比萨。

没办法，我只好自己开车去了。但我并不知道那个城中村具体要怎么走，好在车上的"安吉星"（导航软件）知道。

如果在上车之前能预料到这天下午的遭遇，起码我会先回房里带上两套衣服。后来想想，也只能怪自己笨，毕竟是出了人命，而

我作为受害者的网友,本来就在嫌疑人名单里了,可我却没有一点点防备,也没有一丝顾虑,就擅自跑到命案现场去。

这种行为,完全属于闷声作大死。总之,我还是"图样图森破"[1]了。

我从比萨店出来,直接开上了广深高速。早上下的雨已经停了,不过路上还是湿漉漉的,公路两旁依然有白茫茫的雾气。我控制着车速,不敢开太快,一个小时多一点我到了广州,两个小时后,顺利来到了圈圈说的那个城中村。

如同所有一线城市里的城中村,这里到处都是"握手楼",道路狭窄,车子开过时必须时刻留意路边停放的电动车,还有突然从士多店(杂货铺)里跑出来的小孩。

说起来,叔刚毕业的时候也在城中村里住过,比起齐刷刷的摩天大楼、八车道宽却不能走人的马路,城中村倒是多了一份人情味。我把车停在村委会门口的空地上,然后往小巷里走去。

村里的小路如同蛛网,在居民楼之间的缝隙里露出的一小块天空,也几乎被杂乱无章的电线覆盖。每一条路都局促而杂乱,居民楼的门牌分布毫无规律可言,哪个新来的快递员被分配到城中村,估计都会头疼一阵子。

而如今,站在一间士多店前的我,就如同新来的快递员,头疼得要命。士多店的老板是个五十来岁的阿伯,我买了一瓶矿泉水,举着手机里显示的地址问他要怎么走,阿伯从衬衣兜里掏出老花镜,慢悠悠地戴上,看了一眼我的手机,突然兴奋起来:"后生仔,你是记者?"

我脑子飞速转动起来,阿伯这么问,说明他知道那栋楼里发生了值得记者去采访的事件。而从目前的情况分析,这个"值得采访

---

[1] 图样图森破:英文 too young too simple 的谐音,意为太年轻,太天真。

的事件"极有可能就是猴子的自杀。

我没有回答老伯的问题,笑了一下,反问道:"阿伯,这楼发生了什么?"

阿伯见我讳莫如深,更加激动了,张口就爆料道:"就是前天晚上啊,有个外地来的后生仔,他……"

"伯爷公,你乱讲乜啊?"

士多店里间的门帘被掀开,走出一个星爷电影《功夫》里的包租婆,她一把扯过阿伯的耳朵,怒气冲冲地说:"叫你唔好乱讲野啦。"

她又扭头看了我一眼,伸出香肠般的五根手指头,不耐烦地挥手道:"你走啦,走!"

我同情地看了一眼正在求饶的阿伯,拿着矿泉水走出了士多店。不知道绕了多少圈之后,我才找到了那一栋六层的居民楼。而实际上这里离刚才的士多店,直线距离还不到100米。

我再次把锈迹斑驳的蓝色门牌上的号码,跟圈圈发给我的地址信息比对了一下。没错,就是这栋楼,2楼的206。楼下的防盗门也是破破烂烂的,绿漆掉了不少,长出了棕色的铁锈。门的右侧本来是住户的通话系统,但灰色的按键却不见了一大半,只剩下一个个龙眼核大小的黑窟窿。本该关上的防盗门现在只是虚掩着,完全起不到防盗的作用。不过,也幸好如此,我才能顺利进入这栋楼。

防盗门"吱呀"一声关上,把阳光都挡在了外面。楼梯里光线昏暗,但也足以看出这里有多么脏乱差。楼梯的扶手水泥都掉了,墙壁上满是涂鸦,几乎每一级楼梯上都有塑料袋、酸奶瓶之类的垃圾。

早春的天气,上午还下了场雨,楼道里气温比外面更低,让我不由得打了个冷战。住在这里肯定愉快不到哪里去,如果要拍鬼片倒是个很不错的外景地。猴子的门牌号是206,按常理应该在二楼。所以我顺着楼梯往上走去。

这栋楼的布局是这样的:楼道的一边是房门,对面则是防盗网;

防盗网对面,是距离不到5米的另一栋居民楼。楼道里采光很差,估计一天的日照时间不超过半小时,所以水泥围栏上放着的植物都枯死了大半。我挠了挠头,就这诡异得跟古堡似的地方,不出点凶杀案什么的,才是不正常了。

我站在二楼的楼梯口,向楼道两边望去,左右都各有3间房。按道理说,206应该是右边最尽头这间了,同时也是光线最暗的一间。我吸了一口气,硬着头皮走了过去。

虽然这里环境吓人,而且房间里可能刚死过人,但毕竟现在是大白天,就算真的有鬼,也不敢出来作祟吧。去去去,叔是个坚定的无神论者,哪有什么鬼。

一边做着这些心理活动,一边步伐缓慢地走入黑暗,终于,来到了最右这间房的门口。刚才路过的那两间房,都装着不锈钢的防盗门,这间却只有一道淡蓝色的钢化塑料门,老式的圆形钥匙孔,看上去只要稍微用力一踹,就可以破门而入。

塑料门上有个猫眼,上面三个红色油漆的数字,20×,最后的×字迹剥落,不知道到底是不是6。外面的雾气飘了进来,凝结在红色的数字上,变成了一颗颗水珠。我皱着眉头,用手指去戳那些水珠,没料到,门悄无声息地开了。

我吓了一跳,往后退了两步:"谁?!"

没人说话。我也察觉到了自己的可笑,明明是自己跑到别人家门口,竟然还问对方是谁。房门这时已经全部打开,就像是有人在后面拉了一下。但是,房门又明显不是被人拉开的,我眼前没人,门背后也没人,因为门已经紧贴着左边墙壁,缝隙里根本容不下一个人。所以……

我看着自己的手指,就刚才那么轻轻一戳门,它就自己开了吗?房间里比楼道更暗,黑漆漆的,什么都看不见。我皱着眉头,吞了一口口水,疑似的命案现场,没有上锁、一摸就开的门,这根本就是个陷阱嘛。在这巨兽喉咙似的黑暗房间里,到底有什么东西正在等着来访的人?

我深吸了一口气,大声喊了一句:"有人吗?"

依然没有人回答。反倒是隔壁的防盗门拉开了一条缝,有人正在朝这边张望。我刚要走过去,防盗门却"哐"的一声关上了。算了。这外面也没拉警戒线,而且门是虚掩着的,我叫了也没人应,这么说来,闯进去不会有什么问题吧?

再说了,都来到门口了,不进去看看就跑,不符合我的个性。我一脚踏进房间,手往旁边墙壁摸去,嘿嘿,果然有电灯开关。我欣喜地往下一按,却没有听到想象中"啪"的一声。黏滞无力的开关,让我有种不祥的预感。果然,按下开关后,电灯并没有亮起来。

我皱了下眉头,也不知道是这电灯坏了,还是整间房里都停电了。幸好,在走入房间几十秒后,眼睛也适应了黑暗,依稀能分辨出这个房间是客厅,大概20平方米。客厅里的摆设单调而陈旧,弥漫着20世纪90年代的气息。与之相称的,还有屋子里淡淡的霉味。

在客厅的另一边,跟房门处于对角线的地方,是一个房间,没有房门,只是垂着白色的门帘,透出惨白色的光。这个房子的格局,应该是那种老式的一室一厅,外间是客厅,里间是卧室,两个房间大小相当,呈一个"日"字形的结构。

我想起了猴子自杀的那张动图,里面的房间看上去也差不多是20平方米。如果圈圈给的地址没错,动图也不是什么恶作剧,那么穿过客厅,掀开那个门帘,就是猴子自杀的现场了。

虽然叔是个坚定的无神论者,不过远离尸体、远离死过人的地方,却是人类在漫长的进化过程中演变而来的自然反应。或者换个简单点的说法就是叔有点害怕了。

回想一下,猴子死得那么诡异——坐在椅子上,用一把尖刀切腹的时候,竟然还在笑。这不是一个正常人能做出来的事情,即便精神失常，身体也会本能地抗拒。他不会是被恶灵附体了吧？

我倒吸了一口冷气，前面说了，叔是无神论者，可是，万一我是错的，世界上真的有鬼，有会附体的恶灵，而且，它还在这房子里呢？我头皮一阵发麻，差点就要转身往门外跑。

早知道是这样，起码叫上一个人来做伴，壮下胆，怎么都会好些。想到这里，我对表弟更生气了，平时也没亏待他，一个司机给开了一万二的工资，结果养兵千日，一时也用不上。妈的，我决定了，下个月就给他减薪。

怎么办呢，说一千道一万，现在这房子里只有我一个人。硬着头皮，上吧。我深深吸了一口气，朝着通往里间的门口走去。手摸到那布帘，刚要掀开的时候，里面传来一阵响动。

吱呀，吱呀——这是塑料轮子在水泥地板上摩擦的声音，还是……是电脑椅移动的声响？那一张猴子自杀的动图里，他正是坐在一张电脑椅上的。我的大脑告诉我停下来，离开这里，但右手却还是依着惯性，掀开了那道门帘。

果然，里面的卧室跟客厅一样大，也是差不多20平方米的样子。屋子里的陈设不多，靠外的墙边地板上，搁着一张床垫，床垫旁边是一套电脑桌椅，从那张动图的拍摄角度来看，当时的摄影设备，应该就放在电脑桌上。

而出现在动图里的那张电脑椅上，现在，竟然坐着一个人！那人低着头，背对着我，坐在椅子上一动不动。

我浑身起了鸡皮疙瘩，惊恐地喊："猴子！"

听到我的喊声，电脑椅慢慢转了过来，那人抬起头来，冲着我咧嘴一笑。

我的肾上腺素狂飙，心跳快到了极点，双腿发软，右手扶着门框，下一秒就准备夺门而逃！

## 第二章
### 又见梁警官

那人并不是猴子。

他穿着一套很正式的黑色西服,剪裁得体,跟这出租屋的氛围格格不入,手脚同样修长,却不像猴子那样瘦成了麻秆,而是给人健壮的感觉。

他咧开的嘴巴里,露出了整齐而洁白的牙齿,在这昏暗的房间内特别刺眼。更加令我诧异的是,他竟然笑着对我说:"鬼叔,你来了。"

一个男人坐在命案现场——死者自杀的椅子上,静悄悄等着我过来,还喊出了我的名字。这本来应该把我吓尿,但是,我反而平静下来了。因为,我认出了这个装神弄鬼的王八蛋。

我深吸了一口气,骂了句:"你妹,梁超伟!"

那人从电脑椅上站起身来,一本正经地说:"我没有妹妹。"

他又向我走了两步:"鬼叔,好久不见。"

眼前这个高大健壮的男人,穿着一身黑色西服,但跟他模特般的身材不相称的是脸上那过目就忘、像路人一样的五官。不过,这点其实很好理解,电影里的刑警、特工、卧底什么的,都是又高又帅,现实中却寥寥无几。因为长得太耀眼会吸引别人的注意力,从而增加被发现是卧底的风险。

是的,梁超伟,梁警官,他就是一个国际刑警。我们第一次相遇是在大半年前的卡瓦格博雪山上,当时他的任务是当卧底,混入了一群疯狂的日本科学家组成的登山队里。

我看着他那张卖菜大叔般的脸,气不打一处来,这丫的不知道安的什么心,刚才我叫门也不应,就这样坐在椅子上,等我进屋了再吓我一跳。

我懒得跟他寒暄,拉下脸来质问道:"你在这里搞什么啊?"

梁警官笑了一下说:"勘查凶杀现场啊。"

我皱眉问:"那你倒是好好勘查啊,坐在电脑椅上一动不动的,几个意思?"

梁警官不厌其烦地跟我解释:"刚才我坐在椅子上,是在模拟侯小杰被害的过程。"

我心里一惊,打断他道:"被害?难道他不是自杀吗?"

梁警官摇了摇头:"我跟同事都看了那段视频,得出的结论是没有人可以这样自杀。我们目前认为,侯小杰的死亡是一起有预谋、手段未明、极端恶劣的谋杀案件。"

我低头咕哝道:"果然是他杀吗……"然后又挠了挠头,"不对啊,就算是凶杀案,不是有我们国内的刑警负责吗,什么时候轮到你们国际刑警了?"

梁警官笑了一下:"这个嘛,说来话长。鬼叔,好久没见,不跟我握下手吗?"

他伸出右手,我才没心情跟他握手,没好气地要把他的手打掉,没有料到,他一下子扣住了我右手腕!

虽然平时看着跟正常人没什么两样,但国际刑警毕竟是经过专业的擒拿训练的,这一扣一拉之下,我根本挣脱不了,手腕生痛,忍不住骂道:"你他妈别闹啊!"

梁警官脸上还是那种稀松平常的淡然的笑,慢吞吞地说:"鬼叔,蔡必贵，我们有理由怀疑，你跟侯小杰被害的案件有密切的联系，所以，请跟我回去协助调查。"

我一开始还没当回事："别开玩笑，这不好笑啊，快放手啊你。"

梁警官脸上笑着，手里的力气却一点都没放松："鬼叔，我没开玩笑。"

我也不跟他废话，扎住马步，右手用力往回收，没料到，梁警官的身体就跟他的表情一样，气定神闲，纹丝不动。

我一周去三次健身房，卧推65千克的汉子，在一个受过专业训练的国际刑警面前，竟然像个毫无反抗能力的六岁小孩。这大概就是专业人士跟普通人的区别。当然，现在不是感叹这个的时候。

我放弃了肉体上的反抗，破口大骂："你他妈放手啊！"

梁警官还是笑眯眯地说："鬼叔，请原谅，你必须得跟我回去一趟。"

我越来越气，左手往口袋里掏去："你再这样我报警了啊！"

梁警官却笑得更开心了："不用麻烦，我就是警察。"

我心里仿佛有一万头"马"奔腾而过，这都什么事啊？受人之托，来疑似自杀的粉丝家查探，却被认识的，甚至可以说是朋友的国际刑警抓了起来，说是带回去协助调查，谁不知道这就是被逮捕的意思啊？

看起来骂他也没用，我深呼吸了几下，试图冷静下来，跟他讲讲道理："好，梁超伟，要我回去协助调查也行，你先告诉我凭什么。"

梁警官讳莫如深地看了我一眼，又回头打量了下这个房间，收起笑脸，严肃地说："鬼叔，这里不适合聊，你先跟我回去，我会把目前知道的都告诉你。"

看他这不容置疑的样子，应该是掌握了什么我不知道的信息，才据此判断我跟侯小杰的自杀，不，被害有关。可我真的是无辜的啊，不过就是写了个小说，他刚好看到了，然后加入了我的粉丝QQ群。

如果每个群主都要为群友的人身安全负责,那谁还敢开 QQ 群?!

短时间内跟他是说不通的,可是我又实在不想跟他回去协助调查,挠挠头,心存侥幸道:"好,我跟你回去,但你先放手啊,拉拉扯扯的多难看。"

梁警官认真地看着我的眼睛:"鬼叔,放手没问题,但是我以朋友的身份奉劝你一句,不要试图逃跑。"

我一脸真诚,严肃地点了点头,心里却在想,不跑才有鬼呢,虽然我打不过你,是不是跑不过你就另说了。

梁警官在放开我之前,却从西装的兜里掏出了一样东西,在我面前晃了晃:"鬼叔,你看。"

我定睛一看,头都快要爆了,他手里拿着一个比烟盒稍大的黑色金属盒子,底部伸出两根金属针,这玩意儿我在美剧里见过,是一个盒装的电击枪!

梁警官从我的表情里读出了恐惧,笑了一下,开始做产品介绍:"电击枪,这是前几年的款式,现在快淘汰了,因为功率太大,经常把疑犯电得尿失禁。"说完,他意味深长地看了我一眼,"鬼叔,我知道你不会想要尝试的。"

我面如死灰,没敢再说话。他这个利器在手,我就是短跑世界冠军博尔特附体,这下子也跑不掉了。梁警官收起电击枪,终于松开了钳住我的手。我摸着被钳得生疼的手腕,龇牙咧嘴,哼,梁超伟,君子报仇,十年不晚,你给我等着。好汉不吃眼前亏,为了保持成年后没有尿过裤子这个成就,目前只能先认了。

我叹了口气,认命道:"走吧,去哪儿?"

梁警官点了点头:"我在前面带路,车在楼下等着,你跟我走。"

我皱眉问:"我也是开车来的,那我的车呢?"

我心里还存着一点侥幸,要是他能让我自己开车,找个机会把他甩掉,我开着车跑了就行。

梁警官像是早有准备，伸出手来："钥匙给我，我让同事帮忙开到部里去。"

我不情愿地把车钥匙交给了他，然后跟在他身后，走出了卧室，穿过客厅走到楼道里。门旁却站着个身穿运动外套、面容平常的年轻男子。梁警官把钥匙交给他，那年轻男子点了点头，想来这就是梁警官的同事，刚才站在门边，听到了所有的对话。

原来这个发生过凶案的、猴子丧命的出租屋，真的是个陷阱，却不是由什么恶灵啊、怪兽啊布下的，而是这些本应该对抗罪恶、保护我们这些无辜平民的国际刑警。在电击枪的震慑下，我老老实实地跟着梁警官走下楼梯，朝着城中村外面走去，走到了我刚才停车的村委会门口的空地。

梁警官拉开一辆7座商务车，示意我往里面钻，叫商务车有点抬举了，实际上就是一辆黑色的金杯面包车。我看着停在不远处的卡宴，想着自己的爱车要被不认识的愣头青开走，心里还是挺不爽的。不过，谁让我好死不死的，往这该死的命案现场钻，才被当成嫌疑人抓起来了呢。

对了，我得刺探一下梁警官，到底是因为什么把我列入了嫌疑人名单。目前来说，我能想到的跟猴子的关联，无非他是我的粉丝，然后加入了我创建的QQ群，猴子甚至不是我的QQ好友！如果光凭这个就把我当成嫌疑人，那这群国际刑警的办案方式也太可笑了。

突然之间，我想到了一件重要的事情。梁警官说要把我带回"部里"，他又是国际刑警，这个"部里"必然不是派出所、公安局，那到底会是哪里呢？

我瞪大了眼睛，紧张兮兮地问坐在身旁的梁警官："我们这是要去哪儿？华盛顿？海牙？啊对了，里昂！你们国际刑警的总部在法国里昂，对吧？"

梁警官看了我一眼，认真地说："我们不去里昂总部，是回国际

刑警的华南分部。现在，我们先去直升机场。"

我倒吸了一口冷气："直升机？秘密基地是在山里吗？"

金杯面包车开始发动，前座的驾驶位上，传来一阵大笑声。我这才意识到梁警官是在开玩笑，不过这不是我迟钝，一本正经的人突然开个玩笑，旁人一般都会当真。

梁警官让开车的同事别笑，自己却也开心地笑了："鬼叔，你想多了，我们的华南分部就在天河区，从这里开车过去，不堵车的话20分钟就到了。"

我挠了挠头，不解地问："你们不是国际刑警吗，办公地点就在市区里？这样格调不够啊，一点都不像电影里演的。"

梁警官笑眯眯地解释："鬼叔，普通人不了解国际刑警的运作，很正常，可是你作为一个当红网络悬疑小说家……"

我不满地说："别骂人啊，你才当红网络小说家呢，你全家都是当红网络小说家。"

我情愿他说我是三流作者，业余作者，这都是事实，毕竟我主业是个小微企业的工厂主，写小说纯粹是闹着玩的，小说质量也很一般。但是，梁警官硬要说我是当红作者，那就是在骂人了。

梁警官没有生气，继续说道："总之，你应该补充些关于国际刑警的知识。虽然我们是由国际刑警组织指派，但派驻在哪个国家的国际刑警，都会归属到该国的警察部下，穿该国的警察制服，拿该国警徽，这样便于在本国执行公务，以及和当地的警察进行合作。具体情况，不便透露。"

对于自己的无知，我心里其实挺不好意思的，不过脸上却是一副不屑的样子，哼了一声说："喊，还以为国际刑警有多高大上，原来那么接地气啊。"

梁警官却愉快地点了点头："接地气，我喜欢这种说法。接了地气，才能处理好本地的案件。"

我翻了个白眼,转头看着窗外向后飞逝的风景。中午从深圳来广州的时候,路边的雾气已经消散,不过依然是阴天,在这样的天气里,本来就有着历史感的城市,看起来更加阴郁。我在心里默默盘算着,要怎么才能从梁警官的嘴里套话。叔一辈子为人清白,这是第一次被警察逮捕,总得弄明白是怎么栽的才行。

没想到,我还没说话,梁警官就先开口了。他依旧笑眯眯地问:"鬼叔,你是不是想知道,我们为什么要请你回去协助调查?"

我回头看着他:"废话,当然想知道。"

梁警官点了点头:"还有刚才在现场,你问我这是国内的案件,为什么会由我们国际刑警来负责,对吗?"

我皱眉道:"嗯,这也是我想不通的地方。"

梁警官笑了一下:"你的这两个问题,其实是同一个问题。"

我不由骂道:"要讲快讲,别卖关子了,我看啊,你比我适合写小说。"

梁警官并不生气,就像他从来不会生气一样:"为什么我说两个问题是同一个问题,因为就在前天,7号的晚上,侯小杰被害身亡的一小时后,远在澳大利亚的墨尔本,也发生了一起同样诡异的疑似自杀案件。"

我没想明白这回事,打断道:"全球每天那么多人自杀,墨尔本有人自杀,跟广州有人自杀,两件事有啥关系啊?"

梁警官不慌不忙地往下说:"鬼叔,尸检报告的结论,侯小杰的死亡时间应该,应该是在7号晚上7点左右。"

我回忆了一下,圈圈说她是昨晚10点多联系的猴子,对方没有回复。如果梁警官说得没错,那么在圈圈发微信给猴子的时候,他已经死了超过24个小时。"可怜永定河边骨,犹是深闺梦里人。"不对,现在不是感怀的时候。

我皱着眉头,在心里默默计算。圈圈是昨晚联系猴子的,打电话没有人接，说明猴子当时已经死了，但还没有被警察发现。照这样算的话，梁警官和他的同事只能是在今天凌晨到早上的这段时间里，发现了猴子的尸体。

这么说来，猴子自杀身亡之后，尸体在出租屋里的那张电脑椅上，愣是坐了超过 24 个小时，才被人发现。不过从另一方面看，梁警官的这些同事们，竟然在从今天凌晨到现在不超过 12 小时的时间里，就拿到了猴子的尸检报告，并且把这个案件跟远在南半球的另一起案件联系起来，可以看出他们效率有多高。或者，换个角度想，可以看出这两起案件的严重性。我吞了一口口水，作为那么严重的案件的嫌疑人，我此刻的心理压力是很大的。

梁警官看了我一眼，继续介绍案情："而在 7 号晚上，墨尔本当地时间，大约 10 点钟……"

我在心里默默计算，墨尔本跟悉尼用的应该是一个标准时间，比北京时间晚两小时，这么算来，那边案发时，我们这里是 8 点左右，确实就是在猴子身亡的一个小时后。

梁警官平铺直叙，不带任何感情色彩："一名叫作 Leslie（莱斯利）——许乐诗的 22 岁中国留学生，被发现溺死在公寓的浴缸里。当时公寓里虽然有合租的两名室友，但她们都被证明跟这起案件无关。根据室友的证词，Leslie 并没有饮用酒精，或者服食精神药物，只是像往常一样去洗澡，半小时后，其中一名室友发觉怪异，用钥匙打开浴室门之后，发现 Leslie 已经溺毙在浴缸里了。"

我插嘴道："这有什么奇怪，或许她是癫痫发作、心脏病猝死什么的。"

梁警官摇了摇头："我们也试想过死者是否有这些疾病，但她的过往病例否定了这一点，而当地的尸检报告指出，死者肺部有大量积水，确实是在浴缸里被淹死的。"

我皱起了眉头："所以这个叫 Leslie 的妹子，是好端端地一个人在泡澡,也没喝酒嗑药,也没有发病,更没人把她的头往浴缸里摁,但她竟然自己淹死了?"

梁警官赞赏地点了点头:"鬼叔,你分析得没错。"

我挠了一下头:"但这不科学啊,一个人怎么可能把自己淹死在浴缸里,我好像看过什么实验报告,人类无法闭气死亡,也就是说无法自己把自己淹死,因为求生欲望会阻止身体这么做,意志力再强大也不行。就像,就像一个人也没办法用刀插死自己,同时还面带微笑……"

说到这里,我倒吸了一口冷气,身上的汗毛都竖了起来。确实,猴子跟这个 Leslie 的自杀——梁警官声称是谋杀,都有个共同点,就是违背了科学常识,太诡异了,简直不可思议。

梁警官笑了一声:"在广州跟墨尔本,一前一后发生了同样性质的谋杀案,这就是为什么我们国际刑警会接手侯小杰谋杀案的原因。"

我点了点头:"好吧,我懂了。"

我加快语速,质问道:"可是你说了这么一堆,还是没有解决我的问题啊,为什么要把我当作嫌疑人,嗯?"

梁警官又笑了一下:"鬼叔,首先,请你不要担心,你不是我们的嫌疑人,至少现在不是,我请你回去协助调查,只是为了问清楚一些问题。其次,为什么我们需要你的帮助,是因为 Leslie 跟侯小杰有一个共同点……"

说到这里,梁警官停了下来,直勾勾地看着我的眼睛。

我不得不感叹他这个关子卖得恰到好处,催促道:"什么共同点,你倒是快说啊。"

说到这里,梁警官收敛了脸上的笑,一本正经地说:"共同点在于,这两个受害人都在你的 QQ 群里。"

我倒吸了一口冷气,怎么会?我摇了摇头,语无伦次地确认道:

"QQ，呃，你说 QQ 群，是那个'Wuli……Wuli 鬼叔不会轻易狗带'的群吗，群号……"

梁警官帮我把群号念了出来："152984116，没错，就是你说的这个群。"

我头摇得更狠了，大声否认道："我群里没这号人啊！"

梁警官耐心地解释道："Leslie 是她生活中用的名字，她的 QQ 昵称是'孤独南半球'。"

我不由得一惊，我想起来了，确实，群里是有这样一个妹子！虽然她话不多，但确实是有这个人没错。但是，我还是无法接受这个事实。同一天里，隔着一个小时，在南北半球的某地，竟然有两个在同一 QQ 群的人疑似自杀了。

如果自杀有可能是巧合的话，但是以这么诡异、这么极端、这么有违常理的方式自杀，就绝不是用巧合这个词能解释的了。难道说，是我建的那个粉丝 QQ 群，受到了什么死亡诅咒？

这个时候，我能理解梁警官为什么要逮捕我了，或者按照他的说法是请回去"协助调查"了。换了是我来办案子，也肯定会这么做的。因为一男一女两个死者，分别在南北半球，除了死亡方式都很诡异之外，可以找到的共同点，就是都在我建的那个群里。

这样一来，找群主出来调查一下，看有没有可用信息，是再正常不过了。我挠了挠头，而且我这个该死的群主，竟然还作死地跑到了案发现场去看，这进一步加大了我的嫌疑。

这么想着，我索性问梁警官："梁超伟，你告诉我，你把我抓来……"

梁警官不厌其烦地纠正道："是请你协助调查。"

我摆了摆手："好好好，你请我协助调查，是不是跟我跑到案发现场有关。"

梁警官点了点头："是的，根据我们的办案经验，谋杀案的凶手，特别是变态连环谋杀案的凶手，都倾向于在案发后回到现场，通过回味当时的案发场景，再次满足自己变态的心理需要。"

我不由得骂了起来："你才变态啊，这可真是冤枉啊，我是在帮群里一个妹子，这妹子是猴子的网恋对象，她跟猴子失联了，哭着求我来看看是怎么回事啊。不信的话，你看我的QQ聊天记录啊，你不能就这样不明不白地逮捕我啊！"

梁警官笑了："鬼叔，不用看聊天记录，我完全相信你。现在问题在于，你要怎么样才肯相信我不是逮捕了你，而只是请你回去协助调查呢？"

我心里一万个水哥骑着一万头"马"奔腾而过，这哥们儿怎么就那么纠结"逮捕"和"协助调查"呢？不过，等水哥骑着"马"跑掉之后，我稍微冷静了下来，想一想，梁警官说的话倒是给我提供了一个思路。

我在心里斟酌了一会儿，深吸了口气，慢慢说道："你要我相信你啊，也不难，我看电影电视里，嫌疑人都不准打电话的。这样，你让我打个电话，我就信你没有逮捕我，而是请我回去协助调查的。"

梁警官看着我笑了一下，笑得那么自然："没问题。"

我反而愣了："没问题？你说没问题？"

梁警官点了点头："当然，不过鬼叔，你想打给谁呢？"

我皱着眉头，想了一会儿说："我女朋友。"

梁警官脸上露出惊讶的表情："你有女朋友了？"

我不爽道："你什么意思，我有女朋友怎么了？还是梁警官你掐指一算，算出我命范天煞孤星，注定孤独终老？"

梁警官摇了摇头，笑了一下，笑容里却有点怪怪的："没有，我是以为你会等……"他挥了一下手，"没什么了。"

我怔了一下，心情突然也差了起来，虽然刚才就没多好。我当然知道，梁警官说"以为你会等"的那个人是谁。大半年前，我和

水哥还有两个妹子一起去了云南德钦,一座叫卡瓦格博的雪山上。出发之前,我是以推倒那个叫小希的长腿妹子为目标的,可是后来诡异的事情频繁发生,在卡瓦格博的顶峰上,我们遇到了罕见的"重力反转"。

现在回想起来,那其实应该是两个平行世界靠近、摩擦,产生的重力异常。不过当时,我们所看见的,只是在暴风雪后雪山顶峰的天空中,一座镜像般倒挂的红色"血山"。而跟我一路暧昧过来的小希,为了我们这群人能活下去,飞向了那座血红色的雪山。 说起来,我跟梁警官现在能坐在车上,都是多亏小希。

从梁警官的角度看,我跟小希本来就是一对,再加上救命之恩,所以他觉得我要等小希从那个血红色的空间回来,也是很正常的事情。 对啊,我本来也不会那么快恋爱的,如果不是两个月前,我莫名其妙救下了唐双的话。我突然有了个奇葩的想法,小希救了我,我救了唐双,这么算下去,其实小希也间接救了唐双。

梁警官看着我在发愣,抱歉道:"鬼叔,对不起,我不该提这事的。对了,你不是要打电话吗?"

我摇了摇头:"算了,没心情。"

突然之间,口袋里的电话却响了起来。我的手机铃声是鸭子的叫声,所以每次有人给我打电话,都让周围人感觉我衣服里藏了只鸭子。

"呱——呱——呱。"

我叹了口气,掏出手机,估计又是什么推销电话。没想到,竟然是我的女朋友——唐双。我指了指手机,问梁警官:"能接吗?"

梁警官笑了一下:"当然。"

我刚接起电话,一句话还没说,对面就传来了霸道女总裁的声音:"你在哪儿?"

我皱起眉头:"呃,我在广州。"

"几点回来？今天的会挺顺利的，我现在准备过关，拿了瓶86年的'武当'，今晚我们……"

她说的"武当"，是香港人惯用的翻译，其实就是木桐庄园的红酒。唐双那么有心情，特意带红酒来跟我吃晚餐，估计是公司上市有了好消息。

我抬起头来，狠狠瞪了梁警官一眼，都是这家伙，害我错过了今晚的大好机会。

我叹了口气，对着手机支支吾吾地说："呃，我今晚可能回不去了。"

唐双果然聪明，马上就听出了不对劲，问道："是不回来了，还是回不来了？你出了什么事？"

我解释道："你听我说，我现在跟国际……呃，跟我朋友在一起，他有事情要我帮忙，我得办完了才能回去。"

唐双表达了她的质疑："你在广州有朋友？"

我一时竟无言以对。

唐双继续说道："鬼，有什么事告诉我，我会帮你的。"

我抬起头来看了一眼梁警官。他虽然扭头看着窗外，一副事不关己的样子，但是在这么小的车厢里，我跟唐双的所有谈话内容，不光是梁警官，开车的司机也会听得清清楚楚。不过，刚才梁警官提起了小希，我并不想在他面前，表现得跟现任女朋友那么亲密。

我想了一下，轻声说道："我现在不太方便讲电话，这样，我在微信上告诉你。"

如果是一般的女人，这时候会问"有什么不方便，你是不是跟别的女人在一起"，至少也会迟疑。

但是，唐双却一如既往的聪明、干脆："好，那我挂电话了。"

结束了通话，我看了一眼梁警官，他还是在望着窗外，并没有阻止我跟唐双说明情况的意思。我心里不由得松了口气，看来他"协

助调查"的说法,并不只是安慰我而已。看来,事态并没有我想象得那么严重,我并没有真的被当成重要的嫌疑人。

这么想着,我打开了微信,把今天发生的事情简要地跟唐双说了一遍,并且告诉她不用担心,我很快就会回去。看完我打了好几分钟、几百字的汇报,唐双只回了三个字:"知道了。"

虽然回答很简短,但我却是在 20 秒内就收到了这个答复,说明挂掉电话之后,唐双一直在等着我的消息。我心里不禁有一点暖,这个表面高冷的霸道女总裁,其实还是挺关心我的。

刚把手机收起来,梁警官就回过头来跟我说:"鬼叔,我们到了。"

我往车窗外一看,这不是天河区的 CBD 吗?

第 三 章

协助调查

本来以为他们国际刑警的华南分部,会在山里或是其他什么隐蔽的地方,刚才梁警官跟我说国际刑警要归本国管辖后,我又把这分部想象成了一个院子里的派出所。万万没想到,这国际刑警的分部竟然大隐于市,藏在中央商务区的一片写字楼里。

金杯面包车像一条黑色的鱼,逃离了夕阳的余晖,游进一栋写字楼黑漆漆的地下车库里。从车里下来之后,梁警官带着我走上电梯,来到了他们位于23楼的国际刑警华南分部。

23,挺好的,是我喜欢的质数。我突然有种预感,这次应该不会被扣留太久。说不好,帮梁警官"协助调查"完之后,我还能赶回去见唐双呢。这么想着,我精神稍微振奋了点,脚步也加快了些。

如果不是门口挂着国际刑警华南分部的牌子,这个办公场所看起来就像是一家普通的公司。格子间,穿着西装来回走动的年轻男女,要说跟正常公司不同的话,那就是这些国际刑警们身材普遍都很好,而且肤色偏黑。看起来,起码在这个分部里面,我看见的国际刑警们,都需要外出执行公务,没有专门的文职人员。

遇见的同事都朝梁警官微笑点头,看起来这家伙还是有一定职级的。不过他没怎么跟同事寒暄,带着我穿过大开间,走向一条两

边都是小办公室的走廊。

我们一路上走过的办公室,门上都镶着一个金属名牌,上面写着诸如"跨国贩毒科""恐怖袭击科""金融诈骗科"等,但是,梁警官停下来的地方,实木的房门上却什么都没有写。

梁警官掏出 IC 卡,在门禁上刷了一下,然后又按下指纹,一整套的动作后,房门才"哔"的一声打开了。他推开门,对我做了个请进的手势。我也没跟他客气,梁警官随后进了房间,并顺手关上了门。

这个办公室大概有 30 平方米,房门对面是一块大大的玻璃,远处隐约可见广州塔,也就是俗称的"小蛮腰"。在这样阴郁的天气里,她像是穿着裙子流落凡间的仙女,忧伤地站在水边。

办公桌后面是一大列架子,上面分门别类放着各种专业资料,正对着办公桌的墙上,则是一块用来投影的幕布。整个办公室收拾得整洁干净、一丝不苟,可以看出梁警官认真或者说纠结的个性。要我猜,他一定是处女座。

梁警官坐到办公桌后面的椅子上,我也在他对面坐下。这是一张黑色的旋转电脑椅,跟猴子切腹时坐的那张相似,这让我的屁股跟椅子接触的时候,产生了一种微妙的感觉。

他一边启动电脑,一边对我说:"鬼叔,请你回来是想让你帮忙分析一个视频。"

我马上反应过来:"视频?是猴子,不,是侯小杰自杀动图的原视频吗?"

梁警官点点头,点了一下鼠标,于是天花板上挂着的投影仪射出了一道光。我赶紧转过身,朝背后挂着的幕布看去。果然!视频里正是我们刚离开的那间出租屋,也就是猴子自杀的房间。而且,视频的构图,跟动图里是一模一样的,区别只是大小跟清晰度。

画面一动不动,我催促道:"快播呀。"

梁警官却不急着放视频,反而考起了我:"鬼叔,照你推测,我们是怎么拿到这个视频的？"

　　我看着幕布上静止的画面，摸着下巴，想了一会儿说："要我说的话，无非两种可能。第一，你看，他这个拍摄的角度，是放在电脑桌上的一个设备，正常来讲就是手机。猴子既然自杀了，又没被别人发现，你们警察第一个到达现场，自然就拿到了手机，从里面提取了视频。不过……"

　　我这番推论似乎引起了梁警官的兴致，他问道："不过什么？"

　　我皱着眉头说："不过如果是这样，那就解释不了是谁把视频做成动图在网上散播了。所以第二种解释是，你们从发布 GIF 的网络用户那里，一层层追溯，找到了原始的发布者，也就是制作者，然后从他手里拿到了这个视频。那么，这个制作者，也就是去出租屋拿了猴子手机的人。"

　　说到这里，我愤愤不平地提高了音量："这人嫌疑比我大多了，你们直接审他啊，没我什么事，赶紧让我走吧。"

　　梁警官笑着鼓掌："鬼叔，不错，真的不错。说句实话，你的推理水平，比我的一些同事还要稍微强点。你的逻辑能力很好，去年在雪山的时候我就看出来了，也难怪你可以做一个当红网络悬疑小说家……"

　　我转过身去，骂道："好好说话，不要骂人！"

　　梁警官双手撑在办公桌上，身体向前倾，宽厚的肩膀对我造成了威慑力，脸上却还是笑眯眯地说："但是，鬼叔，这次你猜错了。"

　　我用手指敲了敲桌面："不会吧？好，那你说说，这视频是怎么拿到的？"

　　梁警官点了点头："鬼叔，你是今天早上醒来，才看见这张动图，知道侯小杰出了事，对吗？"

　　我皱了皱眉头，不置可否。

　　梁警官继续道："其实我接手这件案子，也只比你早了几个小时，

今天凌晨3点,就在我们分部这里,我接到了上级的命令,并且开始了解案情。"

我敲了敲桌子:"继续。"

梁警官坐直身子,开始交代,不,开始讲述他接受这个案子的经过:"我先拿到的,是在墨尔本被害的许乐诗的案件资料,因为那边的案情比较简单,又有室友报警,所以基本信息很快就汇总,并且同步到了我们这边。比较起来,侯小杰被害一案,就要复杂得多了。"

不愧是国际刑警,梁警官讲话条理非常清晰:"当时我们能看到的资料,跟你一样,也只有那张动图。说到这里,不得不佩服中国总部的老板,竟然在信息量那么少的情况下,迅速分析出两起案件的相似之处,判断出动图中的年轻男子身处华南,并交给我们分部接手。总之,在清楚案情之后,我们分部迅速制定了作战思路,兵分两路,从两个方向开始着手。"

我不屑道:"喊,说了那么多,还以为有多专业,不就是我刚才讲的那两个方向?"

梁警官并不生气,点了点头继续道:"我们的A组同事经过对动图的专业分析,结合其中男子的面貌、外形、年龄,以及房间内外的装饰,初步确定了广东范围内三个可能的遇害者,然后快速派出三组同事,分别到达三个可能的地址,其中一个就是刚才我们去的城中村里侯小杰所租住的地方,并且发现了电脑椅上受害身亡的男性尸体。"

梁警官皱起了眉头:"A组的一个同事,说当时侯小杰尸体的惨状,是他从警15年来从来没见过的。"

听到这里,我下意识地抬高了屁股,皱眉道:"这么说来,你没从出租屋里找到拍视频的手机?"

梁警官笑了一下说:"正是这样。"

我轻击了一下双掌:"这不就简单了嘛!手机不会自己飞走,拿走手机的那个人，就算不是凶手，也跟凶手脱不了干系。找到这个人，案子就破了。所以我真的是无辜的，你就赶紧让……"

梁警官摇了摇头，表情变得严肃起来："鬼叔，你的思路跟我们很一致，可惜的是，事情没有这么简单。我们A组的同事，在现场提取的足迹、指纹等信息，竟然全部都属于受害者本人。也就是说，那个取走手机的嫌疑人，具有极强的反侦查能力，没有留下任何可用信息。不仅如此，他还避开了城中村里所有的摄像头，前天，也就是7号下午至今天早上的这段时间，都没有留意到任何可疑人员出入那一栋居民楼。"

我倒吸了一口冷气："这也太不科学了，难道说凶手是个幽灵？"

梁警官看了我一眼，点头道："鬼叔，你太厉害了，我们这次行动里，给凶手起的代号就是恶灵，同时也是整个行动的代号。"

我一时没有说话，虽然我是个坚定的无神论者，但是如果按照梁警官所说，猴子的死亡是一场谋杀，那么凶手先是用某种诡异的方式催眠或者诱导猴子，让他自己把自己捅死；然后又悄无声息地蒸发了，除了猴子在出租屋里的尸体，没有留下任何痕迹。

更诡异的是，仅仅一个小时后，墨尔本的22岁女留学生就被发现溺死在浴缸里。现在世界上不存在这样的交通工具，可以在短短的一个小时内，把人类从北半球送到南半球。这两起谋杀案，达到了一个匪夷所思的程度，看上去，已经不像是人类可以完成的了。我打了个冷战，难道世界上真的有害人性命的恶灵？

梁警官的声音把我拉回了现实："鬼叔，你没事吧。"

我愣了一下，挤出一个笑容道："没事，当然没事，你继续说，B组的进展呢？"

梁警官也笑了一下，继续介绍道："鬼叔，刚才我说你的推理能力强，不是恭维你，因为B组的工作就像你说的那样，是尽可能地从动图的发布状况，寻找最初的传播者、制造者。在分部里最强的

两位网络天才的共同努力下,终于把最初的发布者定位到了一位QQ用户,以及一位微信用户身上。他们几乎是在同一时间,也就是前天7号晚上的11:30,在QQ群、微信群里发布了这一张动图,这也是动图第一次出现在网络上。"

我瞪大了眼睛:"凶手果然是有两个人啊?找到了就好,把他们全都抓起来啊。"

梁警官伸出右手食指,在我面前摇了一下:"鬼叔,这次你猜错了,完全错了。第一,QQ号跟微信号的拥有者,是同一个人;第二,我们也没办法抓住这个用户,因为……"梁警官顿了一下,看着我的眼睛,"他已经死了。"

我下意识地吞了一口口水,愣了三秒,突然反应过来:"猴子!QQ号跟微信号都是猴子的!"

梁警官点了点头:"没错,就是这样。"

我却猛地摇头:"不可能啊,这不科学,你不是说,猴子在前天晚上7点钟左右就死了吗?那他怎么可能在11点多的时候,又在QQ跟微信上发布自己自杀的视频?这太离谱了。"

突然,我想到了什么,加快语速说:"不对,我知道了,用猴子的QQ跟微信号不代表就是猴子本人,对了!一定是凶手偷了他的QQ跟微信号!"

梁警官脸上露出了赞赏的笑容:"没错,就是这样。"

听梁警官确认了这个猜测,我更加激动,双手按在办公桌上,整个人站了起来:"那你们还等什么?通过QQ跟微信确定凶手的IP,然后再找到他的地址,对你们来说易如反掌吧?找到这个人,再把他抓起来一审,案件不就解决了吗?"

梁警官却又摇了摇头:"没这么简单。"

我头都要大了:"那到底是怎么样的,你别只说一半啊!我的《雪山禁忌》不是写完了嘛,现在正在写一个关于高维生物和时间因徒的故事，正好卡壳了。你那么会卖关子，要不你来帮我写吧？"

梁警官眉毛抬了一下："高维生物？哈哈，你的灵感来源不就是上次的……"

我着急地摆了摆手："现在不是说这个的时候，你倒是告诉我啊，没这么简单，那是复杂在哪儿了？"

梁警官罕见地叹了口气，低下头，自言自语道："没错，我们查到了 QQ 跟微信的登录 IP，他们是同一个用户注册的，但是登录地点却在两个地方。7 号晚上 11:30，侯小杰昵称为'猴塞雷'的 QQ 号码在日本东京涩谷的一家网咖，在 PC 端登录；而他的微信账号，却是在墨西哥中北部城市圣路易斯波托西的郊区，在一台安卓系统的手机上登录的，因为使用的是移动网络，所以无法确认具体位置。"

我紧张地问："什么意思？你是说没抓到人？"

梁警官叹了一口气："B 组同事得知这两个地址的时候，已经是今天早上了。我们马上联系了东京、墨西哥两地的国际刑警，那边的同事在第一时间出动，但到目前为止，没有找到任何有价值的线索。"

我越听越迷糊，东京涩谷，墨西哥名字那么长的不知道是什么的鬼城市，还有澳大利亚墨尔本，以及中国的广州，在同一天晚上，相差不到六个小时的时间里，疑似犯罪分子出现在了地球上相隔千里的四个角落。照常理分析，几乎同时出现在四个地点的嫌疑人，肯定是四个不同的人。犯罪成员如此众多，难道说这是一个有组织、有预谋的大型犯罪团伙？

梁警官却抬起头来，直勾勾地盯着我的眼睛："鬼叔，侯小杰的 QQ，后来又登录了一次。"

我吓了一跳："啊？你说什么"

梁警官皱紧了眉头，可以看出他将要说的内容，对他造成了很大的困扰，或者说是挑战："鬼叔，我是说，侯小杰的 QQ 号码，在

7号晚上11：00登录之后，就没有了动静。B组的同事通过技术手段，获取了QQ密码，但是却没有轻易登录，怕打草惊蛇，只是一直在监视这个QQ号，如果再有登录消息的话，我们可以得知更多的信息。果然……"

我打断道："慢着，你说他QQ又登录了一次，是不是今天早上的事情？"

梁警官严肃地点了点头："没错，侯小杰的QQ在今天早上9：50又登录了一次，并且对他好友列表里的一个号码，发送了一共五个字符的文字信息。"

我回想起早上"猴塞雷"那条吓我一跳的信息，掰直手指算："鬼叔，逗号，早，句号，一共五个字符。所以你说的好友列表里的号码，就是我的QQ号，对吗？"

梁警官默认了我的说法，继续道："与此同时，他还向同一个好友的邮箱里，发送了一封邮件。"

我瞪大了眼睛："邮件？这个我没有收到啊。"

梁警官笑了一下："我知道你没收到，因为那个邮件，被我们B组的网络专家拦截了。至于邮件的内容……"

我也懒得抗议他们拦截我邮件这回事，毕竟我现在整个人都被拦截了。我摸着鼻子问："邮件内容……是这个视频？"

梁警官点了点头："没错，就是我们等下要看的这个视频。不过鬼叔，你不好奇这一次登录QQ的IP地址，又是在哪里吗？"

我耸了耸肩膀："这个重要吗？反正就是地球上不知道哪个鸟不拉屎的地方，你们过去也没找到人呗。"

梁警官轻轻笑了一下，但我从这个笑容里面，却看到了无奈、苦涩，甚至有一点点恐惧。

我发现，他的声音竟然有一些颤抖："鬼叔，就像我刚才跟你说的那样，这个案件，比你想象的还要复杂。"

这个经历过那么多诡异事件、看过无数尸体、专业素质超群的国际刑警，竟然也会害怕？难道说……

我后背一阵发凉，双拳紧握椅子的扶手，声音比梁警官的还要发颤："QQ登录的地址，该不会是在……在那个出租屋里吧？"

梁警官看着我的眼睛，沉默了三秒，然后重重地点了一下头。我感觉到一阵恶寒。刚才在出租屋里，待的时间不长，但衣服跟头发上，似乎都沾染了一股霉味，黏糊糊的挥之不去。

到现在，这种感觉就更明显了，我甚至开始鼻子发痒，打起喷嚏来。出门的时候根本没想到会被扣留，所以也没带换洗衣服，晚上要是穿着这套浸透了凶杀现场气息的衣服睡觉，不知道会是怎样一种感觉。

我尽量不去想衣服上的霉味，深深吸了一口气，跟梁警官核实道："你们没有弄错？"

梁警官苦笑了一声："我也希望是自己弄错了。"

我皱着眉头说："猴子的那个QQ号，早上发消息给我的时候，已经是9点多了。那时候，你们A组的同事，已经到了现场对吗？"

梁警官点了点头："不光是他们，我也在现场。"

我绞尽脑汁，想出了一个可能性："会不会是你哪个同事太无聊了，所以用猴子还在登录状态的QQ发了条信息给我。不过这也不对，解释不了那个视频。啊，对了，邮件可能是定时发送的，也不好说。"

梁警官在办公桌上摊开双手："鬼叔，你不应该怀疑我们的专业性，在案发现场我们不可能做这样的事情。而且，后来现场的全程录像也证实，今天早上9:50，法医正在现场检查侯小杰的尸体，而房间里的那一台电脑……"

说到这里，他竟然禁不住打了个寒战："那台电脑，根本没有开机。"

我吓得简直要从椅子上跳起来，勉强控制住自己，又坐了回去。

这不科学啊。我紧皱眉头,努力寻找一丝"科学"解释的可能性。会不会是……

我拍了一下桌子:"我知道,是不是显示器自动黑掉了,但电脑还在运行,然后有木马啊什么的,自动发了信息跟邮件。"

梁警官否定了我的假设:"鬼叔,你说的这些,我们全都想过了。但是,那时被害人那一台电脑,根本……"他自己都不可置信地摇了下头,"根本连电源都没插。"

听梁警官说完,我不由自主地吞了一口口水。设想一下当时的场景,一具死亡超过 24 小时的男性尸体,手长脚长、死状惨烈,还坐在椅子上,或者已经平放到地板上,正在接受法医的调查。而在同一个房间里,在人类肉眼无法察觉的角落,那个叫"猴塞雷"的 QQ 号码,竟然上线了。

并且,这个 QQ 发送了一个"早上好"的信息,还有一封包含诡异视频的邮件,给了好友列表里的用户。而这个用户,就是今早刚从床上爬起来,睡眼惺忪的我。我胳膊上的鸡皮疙瘩,像雨后春笋一样,密集地冒了出来,用手一摸,一颗颗立体而饱满。

能够在相隔不到一小时的时间里,分别在南北半球,用诡异的手法杀死两个人,并且,避开了城中村里的摄像头,避开了同处一室的室友,没有留下任何痕迹。在杀了猴子之后,又盗取了他的 QQ 账号,在警察正勘查现场的时候,用一台没有开机的电脑,发送了信息跟邮件。

这是人能办到的事吗?别说凭一个人的力量无法完成这样的诡异谋杀,就算是一群受过长期训练、经验丰富、丧心病狂的犯罪分子,也很难把事情做到这样的程度。因为,按照梁警官的说法,这两起案件里,作案者的手法已经突破了物理规则,违反了基本常识,更加颠覆了我的三观。

这到底是怎么一回事?我的脑袋里乱成了一锅粥。在这锅乱腾腾的粥里，有两团坚硬的物体，无论如何都没有糜烂。两个问题。第一，凶手是如何做到的？第二，猴子的信息和邮件，为什么没有发给别人，而是给我？我右手用力捏着下巴，不对，在这两个问题前，还有另一个前置的问题。

我抬起头来："梁警官，我想问你一件事。"

"你说。"

我深吸了一口气，尽量和缓地说："我想问一下，贵部门是如何确定上面这两起案件都是凶杀案的？从目前已知的线索来看，没有确凿的证据能证明他们是被谋杀的啊。一个用刀自杀，一个自己在浴缸里淹死了，要我来说，他们都是患上了严重的精神疾病，就这么简单。"

梁警官叹了口气："我也希望这只是自杀，并且两个案件之间没有关联。可是，你又怎么解释侯小杰消失的手机，还有，是谁盗取了他的账号，又制作了动图？另外，科学研究证明，一个人无论有多严重的精神疾病，或者意志力多么坚定，都无法在浴缸里把自己淹死，因为这违背了人体求生的本能，是不可能发生的。"

我一时语塞，梁警官说的这些，我自己不是没有想过，但是，反正解释为谋杀案，或者解释为自杀，两样都不靠谱，还不如就当成自杀得了。并且，如果是自杀案的话，我会稍微有安全感一点，毕竟叔对自己的精神状态很有自信，无论如何也不会疯到这种地步。而如果这是不知道凶手是谁，不知道方式为何，不知道动机何在的诡异连环谋杀案，那么问题就来了，下一个受害者会是谁？

我坐在椅子上，想起了"猴赛雷"发给我的那句："鬼叔，早。"

难道说，我会是下一个目标？一阵寒意袭来，怎么这办公室里那么冷？我抬头看天花板的中央空调出风口，那条丝带却是纹丝不动，说明中央空调跟猴子的那台电脑一样，根本没有开。本来，现在是气温才十来度的春天，没开暖气就不错了，没人会神经到在室

内开冷气。

梁警官看我这样，起身帮我倒了杯水："鬼叔，喝杯水。"

我接过一次性纸杯，拿在手里暖暖的，让我感觉好受了点。

梁警官站在我身边，关心地问："没事吧？"

我喝了口水，勉强笑道："没事，能有什么事。"

梁警官居高临下，看着我的脸说："没事就好，你刚才提的问题，问我们是怎么定性为凶杀案的。"他看着投影幕布上仍然静止的画面，"我们，是从这个视频得出的结论。"

我把杯子里的水都喝完，转过身去面对着幕布："好，那你放吧。"

梁警官却莫名其妙地问了一句："鬼叔，你肚子饿吗？要不要先吃点东西？"

我皱起了眉头："不饿，你这是什么意思？"

梁警官深深吸了一口气，走回办公桌后坐下，一边操作电脑，一边轻声说："不饿就好，不然怕你看完视频，什么都吃不下。"

我瞪大了眼睛，他敲了一下鼠标，在视频开始播放前，最后一次温馨提醒："鬼叔，做好心理准备。"

我屏住呼吸，看那投影的视频。这块幕布特别大，挂在墙上，画面里人体的大小，就跟真人差不多。看这样的巨幕视频，跟看手机屏幕里邮票那么大的动图，感觉完全不同，更真实，更有震撼力，更身临其境，也更诡异。

视频一开始，电脑椅上手长脚长的瘦弱青年低着头，右手放在背后。从画面里电脑椅的位置，还有猴子的姿势，我能确定这就是动图开始的那几帧。猴子坐在电脑椅上，一动不动，仿佛睡着了一般。我瞪大了眼睛看，他连呼吸的起伏都没有。

如果不是视频里一直在变化的声音，我会怀疑视频是卡住了，根本没开始播放。梁警官的办公室装了立体声喇叭，所以现场声音还原得很好，嘈杂的声浪都是从画面里猴子的左边窗户传过来的。

那是城中村里，楼下烧烤大排档的声音。

一群操着湖南口音的人在猜拳、吹牛，夹杂着酒杯碰撞的声音，偶尔还有远处车辆路过的噪音。仔细看的话，甚至能发觉有重型卡车路过时，放在电脑桌上的手机由于没有固定好而产生的画面微微地颤动。

可是，视频里的猴子就这么一动不动地坐在电脑椅上，没有任何动作，没有任何声音。我想起来了，制作动图的时候，可以从猴子有动作的那一秒开始剪辑，而之前他这样坐在椅子的时长，却不知道到底是多少。

我坐在电脑椅上，就像猴子一样。再这样看下去，不但没有恐怖的气氛，甚至会打瞌睡的。我刚要转头去问梁警官，突然之间，猴子动了起来！我吓了一跳，看着视频里的猴子，就像动图里的一样，从背后掏出了一把尖锐的水果刀。

从高清的视频里，甚至能看出这把刀的材质，刀柄是绿色的塑料，刀尖闪着黯淡的光泽，刀片很薄，就是一把质量不怎么好、在街边随便买来的水果刀。然后，猴子左手撩起上衣，低着头，像是在思考哪个部位最好下刀。对于这个问题，他明显没有太纠结，因为两秒过后，他便高高举起水果刀，狠狠插了下去。就像那不是他的腹部，而是一块猪肉，或者一个西瓜。

我全神贯注地看着，耳边却传来梁警官的声音："鬼叔，注意听。"

我吓了一跳，但这时也懒得去说他，继续一边看着视频，一边如他所说，仔细听声音。

"哧——"这是水果刀切开皮肉，没入腹部的声音，沉闷得有点像在砧板上切一块五花肉，但是少了菜刀跟砧板碰撞的最后一声。

"嘶——"这是猴子右手横移，水果刀的刀刃撕开皮肤和筋肉的声音。

除了这些细微的声响外，更大的噪音是窗外持续传来的喝酒吃

肉、猜拳吹牛的喧闹声。这些吃烧烤的人，如果知道就在离他们不远的地方，有一个年轻男子正在用水果刀切开自己的腹部和肠子，他们吃烤香肠的时候，还会一口一口咬得那么开心吗？

随着猴子手里的水果刀继续往右切，我的眉毛像正在拧干的毛巾一般，也旋转着扭到了最紧。梁警官让我注意听，可是，我却没有听到什么有价值的声音。没有凶手说话的声音，也没有受害人……

我脑子里灵光一闪！我知道梁警官要我注意听什么了！他让我注意听，就是要让我注意自己没有听到的该有的声音。在整个切腹的过程中，猴子没有发出一点声音！没有惨叫，没有呻吟，甚至没有闷哼。

视频里，猴子完完全全、扎扎实实地毫无声息，连喉头的一丝颤动也没有。他除了用力的右手，全身肌肉都保持着松弛的状态，踩在地上的双腿丝毫没有用力，所以电脑椅子才纹丝不动，滚轮也没有发出任何声音。

想通了这一点之后，我开始明白梁警官跟我说的，看完这一段视频，就会判断出这是一起凶杀案。无论如何，自杀不可能会是这样一种情况。

我深深地吸了一口气，刚好视频里猴子抬起头来，对着镜头咧嘴一笑。看着猴子那诡异的笑容，我心惊胆战，想起梁警官刚才跟我讲的，这一场谋杀案的凶手，跟这个行动本身，有着同一个代号——恶灵。

是这个超乎人类极限、超过我的想象力、超越任何已知科学水平的恶灵，用一种无比诡异、无法理解的方式，"附体"在侯小杰、Leslie 的身上，借用受害者的双手，残忍地杀害了他们。就在这一刻，对于"这是谋杀案"的事实，我已经百分百确认了。

视频上的猴子，在展露了那个诡异笑容后，又低下头继续切腹。到了这里，动图上呈现的内容，视频上也全部播放完毕了。

我松了一口气，刚想要说点什么，没料到的是视频还没完。猴子手里的水果刀，已经切到了腹部最右侧……这么切下去，水果刀会割开他的整个右腰，最后停在脊椎的位置，因为骨头那么坚硬，不是光靠一把劣质水果刀就可以割开的。

果然，猴子没有这样做。他毫不费力地拔出了腹腔里的水果刀，"咚"的一声扔在水泥地板上。然后，他站起身，看向摄像头，慢慢地，慢慢地朝前走来。我被巨大的恐惧感包围，整个人用力向后，背部紧贴在椅背上。

猴子走到离摄像头两米远的地方，停在原地，这时，整个画面定格在他的上半身，从肚脐眼到头发的位置！他接下来要做的事情，口味之重，让我瞬间明白，刚才梁警官说的话——不然怕你看完视频，什么都吃不下。只见猴子双手抓住露在外面的肠子，一点点地往外扯……

梁警官在我身后说："鬼叔，你看，这像不像某种仪式？"

简直胡扯，世界上哪里有这么变态的仪式？我喉咙里一声干呕，连忙捂住嘴巴，怕自己吐在干净的地毯上。但是，这还没完。我们知道，肠子暴露在体外，一时半会儿不会有生命危险，但是，猴子仿佛一心赴死，继续做着不可描述的事情。接着，他微微张开嘴，念了一句什么，但是完全听不见声音。

我回头问梁警官："他在说什么？"

梁警官摇了摇头说："我们对视频进行了降噪处理，结论是受害人'读'这句话的时候，没有发出声音。由于角度的限制，我们通过读唇，得到了几个可能的组合，到现在为止没有一个合理的，只能确定他说的是六个字。"

我皱着眉头，注意力回到视频上。投影幕布上的那个昏暗的出租屋里，猴子低下头，继续着赴死的动作，他勒紧脖子的双手越来越紧，脸上虽然没有痛苦的表情，但是眼珠子却被勒得上翻，舌头

也朝外吐着。

我胃里难受的感觉已经到达了极限。然而猴子的双手并没有停止用力，他的表情越来越狰狞，眼眶里只剩下眼白，这样令人反胃、窒息的画面，维持了足足五秒，最后，他终于双手下垂，身体像一根煮熟的面条似的瘫作一团。

伴随着"咚"的一声巨响，猴子整个人摔到了水泥地板上。猴子被恶灵杀死了。而在他倒下的最后一刻，从他望向摄像头的眼睛里，我看到的是解脱。我的心跳比跑完10公里还快，腋下早已湿透，浑身又冷又热，感觉难以形容。

猴子死了，在受尽折磨后，终于死了，留下我们活着的人，接受另一种折磨。

## 第四章
## ——  鬼叔的猜想  ——

梁警官不知何时站到了我的身旁:"鬼叔,还好吧?"

我深呼吸了好几口气,声音都有些抖了:"还……还好。"

面对我这样的反应,梁警官竟然表达了赞赏:"鬼叔,你真厉害,我们的同事都有看吐的。"

我弯下了腰,强忍反胃:"别,你别提这个字。"

梁警官却提醒我道:"鬼叔,你再看一眼视频。"

我心里一万只猴子追着骑马的水哥奔腾而过:"天哪,不是吧?还有?"

我胆战心惊地抬起头来,镜头里空荡荡的,而楼下的人喝酒划拳的声音却一直没有停过。突然,画面左右抖动了一下,随后黑屏了,视频到此结束。这种抖动,分明是有人手碰到了放在电脑桌上的手机,按下了停止键。

我深吸了一口气:"是谁?谁关掉了视频?"

"不错,一下子就看出是有人关掉了视频。不过很可惜,就像我刚才说的,恶灵取走了手机之后,像是人间蒸发了一样,没有留下任何痕迹。"

我还在消化刚看完的视频,坐在椅子上弯着腰,双手抱头,说

不出话来。这真是太匪夷所思了。视频里触目惊心的画面,还在我脑海里不断重播,好死不死的,另一个念头却又冒了出来。

我抬头看梁警官,脱口而出:"梁警官,那个 Leslie 的案件,也有视频吗?"

梁警官的脸上兴致盎然:"怎么了,鬼叔,你还想看?"

我深吸一口气,点了下头。

梁警官双手一摊:"可惜,没有。"

他一边走回办公桌后坐下,一边说:"Leslie 的死亡过程没有留下任何第三方影像资料,毕竟没有人会在浴室里装摄像头。像侯小杰这样的视频,按照现在的情况看应该是没有的,因为她的所有可拍摄视频的设备,手机、iPad、相机都好端端地放在她的卧室里。"

我"哦"了一声,心里不知道是失望多一点,还是庆幸多一点。

梁警官却抓住了鼠标:"不过,我们有当地同事拍的现场照片。"

我转身看幕布,上面投影出一个香艳——好吧,如果不仔细看的话才是——的画面。一个年轻的亚裔女人,头发乌黑,皮肤白皙,双眼紧闭,浸泡在浴缸里。这个浴缸的尺寸并不大,所以尽管女人看上去也才一米六多点,但仍有一截小腿是放在浴缸的边沿上的。

我忽略掉画面中堪称色情的部分,皱眉看着这个年轻女人的脸。尖尖的下巴,又直又挺、好看得不自然的鼻子,眼睑上的割痕更说明她做过双眼皮手术。虽然是一张经过后天改造的脸,但不得不说,还是挺好看的。

一个又年轻又漂亮的妹子,家里能有钱给她出国留学,还在脸上大动干戈,家境一定也不错,却毫无预兆地淹死在浴缸里。真是可惜了。

梁警官托起下巴,不紧不慢地说:"鬼叔,你仔细看看图片,从上面我们可以看出,她身上没有任何被施加外力的痕迹,也没有在挣扎中碰撞到浴缸壁所留下的瘀痕。尸检报告也证明了这一点,所以,

Leslie 的死,跟侯小杰一样不可思议。"

我皱眉道:"你是说,这个妹子静静地把自己沉到了浴缸里,没有任何挣扎,就让自己很,呃,很安详地淹死了?"

梁警官点了点头。我却摇起了头,Leslie 的死法虽然没有猴子惨烈,但确实如同梁警官所说,一样也不可思议。任何有泡过浴缸或者游过泳的经历的人都知道,在身体自由、受控的情况下,要让呼吸系统持续浸入水中,肢体不挣扎,不尝试把头伸出水面,是不可能做到的事情。但是,Leslie 做到了,她成功地把自己淹死在浴缸里,虽然画面没有那么血腥,但是同样诡异。

我陷入了沉思。这个在不到一小时的时间里,跨越南北半球,用诡异手法杀死两个人的恶灵,到底是怎么做到的呢?从已知的线索来看,要依靠技术分析来得知恶灵的作案手法,以及恶灵的真实身份,难度之大无法想象。

这也难怪梁警官会从另一个角度来着手破案,那就是恶灵对被害人的选择上。如果恶灵并不是无差别杀人,而是为了满足某种目的,那么从它对受害人的选择,是可以去分析得出"目的"的。

梁警官说他之所以请我回来"协助调查",是因为猴子跟 Leslie 都在我的粉丝群里。其实很好理解,在别的调查方向都碰壁的情况下,光是这么一点,就足够国际刑警来找我问话了。

更何况,我还没头没脑地跑到了命案现场。我知道,有一些变态连环杀手,喜欢回到现场重温杀人时战栗的快感。说来说去,这还要怪圈圈,要不是她拜托我去看猴子,也不会让我羊入虎口。

不过,既然梁警官一直在强调,带我回来是"协助调查",而不是逮捕,那么,且不说"协助"这个词代表了他有求于我,起码在我跟他之间,是一个平等的关系。这也就是说,我们之间应该共享信息,把双方知道的都和盘托出,这样才能更有效地"协助"警方,早日找出线索破案。

目前的情况很明显,关于恶灵的作案手法,还有选择受害人的条件,梁警官肯定有一些信息没告诉我。那么,我现在要做的,就是让他把这些信息,能说的,通通告诉我。当然了,如果能哄得他把不能说的也告诉我,那就更过瘾了。

大概许多男人心里都有过一个当警察的梦,我现在虽然只是在"协助调查",但如果参与的程度够深,也可以过一下当警察的瘾。而且,还不是普通的警察,而是破解诡异凶杀案的国际刑警,绝对高大上。

这么想着,我抬起头来,看着梁警官的眼睛:"梁警官,你说这恶灵到底是怎么杀人的?"

梁警官耸了耸肩膀。

我皱着眉头,开始用激将法:"你们成立了个恶灵专案组,还分成A、B小组,忙活了那么久,不可能什么结论都没有吧?"

梁警官看来是对激将法免疫:"目前确实没有找到有价值的线索,至于一些内部意见,很抱歉,暂时不方便跟你分享。"

不灵,换个角度:"你不是要我协助调查吗?你知道的都不告诉我,我怎么协助你?"

梁警官手里转着一根钢笔,一副无动于衷的样子。

我不死心:"你要知道,我是个业余网络小说家,所以我的脑洞是很大的,你把你知道的都告诉我,不用正式结论,就你个人的看法也是可以的。说不定,从我的角度,可以给你一些打开思路的意见。"

梁警官皱起眉头,似乎在考虑我说的话。

见奏效了,我便趁热打铁:"梁警官,别婆婆妈妈的,赶紧告诉我,你放心,出了这办公室,我跟任何人都不会提一个字。我一定全力配合你调查,把知道的全都告诉你。"

梁警官手托着下巴,若有所思。该说的我都说完了,只能默默地等他开口。像是过了一个世纪那么久,梁警官终于深深吸了口气,开口道:"那好吧。"

我轻拍了一下手掌,雀跃道:"这才对嘛!"

梁警官苦笑着说:"鬼叔,接下来我要跟你说的话,涉及太多的机密,甚至超过这个案件本身。所以你要答应我,千万不要说给别人听,以免造成外界的恐慌。"

我食指跟拇指捏起,从右边嘴角滑到左边嘴角,假装做了一个拉拉链的动作,然后说:"你放心,我嘴巴最牢靠了。"

心里想的却是,你让我不要"说"出来,可没让我不要"写"出来。我作为一个业余的三流网络小说家,为了能专业一点,向二流靠近一点,当然不能错过这个好题材。

梁警官看着我的眼睛,我一瞬间还害怕他看出我在撒谎,幸好他只是摇摇头,提出了一个问题:"鬼叔,你知道什么是脑控吗?"

我挑了一下眉毛:"脑控?我知道啊,不就是有一群神经兮兮的人,说自己的脑子被什么机器远程控制了,会听到奇怪的声音,看到奇怪的画面,做一些奇怪的事。"

梁警官饶有兴致地问:"那你相信有这种机器吗?"

我不屑地说:"当然不信啦!如果真有这种逆天的黑科技,早就进化到未来了。这一帮自认为被脑控的,都是些什么人啊——离退休老人、更年期妇女、有前科的精神病患者,谁会花那么大力气去脑控他们,图个啥?实际上,这就是种典型的精神疾病,妄想症的一种,专门有个分类的,叫什么物理影响妄想,没错,就是这个。"

梁警官点了点头:"你说得对,物理影响妄想。"

我点了点头:"嗯,不过你问这个干什么?"

我突然领悟:"你不会是说猴子跟那个妹子,都是受脑控的影响才自杀的吧?你也相信这种胡扯?还是说……"我用力挠了下头,"还是说脑控机器真实存在?"

梁警官笑了:"你刚才描述的那种远程影响人类大脑并且施加某

种影响的机器，当然是不存在的。"

我松了一口气："幸好，你要连这种鬼东西都信，我就得怀疑你这国际刑警的水平了。"

梁警官用手里的笔敲了敲桌面："不过，我知道有另一种形式的脑控，当然了，没有远程控制人脑那么神奇，但是也很神奇。"

我瞪大了双眼："说来听听。"

梁警官介绍道："我知道美国有一个科学家团队，他们已经可以在实验室里，通过非常前沿的仪器，连接到人的大脑皮层，施加影响，让被实验者看到、听到、闻到，甚至摸到不存在的物体。实际上，我认识他们团队的一个家伙。"

我心想，像梁警官这样的人，会把对方叫成"家伙"，那一定是他很熟悉、很铁的哥们儿。看来梁警官的路子很野啊，以后有机会要让他帮我引荐下。

说到这里，他却停了下来，说："不好意思，我说得太远了。鬼叔，其实我想跟你讨论的是，脑控机器虽然不存在，但根据一些不适合公开，不对，是一些不存在的案卷……"

说到这里，梁警官抬起头来，对我狡黠地一笑，我也报以会心一笑。他继续往下说："脑控虽然不存在，但是比如说，我通过深度催眠，改变你的想法，让你做出我希望你做的事情。这种方法是确实存在的。"

我皱眉道："你说的是洗脑？"

梁警官摇了摇头："不，我们日常所说的洗脑，是采用利益驱使的方法编造一些理论迷惑对方，按照某一个行为模式去行动，一般来说是比较粗放的。我现在说的深度催眠，是通过长时间、高密度、不为人知的方式，从大脑深处影响对方，使他去做一件非常具体的事情，比如说……"

他先看了一眼手表，又拿起我刚才喝空的那个一次性纸杯，在手里轻轻一捏:"比如说,让我,梁超伟,在9号17点26分,捏扁一个喝水的纸杯。"

梁警官摊开手,纸杯像是遭受了《三体》里的维度打击,从三维的圆筒,变成了二维的纸片。

我想了一会儿,总结道:"所以你的意思是,凶手是通过某种深度的催眠让猴子跟那个妹子杀死了自己?"

梁警官做了个潇洒的投篮动作,纸杯划出一道漂亮的抛物线,准确地落入窗户下的垃圾桶里。

"没错,就是这样。但是问题在于,从不存在的那些卷宗里,我看到的最厉害的深度催眠的例子,也不过就是让银行的经理,在某个指定的时间,打开装满现金的保险柜。而且,在这个案例里,凶手为了达到这个目的,在经理常去的面包店里当了一年的店员。"梁警官摆了摆手,"具体细节不能再说,总之,我的意思是,要达到让受害人自杀,而且是屏蔽了大脑里所有痛觉神经,用突破生理极限的极端方式自杀——这种程度的深度催眠,要用多长的时间、多精巧的方式、多高深的技巧来实现,难度之高,简直无法想象。"

我点了点头,对他的说法深以为然。如果真有这种深度催眠杀人的手法,可以让凶手逃脱嫌疑,而且实施起来难度不高,那这个世界就太危险了。

我皱着眉头问:"梁警官,按照你的专业判断,要达到这种程度的深度催眠,难度有多大?"

梁警官想了一会儿,打开笔记本,拿起笔来在上面画了一架飞机。他把笔记本推到我面前:"鬼叔,你看,如果说普通的催眠是在纸上画一架飞机,那么让经理打开保险柜的深度催眠,就像是造一架真正的飞机,而要做到让两人自杀的程度,就像,呃……"

我看着纸上那歪歪扭扭的飞机,接着他的话说:"就像造一架真正的飞机,再把飞机一口吃掉。"

噗，我这是什么破比喻。我想了一想，若有所思道："梁超伟，你老实告诉我，你是不是觉得，我也是造飞机的其中一个人？"

梁警官看了我一眼："没错，虽然你是我的朋友，不，应该是就因为你是我的朋友，所以我必须跟你坦白，我的想法确实是这样的。但是鬼叔，你千万不要误会，我们分析过了，你完全没有杀害这两个人的动机，所以我们真正担心的是……"

我皱着眉头，补充道："你们担心的是，我是在无意之间成为实施催眠的一分子，甚至可以说，我也是被人催眠了，然后按照这人的指示去催眠别人。"说到这里，我倒吸了一口冷气，"至于我实施催眠的方式，最可能的，当然就是写小说了。"

梁警官赞赏道："鬼叔，我不得不佩服你的推理能力。"

我摆了摆手："拍马屁的话就不用说了。"

我左手五指敲击着桌面，模仿打字的动作，一边皱眉道："一本小说里，有各种情节、人物、动作、对话、心理活动，在这些表象下面，隐藏的是作者价值观的输出。作为读者，是接受价值观输入的一方。"

我深吸了一口气："一个人，看了一本小说，然后改变了对一件事的看法，甚至改变了价值观，也不是奇怪的事情。比如，刚看了一本主角努力打拼的正能量小说，可能这几天背英语单词的时候，动力就会足一些。要认真说起来，这其实也是一种催眠。"

我挠着后脑勺："可是，就像我们前面说的，这只是一个大方向的转变，并不能让看书的人精确地按照作者的意图，去做一件具体的事情。举个不恰当的例子，看了《冰与火之歌》，有可能会卖弄地说几句'凛冬将至''雪诺你什么都不懂'，可是，马丁大叔再怎么牛，他也没办法指挥我撒尿的时候是往左撒还是往右。"

梁警官点头道："你说得没错，但你有没有考虑过，如果有人精通催眠之道，通过不断重复的情节，或者按照某种规律分布，隐藏在字里行间的催眠信息，甚至是阅读文字时产生的节奏，依靠这些精巧的催眠技术，是可以影响人类的大脑，最终让看书的人执行某一个任务的。"

我苦笑一声："你说得很对，可是我一个写着玩的不入流的作者，哪里懂这些厉害的技术？"

我突然想起了什么，顿了一下道："不过，说起小说催眠，我倒是想起……"

梁警官果然被我唬住了，身体前倾，紧张地问："想起了什么？"

我装出一副严肃的神情："我倒是想起，我写的那些故事，有些又臭又长的心理描述，可以催眠看书的人，催眠，字面意义上的，就是他们看了会想睡觉。"

梁警官差点要翻白眼："鬼叔，你很幽默。"

不过，如果存在这样的可能性，那么问题就到了另一点。我写小说这件事，是不是也受到了谁的催眠？

这么想着，我拿起梁警官的笔，在笔记本上一边写写画画，一边分析道："两名受害人，从表面上看，他们的共同点是都在我的粉丝QQ群里。但是实质上，他们更为本质的共同点，是都看过我的小说。"

我在这两个人的名字上都打了个叉，然后分别引出一条直线，汇总到我的名字下："我，鬼叔，真名蔡必贵，为什么会在网上写小说呢，分析一下。第一本写的是关于雪山的故事，起因是跟一个当导演的朋友，说过在雪山上的经历，他建议我写下来然后卖给他拍电影。"

我在自己的名字上画出一条线，往上到"强导"的名字下，继续分析道："但是呢，这哥们儿就是个二愣子，除了拍电影就只知道泡妞，不可能想着杀人，更不可能懂深度催眠那么高深的东西。"

我在强导的名字旁边打了个叉，继续道："好了，那再分析下第二本小说，关于高维生物跟时间囚徒的，我会写这个是因为……"

梁警官的眼神一下亮了起来，我知道，我分析的这个可能性，戳中了他的兴奋点。这家伙心里在想的，一定是上次我所遇到的高维生物。深度催眠这么牛×的东西，如同上面所说，是徒手造一架飞机，然后再一口吃掉。如果是交给正常的地球人，当然做不出如此壮举，但如果实施者是一个处在更高维度，对比人类是像神一样的存在的高维生物，要达到这个程度，倒也是可以解释的。

我怀疑，他之所以请我回来，最主要、最真实的原因，还是我遭遇高维生物的这一段经历。我在"高维生物"四个字周围画了个圈，又打上一个问号，然后扔下笔，抬起头来刚要说什么，突然间，外面传来了敲门声。

梁警官头也不抬地问："怎么了？"

门外是温柔的妹子的声音："梁队长，有人找您。"

梁警官眉头一皱："我正在忙，Karen（凯伦）你告诉他……"

这个叫 Karen 的妹子，竟然打断了梁警官："梁队长，是胡部长打电话来吩咐的，让您一定要接待这个人。"

梁警官的眉头皱得更紧了："是谁那么厉害，把胡部长都请出来了？"

Karen 的语气莫名兴奋起来："看样子是个富二代，长得好帅，名字叫……"她顿了一下说，"唐双。"

我下巴差点掉到地上，不是因为 Karen 把唐双当成了男的——这个真不能怪她——而是，唐双，竟然来找我了！我看了一下表，从刚才挂了她的电话到现在，不过两个小时。

从香港过关，来到广州的天河区，这是一路狂飙，完全不顾交通规则的速度。当然了，相比起飙车，更难的是搬出那个能治住梁警官的胡部长……

而这一切，都是为了我。要说心里不感动，那绝对是骗人的。没想到我的霸道女总裁唐双，在高冷的外表下竟然是个暖心系的小宝贝。

梁警官看着我的表情，马上就明白了："鬼叔，这人是你的？"

我挠了挠头，竟然还有点害羞："是……是我女朋友。"

纵然是见多识广如梁警官，一下子也没想明白里面的关系："富二代？女朋友？鬼叔你什么时候……出柜了？"

我懒得跟他解释，摆了摆手："出柜了也不找你，别废话了，我的救兵来了，快开门吧。"

梁警官耸了耸肩膀，无奈地说："好吧。"

他站起身来，亲自去打开了办公室的门，门口站着的是一个穿着职业套装，脸上却还很稚嫩的妹子。

梁警官疑问道："Karen，人呢？"

妹子脸上的表情很紧张，似乎不敢大声说话，手藏在身前，偷偷指了指身后，小声说："在会客室。"

梁警官让妹子去忙自己的事，然后回过头来，对我说："鬼叔，你这个男朋友，好厉害啊，连胡部长都请出来了。"

我懒得纠正他到底是男朋友还是女朋友，反正等下见面了，他自然看得出来。唐双虽然是说要见见梁警官，谁都猜得到，她肯定是来把我带走的。按照我对唐双的了解，她想要做的事，很少有做不到的。除了搬出胡部长，搭通天地线外，我相信她一定是有备而来，可以顺利把我带走，所以，这一点我基本不用担心了。但是，梁警官把我请来"协助调查"时，又是擒拿又是电击枪的，现在让我走我就会乖乖走了吗？那我也太没面子了。

这么想着，我站起身来，梁警官以为我要往外走了，我却反而一个转身，走到窗户前站定，慢悠悠地说："你这个办公室，视野很不错啊。"

梁警官有点不淡定了："是挺不错的，不过鬼叔，你男朋友正在等你，我们……"

我转过身来嘿嘿一笑："这里挺舒服的,我不想走了。"

"谁不想走了?"门外传来一个清脆的声音,我的女朋友唐双,虽然造型像个帅气的贵公子,可是声音却还是清脆动人的女声。

一秒钟后,她果然出现在门口,身后还跟着两个穿西装的男人,其中一个身高一米九几的,是她的司机兼保镖"大只佬",广东语里"大块头"的意思——Tommy(汤米);另一个提着黑色牛皮公文箱,戴着金丝眼镜的,我不认识,看起来像个律师。

至于她本人,穿着一身雌雄莫辨的灰色西装,剪裁得体,配合她帅气的脸和短发,如果不仔细盯着她胸口看,把她当成一个长得特别美形、接近二次元的美男子,也是很正常的事情。

她站在门口,冷峻地问我:"蔡必贵,是你不想走了吗?"

面对霸道女总裁的质问,我不禁有点慌张:"啊,没有,没谁不想走啊。"

对着梁警官我敢闹一下,对着唐双我可不敢,她改变主意不管我了我不怕,但我知道,她把我带回去之后,有一千种方法可以让我痛不欲生……

唐双举起右手,身后的两个人越过肩膀看见唐双的手势,识趣地停在门外了。梁警官伸出手来,想要跟她寒暄,她却仿佛没看见一般,径直向我走了过来。梁警官尴尬一笑,关上了办公室的门。

其实正常状态的唐双待人接物是很有教养的,谈吐得体,笑容可掬。不过,对于把她男朋友抓回来"协助调查"的警察,她估计有点生气,所以才给梁警官这样一个下马威。

唐双走到办公桌前停下,我赶紧三步并作两步,把电脑椅推到她身后,让她舒服地坐下。然后,我就诚惶诚恐地站在她身后,一秒钟变身小跟班。我的霸道女总裁,就是这样自带 Boss 气场,碾压周围所有玩家。

如果用小说类型来形容,一分钟前还是侦探小说,现在画风突变，已经成了"霸道女总裁爱上我"的肉麻言情小说。

唐双在椅子上坐定，跷起右腿，直截了当地说："梁超伟队长，我是来把蔡必贵带回去的。"

梁警官刚在椅子上坐定，他的眼神比刚才那小妹好多了，一下子就看出唐双的真实性别："唐小姐，我请鬼叔回来是为了协助调查，现在，暂时还没结束。"

唐双冷冷地说："效率低下是你们自己的问题，刚才胡叔叔跟我说，可以随时把我的人带走。"

她口中的胡叔叔，自然就是梁警官所说的胡部长了。胡叔叔、胡部长，光从这两个不同的称呼就能感受到梁警官的压力，一如我现在从他表情里看到的那样。

梁警官眉头皱得更紧了，但是他作为一个有骨气、负责任的国际刑警，口风却一点都没有松："跟唐小姐会面是一回事，让唐小姐马上带走鬼叔，又是另一回事了，请原谅我暂时无法做到。"

唐双的声音变得更冷："梁队长，需要胡叔叔亲自跟你通话吗？"

梁警官看了我一眼，又看了唐双一眼，深深吸了一口气，一字一顿地说："我相信胡部长，不会强行打断我们的破案进程。"

唐双反而轻轻地笑了一下，我听得出来，这是她对于一个有骨气的警察的赞赏。

然后，她从随身的 Hermes（爱马仕）公文包里，掏出了一个牛皮纸档案袋，扔到办公桌上，一边漫不经心地说："好，既然胡叔叔压不住你，那我们来看看这个信封里的东西吧。"

梁警官伸手去拿那个档案袋，一边拆绕着的白线，一边问："这里面是……"

我也好奇地站到办公桌前，想看这个普普通通的档案袋里到底装了什么。却是两张 A4 纸，一张写满罗马文字，看上去像是德语，另一张是同样文字的表格。另外，还有一张照片。上面是一具烧得

焦透了的尸体，背景是在一条火车轨道旁的草地上。

我倒吸了一口冷气，马上反应过来："这是第三个受害者？"

唐双对我说话，声音也是一样的冰冷："你还不算太笨。"

然后，她轻描淡写地说了一番话，在我跟梁警官听来，却如同火车轰隆隆碾过般震撼："德国慕尼黑，发现了第三个死者，雅各布·席克尔格鲁贝，是个22岁的当地青年，热爱中国文化，熟练掌握中文。Leslie死后的一个小时，雅各布在跟朋友户外烧烤的时候，把助燃用的酒精倒在自己身上，自焚身亡。"

我浑身汗毛倒立。恶灵——它并没有停止行凶！更可怕的是，唐双说这个叫雅各布的德国男青年，熟练掌握中文。难道说，他也喜欢看中文悬疑小说，也是我的读者，也在我的QQ群里？

这样的话，我甚至要怀疑自己是不是隐藏着什么以小说杀人的变态人格。或者说在写小说的时候被恶灵附体，所以才会用小说催眠、谋杀了三个，不，甚至更多的无辜读者！

我的呼吸变得越来越急促，我曾经不止一次地面临生命危险，可是，当真切地意识到，自己可能是杀了好几个人的凶手——这让我比自己要被杀掉还紧张！

唐双回头看了我一眼，她脸上镇定的神色，不知为何，让我稍微放松了下来。紧接着，她又说了一番话，让我在短短几分钟里，再次大吃一惊，遭遇了又一次神转折。对，大吃一惊的只有我，并不包括梁警官，因为他对唐双要说的话，其实早就心里有数。

换句话说，这家伙他请我回来"协助调查"的时候，就知道我是无辜的。两个受害人都在我的QQ群里，完全是一个巧合。接下来，唐双就像一把快刀，把我这团乱麻斩得七荤八素。

她回过头去，看着梁警官那庄严肃穆的样子，就像是庭上正在宣判的女法官："梁队长，之前你把鬼叔带回来协助调查，对他说的理由，是侯小杰跟许乐诗都在鬼叔的粉丝群里。但是，你却隐瞒了一个更为重要的事实。"

梁警官握着双手，有点尴尬地一笑，没有说话。

唐双继续道："Leslie 跟侯小杰在进鬼叔的 QQ 群之前就认识了，实际上，正是侯小杰把鬼叔的小说介绍给 Leslie，然后让她一起进群里聊天的。"

我皱起了眉头，然后又舒展开了。因为虽然两个受害人都在我群里，这个事实没有变化，但 Leslie 是认识猴子在先，被推荐小说，拉进我的 QQ 群在后。本来我跟两个受害人都是强关联，现在变成了猴子跟我是强关联，跟 Leslie 是强关联，而我跟 Leslie 是弱关联了。可别小看这么一点变化，认真分析的话，我是恶灵的这个嫌疑，要马上减少一大半。

## 第五章
## 摘星录 OL

唐双继续介绍案情:"在这之前,他们两个分处南北半球。家庭条件、兴趣爱好完全不相同的两个年轻人,之所以会成为网友,是因为他们在玩同一款游戏。"唐双停顿了一下,说出这个游戏名,"摘星录 OL。"

我忍不住插嘴道:"摘星录 OL?我好像听过这个游戏,是个 MMORPG……"我突然想起来了,这个游戏,猴子之前也给我推荐过。

唐双回头看了我一眼:"你很懂嘛,什么是 OL,什么又是 MMORPG,解释下。"

我不禁有些得意:"哈哈,游戏嘛,男人当然要比女人懂得多一点了。OL 简单,就是 On-Line,在线的意思,说明这是一款网络游戏,不是单机游戏;MMORPG 嘛,用中文说就是,就是,呃,大型多人在线角色扮演游戏。"

梁警官补充道:"没错,英文全称是 Massive Multiplayer Online Role Playing Game,像以前流行的魔兽世界,就是 MMORPG 的代表作,一代人的集体回忆。"

我打量了梁警官一眼,这个国际刑警看起来可不像是会玩游戏的主儿。很有可能,他是因为案情需要,所以做了这一方面的功课。

我继续说道:"这个叫摘星录 OL 的,我虽然没玩,但是朋友圈前阵子被这游戏刷屏了,QQ 群里也经常有年轻人激烈地讨论,所以我知道一些。据说这是个次世代的 MMORPG,取代魔兽世界的国民游戏,而且更加难得的是,主创团队是我们国内的,公司好像就在深圳。"

作为一个前魔兽世界"高玩",前英雄联盟"塑料王者",接下来我就要分析摘星录 OL 这个游戏传说中无比精妙的捏脸系统,还有据说非常厉害的人工 AI,突然之间,我想到了一个问题。

我看了一眼唐双,又看了一眼梁警官,诧异道:"该不会,那个叫雅什么布的德国佬,也是这个游戏的玩家吧?"

唐双剜了我一眼,一副"你才知道啊"的表情。还是梁警官比较厚道,他点点头说:"没错,是这样的。"

不对,厚道个头啊!我呆了三秒,突然爆发道:"这三个人都在玩同一款游戏,照这么说,这案子肯定跟游戏脱不了干系啊!这样一来,我还有什么嫌疑?!"

梁警官耸了耸肩膀:"鬼叔,我一开始就是这么说的,你并没有在我们的嫌疑人名单里,请你回来只是为了'协助调查'。"

现在回想起来,他一开始就是这么说的,也从来没有改口,不过……

我提高了音量:"那你刚才跟我说的一堆,什么小说深度催眠,什么高维生物,是什么意思?"

梁警官一脸无辜的样子:"鬼叔,这些话题,都是你自己说的啊。"

我哑口无言,恼羞成怒却又自知理亏,一时竟说不出话来。这么说来,梁警官刚才跟我讨论的各种可能性,真的就是在"协助调查"而已;他根本就没把我当成嫌疑人,也不会相信通过一本小说就可以催眠杀害几个读者。

梁警官之所以跟我说那么多,不是为了找出我是凶手的可能性,

相反,是尽可能排除我的嫌疑。这样,他才可以心无旁骛地回到另一个方向——摘星录 OL,那个他真正怀疑的,从头到尾一直没有改变过的方向。

我深深吸了一口气,在脑海里重复着一个事实:侯小杰、许乐诗、雅各布三个受害者,都是一个现象级游戏—— 摘星录 OL 的玩家。而侯小杰跟许乐诗,之所以会是我的小说读者,并且都在我那 500 多人的粉丝 QQ 群里,不过是一个巧合,一个乌龙的巧合。因为这个巧合,我不光早上差点被吓尿,还受人之托来到了犯罪现场,被守株待兔的国际刑警带回来"协助调查"了一下午。

真是倒霉。不过,当然了,我所谓的倒霉跟那三个受害者是没法比的。这三个人尽管坐标相差几千里,却一个接着一个,通过极端的、类似宗教仪式的方法——侯小杰用刀、许乐诗用水、雅各布用火——把自己弄死了。

"三个游戏玩家诡异被杀"和"两个小说读者诡异被杀",虽然乍一听没有差别,不过实际上,游戏比起小说要有更多的可能性。尤其是一个当红的现象级游戏,拥有大量的玩家,虽然游戏是虚拟的,但是玩游戏的可都是活生生的人。有人的地方就有江湖,数以千万计的真实玩家,在线上线下展开互动,自然也就有恩怨情仇,相爱相杀的戏码。

更不用提,这一款游戏涉及的真金白银,还有围绕游戏产生的庞大生态了。所以,围绕着这个游戏,产生几件凶杀案什么的,并不是不可能的事情。我在心里默念着它的名字——摘星录 OL。

突然,我想到了一个问题:"梁警官,既然知道三个受害者都是同一个游戏的玩家,为了保护其他玩家,是不是要先把游戏关掉,别让人玩了?"

梁警官摇了摇头:"鬼叔,你想得太简单了。摘星录 OL 是个游戏,但不光是游戏那么简单。首先,TIT 公司已经在美国纳斯达克上市，牵涉上百亿美金的市值，几十万股东的利益，如果把游戏停了，会造成巨大的经济损失。"

我不由得诧异道："你们警方什么时候那么人性化了，还会考虑到散户亏钱？"

唐双冷笑一声："笨蛋，我来告诉吧，在 TIT 的股东里除了散户，还有手握大量股票的大股东，他们同时也具有很大的能量，包括在国际刑警的系统里。另外，作为一个逆向输出的国产游戏，摘星录 OL 承担着更多的意义，如果没有确切的证据，就贸然关停游戏，到时候板子打下来，没人承担得起。"

梁警官耸了耸肩膀，表示赞同。

唐双清亮的声音响彻整个办公室："该说的都说了，该了解的也了解了，梁队长，我现在能带他走了吧？"

梁警官就这样被唐双逼到了墙角，我以为他会没面子、不甘心，至少会感到尴尬，谁知我还是高估了他。或者应该说，我低估了在他这一张路人的相貌之下，那比砖头还厚的脸皮。

梁警官竟然轻松一笑："当然可以了，唐小姐。"

看来这个家伙，认为我已经没有了"协助调查"的利用价值，本就不是非留我不可，更何况还有个胡部长在后面撑腰，他自然乐得做个顺水人情。然后，他双手拢起桌面上的资料跟照片，如获至宝似的贪婪地说："这些资料，唐小姐不介意……"

唐双大气地一挥手，示意梁警官尽管拿去。就像这些她不知道搭通了哪条天地线，比国际刑警还要早到手的凶杀资料，只不过是一些超市的促销宣传单一样。然后她站起身来，什么话都不说，只是看着我的脸。

在她眼神的高压之下，我嗫嚅着说不出话，小腿竟然有点打战；虽然不知道自己做错了什么，但肯定是做错了什么。下一秒，她却是扑哧一笑，挽起我的胳膊："走啦，我们回家。"

我长舒了一口气,刚才弯下的腰板自然就挺直了,油然而生出一种幸福感。我的霸道总裁女朋友唐双,这是在给我面子,不让我在梁警官面前抬不起头。

我对着梁警官嘿嘿一笑,左手手指碰一下额头,做了个挥别的手势:"梁警官,后会有期。"

他忙着整理刚到手的资料,头也不抬地说:"抱歉,我就不送了啊,Karen 会带你们出去的。"

我心想,君子报仇,十年不晚,不对,应该说上次从雪山回来,还有跟时间囚徒较量的事,都是梁警官帮我解决的,一直没有机会感谢他。那我就原谅他这一次,嘿嘿,当是功过相抵,互不相欠了吧。

唐双挽着我,刚走到门口,我已经脑补出了今晚回到家里,不,干脆就在广州订间好点的酒店,晚上说不好还能有所突破……

身后却传来梁警官的声音:"啊对了,鬼叔,这一次请你来,其实不光是协助调查,还有一件事想拜托你。"

我好奇地回过头去:"什么事?"

唐双像是没听见我们说话似的,一边挽着我的手,一边就要去开门。我虽然明知她可能会生气,但是却无法抑制自己的好奇心:"糖水……"

唐双平时叫我必贵,蔡必贵,亲热时叫我鬼;我在有人时喊她唐少、唐总、唐双,没人时,或者有事相求时,就叫一个我给她起的昵称——"糖水"。虽然听起来有点甜腻,有点肉麻,但谈恋爱不就是这样嘛。

唐双当然知道我的意思,一把拉开门说:"别理他,我们回去了。"

我却吃了熊心豹子胆,站在原地,许诺道:"听他讲完嘛,讲完我们就走,反正我绝对不会帮他的。"

就算回去跪键盘,我也要听听梁警官这家伙是想求我干吗。对于我这样一个充满求知欲的人来说,心痒,可比膝盖痛还要难受。

门外一屋子人都在看着我们，唐双的保镖、律师、刚才那个 Karen，还有其他梁警官的看热闹的同事。这样一来，唐双也不好发作，只好皱着眉头说："快点。"

我催促梁警官："什么事，你说。"

梁警官却卖起了关子："鬼叔，你先帮忙把门关上。"

我忍住心中的不爽，照他说的关上了门，不敢去看唐双的脸，加快语速道："当红网络小说家梁超伟，你卖的这个关子我给九十分，不过现在别装了，有什么事赶紧说。"

梁警官瞥了我一眼，又把视线移到唐双脸上，故意叹了口气："唉，算了，我想你帮不了我的。"

他的动作跟语言，明显是在用激将法，像叔这样成熟的男人，对这样低级的激将法——还真是照单全收呢。

我深深吸了一口气，大声道："别废话，你倒是讲啊。"

梁警官装出一副欲言又止的样子："真的要讲？"

我还没回答，唐双已经看不下去了，冷冷地说道："你说。"

梁警官先是叹了口气，然后慢慢地说："唉，我本来是想拜托鬼叔，让他去做卧底的，现在看来……"

我吃惊道："卧底？"

梁警官点了点头："卧底，我觉得鬼叔是特别合适的人选。"

我心里有点惊讶，但更多的是兴奋。初次在雪山上遇见梁警官的时候，他就是以一个卧底的身份，混迹在几个疯狂的日本科学家队伍里。而这次，是我在现实生活中，第一次遇见真正意义上的卧底。在此之前，像大部分男人一样，电影里那些隐忍、顽强、每天刀口舐血的卧底形象，都深深地烙印在我的青春记忆里。有机会当一次卧底，包括我在内的许多男人，都曾经这么幻想过吧。

我用余光打量了一下唐双，她脸上并没有明显生气的表情，于是，我斗胆问道："卧底，什么卧底？我知道了，是当玩家对不对，卧底进摘星录 OL 的玩家群体里？"

梁警官却摇摇头："不是的，比这个有挑战多了。"

他面对着我，我竟然从他的眼神里看到了真诚。在这个国际刑警中国华南分部，一间门牌上没有写任何字的办公室里，这个身材魁梧的前卧底梁警官，一字一顿地说："所以，我才觉得鬼叔你是个合适的人选。"

唐双一看我的蠢样子，就知道我已经动心了，抢在我前面，对梁警官呛声道："让一个平民去当卧底，你们部里就那么缺人吗？要不要我让胡叔叔帮忙，给你加派点人手？"

梁警官似乎早就料到唐双的反应，笑着摇了摇头："谢谢唐小姐，有心了，我并不缺乏优秀、专业、勇敢的同事，但是，这次卧底的人选，还真的就没有比鬼叔更合适的。"

他转头看着我，开始了糖衣炮弹的轰炸："唐小姐，你男朋友是我遇见过的最有探索欲、最有责任感、也最有正义感的人。鬼叔，虽然侯小杰跟 Leslie 的遇害跟你没有关系，但他们是你的朋友，对不对？"

我心里突然凝重起来，不由得点了点头。

梁警官继续道："探索欲、责任感、正义感，这些是难得的品质，但还不是最难的。除了这些，更厉害的是……"梁警官表情严肃，一本正经，"鬼叔是我见过的人里，运气最好的一个了。不论遇到多么凶险、多么诡异的情况，他总能转危为安。"

我点了点头，稍微有些得意地说："可别小瞧运气了，要我说，从某种意义上说，运气就是实力，运气就是人品，运气就是正义。"

我偷偷看了一眼唐双，抓紧机会献媚道："要不是我上辈子拯救了银河系，这辈子运气爆棚，怎么会找到唐双这么好的女朋友。"

唐双用手肘狠狠地顶了一下我的腰，万万没想到，一个堂堂的霸道女总裁，在发脾气的时候，竟然也用这种小女生的招式。不过，相比普通女生，唐双还是更胜一筹——顶得更痛，让我忍不住"哎哟"一声叫了出来。

在我一边倒抽冷气、一边按着腰的时候，唐双向梁警官发起了攻击："梁队长，我想我有必要提醒你，作为一个专业的国际刑警，怂恿平民去当卧底是不专业、不负责任的行为。如果你继续坚持，我想我会行使投诉你的权利。"

梁警官耸了耸肩膀，脖子上的筋牵着嘴角向下，做出个吓到了的表情。

我揉着右腰，在唐双耳边小声地说："他还没说让我去做什么卧底呢……"

唐双瞪了我一眼："蔡必贵！你还真的想去做卧底是吗？你忘了我们在一起之前，你答应了我什么？"

我当然没有忘。跟唐双正式确立关系，是在马尔代夫一个叫鹤璞岛的岛屿上。在那个藏着许多秘密的小岛上，我跟唐双一起找到了一架失踪的空客A310民航客机，在我们找到这架飞机之前，它已经被海水淹没了20年。为了救昏迷了的唐双，我把自己的救生衣套在她的身上，然后沉入海底。如果不是因为一条通人性的巨型魔鬼鱼，我早就死在鹤璞岛的潟湖里了。

唐双之所以跟我在一起，很大程度上是因为我救了她一命。但是，人就是这么矛盾，作为她跟我在一起的条件，她要我发誓，从此不再参与任何危险的行动，要一辈子好好地陪在她身边。当然了，会如此要求跟她非常特殊的成长经历也有关系，所以我很能理解，也答应了她的要求。

可是现在……我深深吸了一口气，挠了挠头说："糖水，我们先等他说完嘛，可能一点都不危险呢。"

我向梁警官使了个眼色，示意他赶紧讲。这家伙却装神弄鬼，一副犹豫的样子："鬼叔，要不然我就不说了吧，害你跟唐小姐吵架

就不好了。"

堂堂一个有着万千粉丝的我,这个时候,怎么能丢得下脸?

我不顾唐双变得越来越冷的脸色,拿出仅剩的勇气,从牙缝里挤出两个字:"你说。"

梁警官打量了我们一下,终于下定了决心,说:"好吧,那我长话短说。我想要拜托鬼叔的,是让他到制作摘星录 OL 这个游戏的 TIT 公司,去做一个卧底。"

我不由得惊叹了一声,对啊,我只想到他让我去玩家里当卧底,却没想到更刺激好玩的——去游戏公司当卧底!当一个卧底,是我心底隐藏的愿望之一。当一个游戏从业者,也是我心底隐藏的愿望之一。现在,竟然有一个机会,可以让我一次就实现两个愿望!我简直马上就要答应梁警官了,如果不是看见唐双那挂了 10 号风球的脸色的话。

她的声音听起来,就像台风来临前的平静:"蔡必贵,你听完了,现在可以走了。"

此情此景,就算我这样情商低的,也不敢再负隅顽抗、激化矛盾。我低眉顺眼地说了一声:"嗯,那我们……"

走字还没说出来,霸道女总裁唐双已经一个转身,打开房门,嗒嗒嗒地朝外走。梁警官一脸同情地看着我,我伸出右手拇指跟小指,比了个打电话的手势,示意以后再电话沟通详情。梁警官伸出拇指,表示知道了。

我赶紧转身,也不顾外面这些国际刑警们不逊于正常白领的八卦眼光,小步跑了起来,追赶唐双离去的步伐:"等等我!"

现在,我们坐在唐双的保姆车里,默默不语。比起梁警官刚才那辆寒酸的金杯面包车,唐双这一辆粤港两地牌的丰田埃尔法,可就要舒适得多,也体面得多。

大块头 Tommy 在前面开车，因为是粤港两地牌的车子，方向盘在右边，驾驶位也在右边。我跟唐双坐在车厢中间两个独立的座椅上，她在左，我在右。我几次想要开口，却欲言又止。这个时候的唐双，就像是一座即将爆发的火山，任何激怒她的行为，都是自寻死路。

如果不想被她愤怒的熔岩淹没，最好离得远远的。当然，困于一辆跑在高速上的保姆车里，也没办法离得太远，这样一来只好把嘴闭紧，什么多余的动作都不要有，只把自己当成火山脚下一块没人注意的小石头就好了。

可是，卧底耶，游戏公司耶！我心里翻来覆去地想，这简直太好玩了啊，受国际刑警之托，卧底大型游戏公司，找到玩家被害的幕后真相，世界上还有比这更刺激的事吗？

何况，其中一个，不，其中两个受害者是我的小说读者，跟我有过交集，就算是为了帮他们寻回公道，我也应该尽自己的一份力。还有，目前我们知道了三个受害者，在三个小时里死于恶灵之手。它杀死了三个人，但到现在为止，谁也不知道它是不是只杀死了三个人。更为严重的是，如果不能尽快搞清楚真相，逮捕恶灵，制止它的恶行，不知道还有多少无辜的玩家会命丧恶灵之手。

毕竟，摘星录 OL 是一个拥有几千万玩家的大型游戏，恶灵潜在的可加害群体，也就有几千万那么多。说不定，就在我们保持沉默的这一段时间里，就有人正在恶灵的阴笑里，用我们想象不到的极端手段，消灭自己的肉体。不过话说回来，除了对抗邪恶，拯救无辜群众于水火之中，毕竟我童心未泯，更吸引我的还是前面的两个念头。

我不知道哪根筋搭错了，想着想着，突然就脱口而出："卧底耶，游戏公司耶……"

当我意识到自己把这两个念头，用标准的普通话以声波的形式表达出来时,为时已晚。我分明看见,前排驾驶位上的 Tommy 通过倒后镜向我投来了同情的眼神。你是在自寻死路。他心里一定是这么想的。

唐双没有回头,眼睛仍然看着车前窗中飞速掠过的路面,轻轻地问了一句:"你说什么?"

我相信她刚才一定听到了我说的话,这么问我其实是在给我机会。只要我回答没说什么,乖乖跟她回去,以后也不要再提,那这事也就过去了。我吞了一口口水,脑海里浮现出几个画面。

阴暗的出租屋里手长脚长的猴子,每次我一出现在 QQ 群里,他都会来一句:"大师球!活捉鬼叔!"如果我在群里抱怨论坛上的帖子没人顶,一小时内一定会看到他的回帖。

还有管理员妹子圈圈。虽然我只见过她笑着的照片,但不知道为什么,她哭着跟我讲电话的画面,在我眼前活灵活现。还有,当梁警官说我是当卧底最合适的人选时,从他的眼神里,我看到了真诚。

探索欲、正义感、责任感……如果这些好的品质真的存在于我身上,那么它们应该要通过这样的卧底行动,好好体现出来。我决定了。每个男人心里都有一个小男孩,现在,他要说话了。

我深深吸了一口气,转头看着唐双,尽量平静地说:"糖水……"

唐双皱着眉头,双手交叉放在胸前:"不要这样叫我。"

我自讨没趣,只好换了个称呼,重新开始:"唐双,跟你商量一下,我想当卧底,呃,我……"我郑重其事地说,"我要到 TIT 游戏公司当卧底。"

这句话说出口,我已经预料到唐双会劈头盖脸把我骂一顿,没想到,她的情绪却很稳定。稳定得就像抱在怀里的、一枚没有引爆的炸弹。

她眼睛还是直视前方,语气冷淡,一字一顿地说:"你不要跟我提卧底两个字了,你知道的,我的亲生父母,就是卧底。"

我知道她说的都是真的，唐双的身世非常奇葩，她现在虽然女承父业，是一家大型物流公司的 CEO，不过她现在的父亲是她的养父。而她真正的父母，是一对特工，因与组织不合，双双被害了。

这件童年时期的意外，造成了唐双长达 20 年时间里，经常在重复一个噩梦，也造成了她外表强悍，但内心极其缺乏安全感的个性。这也难怪，她会对"卧底"这个词，那么敏感。

见我没有回答，唐双又追问道："蔡必贵，你还记得答应过我什么吗？"

我吞了一口口水，不假思索道："当然记得，我答应你，永远不去做危险的事情，要一直好好待在你身边。"

在我们两个人正式确定关系之前，唐双告诉我，她轻易不会喜欢上谁，一旦喜欢上了，就无法承受这个人离开自己，不是分手的离开，而是遭遇意外，离开世界的那种离开。

所以，她要我答应她，只要一天还跟她在一起，就不能冒险。当时，我刚被巨型魔鬼鱼驮着从鬼门关走了一趟，心有余悸，稀里糊涂就答应了这个要求。可是现在，才几个月过去，我那无处安放的青春，又开始蠢蠢欲动了。

本来在一个月前，我就谋划着等天气好点，要去徒步一趟，什么乌孙古道、狼塔 C 线，听上去都很厉害的样子，实际上也非常有挑战性。如果能说服唐双一起去，她会带一大群向导啊专业驴友啊什么的，苦是苦点，安全倒是无虞。不过，现在看来，什么徒步，什么狼塔 C 线，跟当卧底一比，简直不值一提。天赐良机，我一定要珍惜。

唐双听完我刚才说的，点点头："你还记得，那就不用说下去了。"

我咳了一下，开始辩解："没错，我答应你不去做危险的事情，可是，到一个游戏公司上班，没看出有多危险呀。你想想，游戏公司里，最危险的不就是加班太多猝死吗？你看我这懒散的样子，怎

么可能嘛哈哈。"

唐双当然没有笑，而是皱起了眉头，严厉地驳斥我："蔡必贵，不要跟我装糊涂。游戏公司上班当然不危险，你要是有兴趣，我可以安排你到任何一家游戏公司，随便什么职位都行。"她终于回过头来，看着我的眼睛，一字一顿地强调，"但是！TIT公司，就一定不可以！"

我还想要狡辩，唐双终于开始爆发，无情地碾压我："我知道你想说什么，到TIT公司当卧底，不会遇到危险，对吧？拜托，蔡必贵，你都三十岁的人了，不要那么幼稚好吗？"

我挠了一下脸："可是，恶灵杀死的都是玩家，我是去参与游戏的制作，不是玩家，没事的。"

唐双冷哼了一声："你怎么知道没事？蔡必贵，我问你，你知道那三个受害者，是因为什么被杀的吗？"

我愣了一下，老老实实地说："不知道。"

唐双继续分析道："对，我们都不知道他们为什么被害，凶手的动机又是什么，所以，就更不能下定论，说凶手要杀的只是玩家，而不是游戏公司的人了。实际上应该这么想，相对于几千万的游戏玩家来说，上千个游戏公司员工，受害的概率要比玩家高几万倍。要保证安全，我们应该采取的方案就是在凶手被抓住之前，离TIT游戏公司，离摘星录OL越远越好，一点都不要沾上。"

我虽然心有不甘，但是不得不承认，她说得很有道理。

唐双看我没有出声，换了个温和点的语气："鬼，你不是说想要去徒步吗？我咨询了一下，狼塔C线、乌孙古道，还是太危险了，不过呢，我看了下日程，下个月可以陪你去川西藏区的洛克线走走，我看了照片，那里的风景也很美。"

她抬起右手，软软地盖在我的手背上："你看你，都那么大人了，能不能让我省点心啦。"

我抬起头来,看着她的脸。左手胡萝卜,右手大棒,我的霸道总裁女朋友果然有两手,难怪可以打理那么大一家公司呢。在唐双的威逼利诱下,该怎么说呢,我有点动心了。我低头想了足足有三分钟,终于还是想通了。就这样吧。

我抬起头来,对着唐双笑了一下:"洛克线我知道,是绕着仙乃日、央迈勇、夏诺多吉三座神山转山的一条线路,路上风光秀美,很不错的。"

唐双关切地听着,脸上露出了鼓励的表情:"你是说……"

我神情真挚地说:"你工作那么忙,难得能抽出时间陪我去徒步……"

唐双脸上放松了下来,笑道:"你能想通就好了,那我们……"

我深深吸了一口气,话锋一转道:"可是,洛克线跟那三座神山一直都在,你工作的闲暇以后也还会有。但是恶灵行动,还有卧底的机会,就只有这一次,错过了再也不会有。"

唐双眼睛瞪得大大的,脸上闪过失望的神色,然后,表情马上冷峻了下来。她想要抽回手,却被我一下子抓住了,她还要往回抽,我不放手,她也就不再挣扎了。虽然怕她生气,又不忍心她失望,但是我想,如果她真的喜欢我,应该会理解、支持我的。

我先是尝试跟她摆事实讲道理:"糖水,我答应过你不去做危险的事情,但是到游戏公司做卧底真的跟危险沾不上边。这样好吗,我每天至少跟你打卡三次,报平安,汇报进展,如果有什么不好的兆头,我马上撤。相信我,梁警官不也说了我是他见过运气最好的人吗?你看我从雪山顶上、海底飞机里都可以全身而退,区区一个游戏公司而已,又不是龙潭虎穴……"一口气说了那么多,我深呼吸补了一下氧,做出了承诺,"我答应你,全须全尾地进去,全须全尾地出来,绝对不让你担心。"

唐双脸上面无表情。我于是又换了个法子,准备卖一波温情:

"那个,糖水,既然说我们要在一起,长久地在一起,就是要双方互相体谅,对吧?你有没有听过一个说法,男人的心里都住着一个小男孩,一个好的女朋友,会好好呵护他心里的小男孩……"

唐双突然抬起头来,对我笑了一下:"我听过。"

我吓了一跳,心中一片狂喜。没想到这种朋友圈里看来的鸡汤,对付精明能干的霸道女总裁也一样有用。看来女人果然就是女人啊,无论平时多么理性、客观、中立,关键时刻还是要讲感情,一碗鸡汤下肚,就能让她服服帖帖。

唐双果然被我说服了,她把左手也放到我的手背上,轻轻摩挲,一边温和地笑着说:"鬼,你要去当卧底,没有问题,只要你答应我一个要求。"

我大喜过望:"你讲,别说一个要求,一百个要求都行。"

唐双笑盈盈地说:"我的要求就是……"她像变脸一样,突然之间表情巨变,恶狠狠道,"你给我下车!"

我还没反应过来,她左手在我手背用力捏了一下,我吃痛地叫了一声,她趁机把两只手都收了回去。然后,她命令Tommy:"靠边,停车!"

这可是高速公路啊!这女人失去理智了吗?

我摸着右手手背,垂死挣扎道:"唐双,你听我说……"

唐双冷笑一声:"好,你不是说一百个要求都答应吗,那我追加一条,闭嘴!"

我吞下了刚要说出口的话,现在还是乖乖就范为妙,不然这个小姑奶奶,分分钟要我脱光衣服再下车。"广深高速路段惊现裸男——身份为一业余网络小说家,此举是炒作?精神分裂?还是……",我可不想这样的标题出现在明天的都市报上。

男子汉大丈夫,说服软,就服软。不过就是闭嘴嘛。我乖乖地把嘴闭上,心里想着,反正这是高速公路,找不到停车的地方,等唐双气消了，也就好了。仿佛是为了打我的脸，刚这么想完，保姆车慢慢地停了下来。

我往窗外看去，原来刚才Tommy一直在向右变道，然后慢慢减速，是因为好死不死的，这一段高架桥上竟然有个还没修好的岔路口，宽敞得很，像个小型停车场。我坐着不动，心想，我不去拉门，门总不会自己打开吧？

然后，残酷的现实又狠狠地打了我的脸。我忘了，作为一辆丰田埃尔法，它拥有可由驾驶位操控的电动门。车就这样停在广深公路的一段高架桥上，右边车门大开，吹来初春的几缕冷风，左边车窗外，不断有大型车经过，让桥面都有些震动。但是桥面震得再厉害，也震不掉我脸上的尴尬。

唐双对我横眉冷目，右手霸气地一指门外："下车。"

我挠着头，心存侥幸："你不是说真的吧，这里前不着村后不着店的……"

唐双不再跟我废话，而是对着前面喊："Tommy。"

Tommy已经做好了动手的准备，听唐双这么一喊，就去解安全带。作为一个靠才华跟颜值吃饭的男人，身高从来是我的硬伤，面对这样一个铁塔般的一米九壮汉，我肯定占不了什么便宜。好吧，认真地说，应该是会被像拎小鸡一样，从车里捉出来？这个画面太美了，我不敢看。

我赶紧阻止Tommy："不用了。"

然后我一边解开安全带，一边做着最后的努力："糖水，唐双，要不我坐后面座位，啊，不，我躺到车尾箱里，我不说话，你就当我下车了，行吗？"

唐双皱着眉头："我可以给你一次机会，你现在打电话给梁超伟，告诉他你绝对不会去当卧底。"

我心知她正在气头上，无论如何也不肯饶过我，可要我放弃当

卧底的机会,或者这次先蒙混过关,等安全回到深圳了再说,也不是我的作风。那还能怎么办呢?

我心如死灰,叹了一口气,转过身去,跳下了保姆车。第一个感觉是,好冷。不光是心里冷,还有物理上的冷。毕竟这是早春,昼夜温差大,现在天已经黑透了,还刮着阵阵小风。而我,还穿着中午出门时的短袖衫。

"阿嚏!"我打了个喷嚏,双手交叉搂着上臂,回头想要对唐双说,我后悔了,不去当卧……可是,电动门已经缓缓关上了。

夜色中,一身黑色亮漆的丰田埃尔法,尾灯一红,缓缓开动了。只留下一个身穿短袖的我,书写着一个大写的"惨"字。而我,只是想去游戏公司上个班而已。苍天哪,还有比这个更惨的吗?苍天马上用实际行动告诉我——还有。

因为,我伸出手,感觉到了掌心的湿润。呵呵。又开始下雨了。我看着被雨点打湿的手机屏幕,艰难地朝前走着。导航地图告诉我,下一个出口,离我现在的位置不到五公里。

雨越来越大,我的短袖都湿透了,头发也都趴了下来,贴在额头上。幸好,今天晚上的车不多。刚才我打电话给梁警官,想让他来搭救一下我,毕竟我落成现在这个德性,他也要负一定责任。不对,是要负全部责任。

离开的时候,我只顾着追唐双,竟然忘了拿卡宴的钥匙,所以现在是连车带钥匙,都还在梁警官的手上。不过这样倒好,我可以让他把车开到高速公路上来找我。如果我能找到梁警官的话……

一开始是高速公路上没信号,我往前走了几百米,终于有信号了,却打不通梁警官的电话。我试了七次,都关机。看来这家伙,拿到了唐双给他的德国佬的资料,正在跟同事开会研究,挑灯夜战什么的吧。总之,他是指望不上了。梁超伟,你给我记着。

然后我尝试着伸手拦车,可这是高速公路,来往的车时速都在

90公里以上，而且还是晚上，还下着雨。别说他们看不见我，就是看见了也来不及减速停下，就算真的能减速停下，看我现在这副尊荣，也没有人愿意停车。

这也好理解，换了我开车，也一样不会停下来的。谁知道这样一个夜里出现在高速公路上的男人，是神经病、流浪汉，还是拦路抢劫的呢？总之，只能靠自己了。好一个落汤，不，落难书生呀。

幸好手机电量还是充足的，幸好导航地图还能打开，离出口一共有五公里，我已经走了一大半，再坚持一下，马上就要到了。间隔十几秒，身后就会亮起过往车辆的大灯，偶尔还有靠右行驶的车辆，发现了我之后就狂按喇叭。即使我已经紧紧贴在护栏上走，也丝毫不能减少他们的愤怒。

我心里想，如果现在有一个司机，大发善心，停下来带我一程，我一定要好好报答他。钱能解决的话最好，给个三千？不，五千我都觉得不算多。

当然了，如果开车的是个妹子，嗯，妹子一般会比较有爱心，妹子呢又刚好单身，然后她也刚好对我有兴趣——反正我只要坚持去TIT当卧底，离被唐双甩也不远了——那么，滴水之恩，涌泉相报，为了答谢这个好心的妹子，我当她男朋友也未尝不可。

唉，可惜啊，世风日下，这样的人哪里去找。刚这么想着，突然之间，身后亮起了明亮的车灯。这车没有鸣喇叭，而且，车灯没有快速掠过，说明车子正在减速。我心头一阵狂喜，原来老天并没有抛弃我，真的派了辆车，来救我这个落难书生？

我停了下来，回头望去，却被车头的大灯亮瞎了狗眼。但是这辆车的车主，素质竟然如此之高，他见我回头马上把车头大灯熄灭了。会这么体贴，就算不是个妹子，也是个素质很高的男车主，跟他商量一下，搭个顺风车肯定没问题，都不用他送我回深圳，送到高速路下面可以打车的地方就行。

我满心欢喜地看着车慢慢朝我靠近,直到我看清了车头的牌照。两张牌照。下面是黑色的粤Z××××港,上面是黄色的纯英文,SHAWN,这是个英文名,很男性化,读音也很适合,霸道总裁唐双。

妈的,这就是刚才扔下我的丰田埃尔法,我甚至都看见了那个塞在驾驶位上,大猩猩一样的Tommy。高速路不能掉头,所以这辆车肯定是在后一个出口下去,掉头上高速,然后又回到前一个出口,再掉头回来。也不怕头晕。所以,唐双这是要闹哪样?

我反正死猪不怕开水烫,就死死站在那里,双手叉腰,等着车开过来。大不了,接受她暴风雨般的语言嘲讽,然后再一次扔下我跑掉。

车开到我面前,车窗慢慢降了下来,露出唐双冷若冰霜的脸。我苦着脸不说话。她看着我也不说话。我们互相看着对方,直到她突然笑了一下。

唐双摇了摇头,一副拿我没辙的样子:"蔡必贵,上车。"

我瞪大了眼睛,怀疑自己听错了。我没有听错,电动车门又缓缓打开了。我高兴得差点跳了起来,不,是真的跳了起来。

我抬头高声欢呼:"唐双,我爱你!"就连雨滴掉进嘴里都不介意。

唐双怕丢人似的,招呼我赶紧上车。我满心欢喜地往车上钻,刚想要表达心里的感激之情,唐双却先开口了:"你别高兴太早,我没有原谅你,只是怕你在高速路上被撞死了。"

我嘿嘿笑着,女人啊,都是口不对心。你不原谅我的话,又绕这么大一圈回来接我干吗?不过,这一次,我才不会傻到再激怒这姑奶奶。

我在座位上坐好,绑上安全带,一边小鸡啄米似的点头:"嗯嗯,我知道,我错得离谱,不值得原谅。"

唐双的脸又冷了下来:"少油嘴滑舌的,我再问你一次,蔡必贵,是不是一定要去TIT当卧底?"

我挠了挠头:"我说是的话,你是不是又要赶我下去?"

她皱着眉头,呵斥道:"回答我的问题。"

我深深吸了一口气,豁出去道:"你别生气了,可是我这次是真的想去……"

唐双严肃地看着我,我以为她又要赶我下车,手已经自觉地放在刚扣好的安全带上。然后,她却闭上眼睛,叹了口气。我看着她向下的嘴角,心里突然觉得难受了。我倒宁愿她骂我,赶我下车,也不愿意看她难过。妈的,我就是犯贱。

唐双睁开眼睛,勉强笑了一下:"蔡必贵,你要去,我也拦不了你。虽然在一起不久,但我还是对你有些了解的。平时看上去吊儿郎当、不着四六的,但是你一旦决定的事情,九头牛都拉不回来。"

我不好意思地笑笑,摸着后脑勺说:"也不是啦……"

唐双嗔道:"什么也不是,你还以为我在夸你是吗?真是气吐血了,算了,你去吧。"

我吐了下舌头,心想,难道刚才真的不是在夸我?

唐双看着我的表情,一副无可奈何的样子:"不过,我内心是反对你去的,对于你当卧底这件事情,我保留意见。你不听我的劝阻,一定要去,作为对你的惩罚,我要你在回到深圳之后,不准再找我。"

我不由得一愣:"啊?你的意思是?"

唐双冷哼了一声:"你还记得我跟你说过的吗,做人无非就是三件事,判断形势……"

我帮她补充道:"判断形势,做出选择,承担后果,唐姑奶奶的教诲,小的怎么敢忘。"

唐双点了点头:"现在的形势是我生气了,你的选择还是要去当卧底,那么,你就来承担这个后果。第一,要保证你自己的安全;第二,在 TIT 卧底期间,不准来找我,找我我也不会理你;第三,什么时候你兑现承诺,安全地离开 TIT 了,再回来找我。"

我倒吸了一口冷气,这不就等于暂时分手了吗?

唐双看着我扭曲的表情,估计心里颇为得意,继续加码道:"蔡必贵,我怕你产生无谓的担心,所以一直没告诉你。现在有两位数的优质适婚男青年,通过各种方式向我表达了交往的请求。不瞒你说,无论从学历、身世、才华、颜值,还有……"她停顿了一下,加重语气道,"身高。每一个人,都足够秒杀你。"

我看着她帅气的剑眉、好看的眼睛,还有精巧的鼻子,丝毫不怀疑她所说的真实性。

她叹了口气,又转过头去,似乎在对着挡风玻璃说话:"我希望你,别让我……等太久。"

最后这三个字,声音轻得就像,像你心底深处,最忧伤的那一段初恋。

唐双展开千里营救,把我送到公寓楼下,然后打开了电动车门。她还塞给我一瓶红酒,就是下午说的那一瓶武当,但是,她本人却没有下车的意思。

看着她冷若冰霜的表情,我当然不敢提什么"要不要上去坐坐"之类的事,只好下了车,眼睁睁看着那辆丰田埃尔法,游入了早春湿漉漉的夜色中,不见了踪影。

## 第六章
## ── TIT 公司 ──

短袖贴在身上冷冰冰的,我没有再犹豫,赶紧上楼洗了个热水澡,又给自己煮了一份可乐煲姜。也亏了叔体格精壮,这么折腾了一天,人累、心累,还淋了这么一场雨,竟然也没感冒。

在床上狠狠地睡了一觉,第二天起来,已经是上午十点。起床之后的第一件事,是打电话给圈圈,告诉她猴子已经身亡的噩耗。我以为她会在电话里大哭,谁知道她只是不断地重复:"谢谢鬼叔,谢谢鬼叔。"

想来是昨天一整天都没有收到我的消息,她已经做好了心理准备,把猴子走了这件事,自己消化了一遍。挂了电话,我长长地叹了一口气。

受害人侯小杰,猴塞雷,猴子,23岁的年轻人,大学刚刚毕业,人生正要徐徐展开,却死得那么不明不白,那么惨烈。无论最后能不能找到恶灵,给它应有的惩罚,对于猴子本人来说,已经是一个不折不扣、无可挽回的悲剧。

所以,我现在希望的是,圈圈跟猴子的感情,还没有到多么深的地步。最好只是稀松平常地见了个面,没有身体上的接触,友达以上,恋人未满。这样一来,就不用徒增一个无辜伤心的人。

不过……就算猴子作为宅男，没有女朋友，但他有父母，有朋友，就算数量不多，这世上肯定有关心他的人，这些人，难免会受到伤害。

而且，除了侯小杰，还有长得那么好看的许乐诗，以及热爱中国文化的德国人雅各布。在经历了恐怖的折磨之后，他们的死亡，总算是个解脱，但给身边的亲友留下的，却是难以磨灭的伤痛。

梁警官说我是个有正义感的男人，好吧，希望他没有说错。我又打了个电话给梁警官，准备告诉他我决定要当卧底，结果仍然是关机状态。于是我丢了条短信给他，然后开始为自己的卧底生涯，先做点功课。

首先，当然是在网上搜罗资料，关于摘星录 OL 以及制作发行这个游戏的 TIT 公司。摘星录 OL 这款游戏的详细介绍，可以概括为下面这几条：

第一，制作摘星录 OL 的 TIT 公司成立于 2010 年下半年，经过两年多的研发，于 2013 年第一季度发布了摘星录 OL。短短两年的时间，一个名不见经传的新团队，便打造出品质超高的客户端游戏，并且一炮打响，可谓是游戏界内少见的奇迹。

第二，公测开放刚两年，注册用户数已经超越了三千万，其中海外用户超过了四百万；与此同时，去年游戏的流水也达到了惊人的四十多亿人民币。

我不知道这一串数据里有没有水分，印象中魔兽世界运营了十年，全球用户数也不过是一千来万。一个上线两年半的客户端游戏，能达到三千万的用户，四十多亿的年营收，这种逆天的事情，简直不可思议。

除了国内用户，还有四百万的海外用户，也就是说，这款游戏已经文化逆输出到了国外，光海外版的翻译、制作、发行费用，就花了接近一千万人民币。这么说来，摘星录 OL 是难得的质量过硬的国货，可以大打民族牌，确实也有很多国内玩家把玩这个游戏当成是爱国的一种表现。

第三，该游戏最吸引人的，包括以下这些内容：韩国专业美术团队制作的超精美画面；国内一线玄幻作者担纲游戏框架师设定的东方仙侠背景；日本游戏原声大师量身打造的大量原创音乐；摘星录 OL 项目组精心打磨的海量任务支线。除此之外，还有复杂精妙的捏脸系统，比例超过 40% 的女性玩家，丰富的社交功能。这些，都是它拥有众多拥趸的因素。

第四，游戏里的 AI 智能系统，最能体现摘星录 OL 作为次世代 MMORPG 的王者身份。AI 智能系统又可以分两个方向，一个是 NPC，一个是 Boss。体现在友好的 NPC 上，就是村镇里的客栈老板娘、铁匠、药店掌柜等，竟然都设定了基本的个性、爱好、背景，除了实现跟玩家的基本交互功能外，还会发生一些模拟现实世界的剧情。比如，江湖传说，曾经有玩家尝试过在某一个城镇的客栈里，跟老板娘软磨硬泡了半个月后，竟然发生了儿童不宜的剧情。

AI 智能系统的另一个体现，就是在副本的 Boss 身上。不同于以前的魔兽世界，每个 Boss 攻击的套路比较固定，摘星录 OL 的 Boss 展现出了更为灵活、更拟人的特性，攻击方式有非常多的组合，没有固定的套路可循。所以，每次摘星录 OL 新开一个副本，随之而来的玩家开荒活动，都是一场艰苦卓绝的挑战，同时也是线上狂欢的盛宴。

最令人叹为观止的，是在半年前上线的一个地下宫殿的副本里，名为"墨鳞星君"的 Boss，到现在还没有"世界首杀"。也就是说，这个墨鳞星君从被设计出来到上线，至今还没有玩家团队成功杀过它。在摘星录 OL 的贴吧里，我发现了许多关于墨鱼（玩家对墨鳞星君的简称）的帖子，讨论关于击杀墨鱼的进度，国内外哪个工会，已经走到了哪一步。

看完了摘星录 OL 的基本介绍，又看了一些玩家视频、世界观背景、原画什么的之后，接下来，我一边下载游戏，一边去查关于游戏制作公司 TIT 的资料。跟摘星录 OL 的词条一样，TIT 的词条也经过很多次编辑，内容翔实，看得出这是一家备受关注的游戏公司。

TIT 的全称为"时间线互动科技有限公司"，英文名 Timeline Interactive Technology company，公司成立于 2009 年，于 2014 年在美国纳斯达克上市，股票代码 TITC。我挠了挠头，时间线互动科技，作为一家游戏公司，这名字格局还挺高的。

接下来，我又仔细研究了一下 TIT 公司的主营业务，令我吃惊的是，这么一个上千人的游戏公司，除了摘星录 OL 这款游戏之外……就只有摘星录 OL 了。

不开玩笑，这个 TIT 公司虽然旗下有十几个产品，但都是围绕摘星录 OL 这一个 IP 来的。简单来说，他们就是在等摘星录 OL 这一个客户端游戏火了之后，就迅速推出了网页版的几种玩法，以及手机版的卡牌、COC、酷跑等，所有你能想象出来的玩法，应有尽有。

更可怕的是，这些游戏的营收还都不错。当然跟摘星录 OL 比的话很少，但是纵向跟同类游戏相比，都能在五名之内。凭借一个强力 IP，能做到这样的地步，已经是强到逆天了。

这个词条里面还介绍，TIT 的员工，尤其是摘星录 OL 项目组的元老们，都是身出名门。也难怪，没有这一群强力的策划、开发、美术、运营，短短两年半时间内，摘星录 OL 不可能做出如此傲人的成绩。

在大概了解摘星录 OL 游戏、TIT 公司之后，接下来的问题就是，我要怎么进入 TIT？毕竟说是去当卧底，但是如果不能进去上班，那当个毛线的卧底？总不能在他们公司楼下卖热干面吧？

虽然说梁警官让我去当卧底，肯定会提供一定的协助，不过如果我能自己解决，那更能证明我的实力，这样的卧底生涯，也更不会跟国际刑警扯上关系，更不留痕迹吧。好，那就来试试。

我百度了一下"怎样才能去 TIT 上班""TIT 面试""TIT 工作"

这些关键词的组合，结果发现，这竟然是一个特别热门的话题。甚至有一个专门的贴吧，名字就叫作"TIT求职"，里面都是些想去TIT上班的年轻人。

而这些年轻人，绝大部分都是TIT的游戏玩家。想想也不奇怪，一款那么受好评的公司，待遇又好，玩着玩着就想去那里上班，再正常不过了。不过这样看起来，竞争很大啊。

既然那么多人想去TIT上班，我决定反其道而行，看看已经在TIT上班的人，都是怎么样的。这样一来，就搜出了一个"摘星录OL游戏制作人Tristan（特里斯坦）大神访谈"的标题，点开一看，却是一个视频。视频就视频吧，先看看再说。

游戏制作人，听起来就很厉害的样子，应该比什么主策划、主程序之类的都要大吧。我先认认脸，如果能成功混进TIT，这就是我同事，哦，不，上司了呢。看视频里的场景，应该是在什么游戏展，舞台上的背景是摘星录OL的大型水墨海报，海报下坐着两个人。

左边是一个精瘦男子，不用说就是制作人Tristan了。他年纪、身高都跟我差不多，但是比我还要瘦，头顶扎一个辫子，两边头发削光，看上去精神抖擞。Tristan长得有点像越狱里那个T-bag，脸上瘦得都快没肉了，穿一件牛仔外套，手上露出了花臂。

如果不说他是游戏制作人，光看样子，更像是个地痞流氓，或者混时尚圈的。在他右边，坐着一个身穿中国风纱袍的妹子，脸上妆很浓，一看就不是什么正经的主持人，应该是所谓的Showgirl，也就是漫画展、游戏展上的模特来客串的。

果然，露胸妹子一开口就是："坦爷！我是摘星录OL的铁粉，能给我签个名吗？"

换了我是被这么问，肯定是盯着她的事业线，不怀好意地问："签哪儿？"

但是，作为一个专业的游戏制作人，坦爷要比我严肃多了，他正襟危坐道:"我本人是没问题的,但是要先问问我老婆。"

露胸妹子听他这么一说,手捂在胸口,装出一副害怕的样子:"坦爷别问了,我可不敢惹 Moota 殿!"

我皱起了眉头,看来这个 Tristan 坦爷,是娶了个 Coser(进行角色扮演的人),或者前 Coser。在我的印象中,能当 Coser 的,样貌跟身材都差不到哪里去,像坦爷这种级别,娶的更应该是女神级的。早知道混游戏圈还有这种福利,我早把工厂卖了,还写什么小说,去游戏公司上班才是王道。

接着,露胸妹子跟坦爷聊了很多关于游戏的事情,什么新的副本,什么削弱墨鳞星君,什么对用户吐槽摘星录的手游都是披了个 IP 的皮坑钱,等等。我不光没玩过摘星录 OL,这三四年连游戏都不怎么玩,现在听了一堆游戏的资讯,不禁有点赶不上趟,甚至有点犯困。

不过从访谈里我看出来了,这坦爷对女色没什么兴趣,还是说他真的是妻管严,所以不敢有出格的举动。总之,这一场访谈,露胸妹子身体越倾越前,然而,坦爷却一直身姿挺拔,视若无睹,根本没瞄一眼。

到了访谈的最后两分钟,我本以为搜集不到什么有用信息,刚想去关视频的时候,突然,那露胸妹子问了一句:"坦爷,我们都知道,你是 2010 年从'鹅厂'离开的,业内传闻,Pony(波尼)前阵子亲自打电话给你,我想知道你们都聊了什么?你有可能离开 TIT,回'鹅厂'吗?"

屏幕里的坦爷,脸上的笑容似乎有点尴尬,他干咳了两下说:"没错,我是接到了 Pony 的电话,不过我没接受这个 Offer。我老婆说了,我们手里有那么多 TIT 的股票,怎么可以跳槽呢?"

露胸妹子会意地一笑:"我知道了坦爷,你说的是期权,如果没到时间就跳槽走了,期权就兑现不了吧?"

坦爷认真地摇摇头:"不是期权,是股票。我是说,如果我跳槽走了,TIT 的股价起码跌掉百分之三十,'鹅厂'得给我多少钱才能补回来呀。"

这下子换露胸妹子有点尴尬了:"呵呵,坦爷果然霸气,好了,今天的访谈就到这里结束了,谢谢坦爷。"

访谈视频真的结束了,显示器前的我,不由得笑了出来。我在"鹅厂",可是认识人的。跟我一起上过雪山,下过海岛,身体里藏着上古神兽,右手有洪荒之力的大胖子——水哥。

三四年前,水哥曾经是"鹅厂"的游戏策划。据他说,后来是因为出了一件事,才从"鹅厂"辞职,回到他的老家——帝都(北京),成了一个无业游民。说不定,他会认识坦爷。认识坦爷,就能帮忙推荐。这样一来,我就能进 TIT 当卧底了。事不宜迟,视频还没播完,我就已经打通了水哥的电话。

水哥接起电话的第一句就是:"别问了,我哪儿都不去!"

我心里不禁觉得好笑,水哥之所以会这么说,也是事出有因。我曾经跟他一起去过卡瓦格博雪山,结果是他用身体里的貔貅,吞噬了平行空间碰撞产生的雪崩,救了我跟梁警官等人一命。但是,水哥也留下了后遗症,就是到现在为止撒的尿还是冰的。

几个月前,我又跟水哥、唐双、甜爷四个人一起去了趟马尔代夫的小岛。这次他倒没摊上什么意外,可是从岛上回来之后,我成功掰直了唐双,甜爷却压根不理他,这让他的感情受到了一万点伤害。所以,他咬牙切齿地说,这辈子再也不跟我出去了。

我嘿嘿一笑,安慰道:"别怕,不是要你陪我出去浪,我就跟你打听个人。"

听我这么说,水哥的口气和缓了点:"谁,你说。"

我看了下视频上写的名字:"一个叫 Tristan 的人,坦爷,以前是你同事,现在在……"

还没等我说完,水哥嘿了一声:"小坦子,认识,太认识了。这

家伙,现在在 TIT 当制作人是吧?当年在'鹅厂',我跟他都是主策划,隔壁项目组的,整天阳台一起抽烟。他天天跟我诉苦,连着带了两个游戏都不行,快要被辞退了。谁知道现在混得那么好,早知道当时趁他没发达,大腿抱紧点……"

电话里,水哥还在翻着乾隆年的旧账,我有一句没一句地听着,心里却是大喜,看来,水哥不但跟坦爷认识,还颇有点交情。让他推荐我进 TIT 这事,靠谱!我跟水哥讨价还价了半个小时,最终,我以两盒丹麦顶级烟丝,以及一瓶麦卡伦 25 年单麦威士忌的代价搞定了水哥,让他答应向坦爷引荐我。

水哥好就好在,他虽然贪吃贪喝,比我还好色,但是不该问的事情,一句话都不多说。所以,我也不用费劲和水哥解释,为什么好好的工厂不去管,好好的小说不写,三十岁的人突然要跑到游戏公司里去打工。不过,写小说这件事,倒是为我进入 TIT 提供了一点便利。

我完全没有游戏界的从业经验,不会编程,更不会画画,就算水哥跟坦爷关系再好,也不可能让坦爷把我硬塞进去,担任类似的职务。游戏公司毕竟是私企,不可能像事业单位一样,养着个完全不做事的人。幸好我会写小说,这样一来,水哥起码能跟坦爷说,让我去尝试一下做策划。

水哥在电话里是这么说的:"数值策划你肯定做不来了,太专业,你也没这脑子。剧情策划可以试一下,写小说,写人物剧情,这些都是相通的。小坦子现在搞的那个什么摘星录 OL,肯定要大量的剧情策划。"

我虽然没太懂什么是数值策划,什么又是剧情策划,不过还是嘿嘿一笑:"太好了,那就拜托水哥了,果然关键时刻还是要靠水哥。"

水哥一点都不含糊:"别给我戴高帽,烟丝、单麦赶紧给我弄过来。"

他聪明我也不笨，我斩钉截铁道："行，我一跟坦爷见过面，马上给你快递。"

这个交易也算公平合理，挂电话前，水哥跟我说："鬼，你等着吧，三天内。"

虽然不知道水哥有没有那么高效，但是讲完电话，我还是赶紧把下载完的摘星录OL客户端在电脑上安装起来。做戏做全套，要不然到时见了坦爷，聊起摘星录OL，我一问三不知，那就穿帮了。所以，我要尽快熟悉游戏，还得先去买个高级点的账号。做卧底，真是不容易呀。

摘星录OL这鬼游戏，还真是受欢迎，稍微好一点的账号都被炒到了天价。我看中了一个"火云道士"职业的账号，种族是"谪仙"，听起来很厉害的样子，造型也比较酷炫，跟我气质相符。账号名叫"青天大萝卜"，虽然跟认真严肃的我不太般配，但也勉强接受了吧。

再一看价格，乖乖，比一瓶麦卡伦25年还要贵。我一边叹气，一边下单。烟丝、麦卡伦、游戏账号，加起来小两万了，这些当卧底的前期消耗，不知道梁警官给报销不。想起他们开的那辆金杯商务车，唉，还是算了吧。以前有志愿军，现在我继承了光荣传统，贴钱当志愿卧底，说到底，都是为人民服务哪。

没想到，水哥这次是真的给力，第二天就在微信上告诉我，说已经跟坦爷联系了，大概介绍了下我的情况。我着急地问："坦爷怎么说？"

水哥发了个戴墨镜的得意表情，然后说："你赶紧写快递单吧。"

接着，他就组了个微信群聊，把我跟坦爷都拉了进去。坦爷的头像，就跟我在访谈视频上看到的那样，是个留着辫子的T-bag脸。水哥介绍了我们认识，双方就开始进入互相恭维的寒暄阶段。

我说久仰坦爷大名，我自己是摘星录OL的忠实拥趸，从一年前就开始玩了，这个游戏简直是我玩过的最好的游戏，比魔兽世界的

体验还好。坦爷说他虽然没看过我的小说,但是他老婆看过,就是视频里提到的那个 Moota 殿,还说我写得特别棒,不管怎样,都一定要约着吃个饭。听到这里,我不由得眉头一挑,看起来我去 TIT 上班这事,能成。

看我们聊了那么久都没到正题,水哥恰到好处地跳了出来,把话题挑明了:"坦子,我这哥们儿写小说写腻了,想去你那上班试试。你上次不是说,你们那边年前拿了年终奖,年后就有人不来了,缺人,对吧?刚好,我这哥们儿靠谱,你试试。"

坦爷对我想去当剧情策划这事,表达了疑问:"鬼叔,我听说写网文收入很高,一年都几百万是吗?你怎么会想着来上班呢?"

我皱起了眉头,如果跟他讲我写小说是一分钱收入都没有,主要收入来源是我那个小破工厂,那坦爷就会更觉得奇怪了。虽然是几十人的小微企业,大小也算个老板,怎么会去打工呢?

幸好这个时候,水哥出来帮我解围了,他大咧咧地说:"小坦子,你管人家那么多干吗?鬼叔去体验生活,积累写作素材,不行吗?"

坦爷发了个憨笑的表情:"行,行,行。"

水哥又接着逼问:"你就说招不招吧?"

坦爷没有说死,而是回答道:"这样吧,我们约个时间见面聊。"

这样,我就问了 TIT 的办公地址,原来就在南山科技园的一栋写字楼,离我住的公寓直线距离还不到 5 公里。坦爷说他最近比较忙,就约在后天中午,他们公司楼下的餐厅里,这样行不?我当然说行。

于是,我直接越过了投简历、HR 筛选等等环节,这一次走后门的面试,就这么定了。放下手机,我开始摩拳擦掌。嘿嘿,TIT 公司,摘星录 OL 项目组,剧情策划,这份工作我势在必得。

第三天中午,我早早就到了说好的餐厅,等待准备来临的面试饭局。这餐厅是一家日本料理,其实昨天我就觉得奇怪,听访谈视频里坦爷的口音,应该是四川那边的,怎么口味会如此清淡?

十二点还没到，坦爷就出现在我面前了，他真人跟上镜没啥差别，一样的瘦，一样扎着标志性的小辫子，穿一件机车夹克，看上去就拽拽的样子。

坦爷还带了个人，介绍说是摘星录OL项目组的策划总监，大家都叫他"肥羊"，西安人，是跟坦爷一起来TIT的。肥羊确实也胖胖的，不怕冷似的穿了个短袖，头上顶着个喜羊羊的发型，说话音量很大，带着北方汉子的爽朗。

坦爷说带肥羊过来，就是聊聊我对剧情策划这个岗位，还有对摘星录OL的认识，评估一下是不是适合。我马上就如临大敌，脑海里快速回想起这两天恶补的游戏知识，以及水哥传授给我的面试经。

没料到，肥羊却非常好说话，根本也没问多少专业性的问题，只是有一搭没一搭地聊天。他还主动告诉我，在一个游戏公司，开发、美术都是要求相关专业毕业，相关工作经验的，但唯独游戏策划，却是源自五花八门的专业跟行业。

比如说，就他手下的策划，校招过来的，有读法语的、经济的、法律的，甚至还有农林专业；至于社会招聘就更复杂了，他本人就在银行上过两年班。不过，肥羊说，所有这些策划，都有一个共同的特点——无比热爱游戏。

听到这里，我赶紧接着说："太好了！像我这么爱玩游戏的，总算找到组织了。"

肥羊往嘴巴里扔了一块寿司，赞赏地对我点点头。我发现，坦爷从坐下来到现在，都没怎么吃东西，也不怎么说话，不时有几个年轻人过来，很尊敬地跟他打招呼，能看出坦爷在TIT很受尊崇。不过，坦爷却不怎么在意，只是很紧张地盯着手机，像在等什么重要指示。

午休吃个饭，也要时刻关注老板的命令？看来坦爷作为业内知

名的制作人,确实是很敬业。肥羊对此却视若无睹,像是早就习惯了。

这时候,他嘴里塞了两片三文鱼,嘟嘟囔囔,口齿不清地问:"鬼叔,对于我们公司还有我们项目组,你还有没有要问的?"

我还没开口,他又赶紧补充了一句:"不过别问股票,我也不知道什么时候能买。"

我会心一笑,TIT 公司的股票一星期跌了 10%,估计很多人来问他是不是低点,能不能入货,有没有内幕消息,所以肥羊都被人问烦了。其实我内心想问的是,就在前几天,你们的摘星录 OL 的玩家死了三个,你们知道不?对此又有什么看法?

不过,真正说出口的却是:"呃,我想问一下,咱这个游戏叫摘星录,这个名字是什么意思?"

坦爷的视线终于离开了手机屏幕,就像是在接受采访一样,一本正经地回答我的问题:"这个啊,这个就要从游戏的世界观说起了。按照我们的设想,游戏里每个副本的 Boss,都是天上星辰在凡间的投影,化成凡间种族的形态,行使着上天的旨意。"

我挠起了头发,星辰在凡间的投影?这个概念怎么有点耳熟呢?

坦爷继续道:"然后呢,在凡间的族类,因为各种争斗、各种目的,要把这些 Boss 杀掉,就等于摘下天上的星星一样。"

我点头道:"哦,我懂了,原来是这样。还有一个问题,坦爷,还有肥羊哥,你们都是在 2010 年一起建项目组的元老吧?当时,是什么样的动力,驱使你们来做这样一款游戏?"

坦爷对我笑了一下,不知怎么的,我感觉他的笑容有点尴尬。上次在访谈里看到,露胸主持人问他对"鹅厂"的看法时,坦爷也露出了类似的笑容。坦爷拍了拍肥羊的肩膀,示意他来回答,然后,他就又低下头,聚精会神地盯着手机。

肥羊梗着脖子,好不容易把吃的都吞了下去,用手抹了抹嘴巴,眉飞色舞地说:"嘿,是梦想驱使我们啊,我们的梦想是,做一个世界第一的 MMORPG。"

我一直对什么梦想啊、情怀啊挺不感冒的，也没顾那么多，挠了挠头说："可能我这人没什么上进心，没有梦想啊，我写小说，也从没想着要当世界第一的作家；你们不觉得做一个自己喜欢的游戏就很好了吗，世界第一有那么重要吗？"

肥羊马上来了精神，估计是想要教育一下我，眨巴着眼睛说："鬼叔，知道世界上海拔最高的山，是哪一座吗？"

我猜到了他想要说什么，内心窃喜，脸上却装作傻乎乎地说："知道啊，珠穆朗玛峰。"

肥羊看我中了圈套，笑得更开心了："那好，我再问你，知道世界上海拔第二高的山，又是哪一座吗？"

说完这句话，他身子向后靠在椅背上，抱着双手，等着看我答不上来的窘样。这样一来，他就可以接着说，你现在知道世界第一有多重要，我们为什么要做世界第一了吧，诸如此类的话。

可惜啊，我心里笑了一下，羊哥，你太小看我了，虽然我主业是开工厂的，副业是写小说，我还有个副副业，就是到处走去登山哪。珠穆朗玛峰是爬不上去了，不过全世界海拔高度前十的山脉，还是能倒背如流的。

肥羊一脸得意地补充："不能百度哈。"

我看他那么开心，也配合地皱着眉头，假装苦苦思索的样子。就在他刚要开口教育我的时候，我突然拍了下桌子："啊想起来了，是乔戈里峰，海拔 8611 米。"

肥羊头往前一伸，小眼睛瞪得大大的，愣了足足三秒。然后他不死心地问道："好，那世界第三高峰呢？"

我不假思索地说："干城章嘉峰，位于喜马拉雅山中段，海拔 8586 米。"

"你这……"肥羊没辙了，他转头求援似的看着坦爷，坦爷却

突然拿起手机,起身就往外走,一边走一边说:"我去接个人。"

我看他走得这么匆忙,不由得问道:"肥羊哥,他这是去接谁?"

在我看来,能让堂堂制作人紧张成这样的,只有 TIT 的总经理、董事长、投资人、满天神佛,诸如此类。这样一来,中午的这个面试饭局,规格可太高了,策划总监,制作人,还有个幕后大老板,真是不胜惶恐。

肥羊终于从刚才的尴尬话题里解脱出来,看着走远的坦爷,喊了一声说:"还能接谁,他老婆呗。"

这回轮到我伸长了脖子,瞪大眼睛:"啥?老婆?"

肥羊继续往嘴巴里塞东西,满不在乎道:"是啊,以后你就习惯了,坦爷是我们 TIT,不,是全国游戏圈里最怕老婆的一个。"

我想起了前天看的访谈视频里,坦爷亲口说的"要先问问我老婆",原来他不是在开玩笑,不是不是在自黑,是真的有这么惧内!看来坦爷的老婆,这个叫 Moota 殿的前 Showgirl(在游戏、动漫及电影等各种展会上为厂家做产品演示或表演的女孩),是个吃人不吐骨头的母夜叉了。

我突然有了个奇怪的念头,如果跟霸道女总裁唐双结婚了,以后过日子的光景,是不是会像坦爷一样惨淡?啊,不该这么说,人家乐在其中也不一定。刚这么想着,坦爷领着一个人回来了。

他拉开一张椅子,一边说:"介绍你们认识下,这个是写小说的鬼叔,这个是我老婆,大家都叫她 Moota 殿。"

根本不是什么母夜叉!这个前 Showgirl 长得好看极了,无论颜值、身材,都没得挑,而且我很确定,在某几届展会上看过这张脸,《圣斗士星矢》里的女神雅典娜,还有《海贼王》里的女帝,她都 Cos 过,完美的容貌、大长腿、事业线,简直就是打破了次元壁,把二次元里的女神硬生生搬到了三次元。

Moota 殿一边落座,一边笑着,用夸张的语气说:"鬼叔!我好爱你的《雪山禁忌》！"

我却有点呆住了，因为她这张脸不笑还好，一笑起来——简直太好看了。以前在电脑、手机屏幕上看，感觉也就那样，普普通通一张好看的脸而已，可是在现实中一看，却是非常具有攻击性、咄咄逼人的美。可能是屏幕里美人太多，所以美人也变得泯然于众美人，但是放到现实中，面对面这么一看，又是秒杀民间女神，另一种美的体验吧。

肥羊咳嗽了两声，我这才反应过来，不好意思地挠挠头。当着两位面试官的面，盯着其中一个面试官的老婆看得发呆，我也确实太失礼了。幸好 Moota 殿并不介意，只是笑了笑，估计也习惯了男人在她的美色面前失态。我又偷偷瞄了一眼坦爷，他也在一旁落座，面色很平淡，像是什么都没注意到。

接下来的时间里，坦爷默默地吃着饭，肥羊默默地吃着下半场，完全是我跟 Moota 殿两个人在聊。我不得不佩服 Moota 殿的记忆力，她记得我之前写的《雪山禁忌》里面，甚至连我都不记得的细节，而且把 Bug 都一一列了出来。更厉害的是，连我更新到一半的关于高维生物、时间囚徒的小说，她猜的结局竟然跟我想写的非常接近。

之前"Wuli 鬼叔不会轻易狗带"的 QQ 群里，粉丝们也猜过一次剧情，根本是相差十万八千里。听到我说《雪山禁忌》正在我当导演的朋友那里，等着编剧改一个剧本大纲，然后给投资人看，很有可能会改编成电影，她更是兴奋得大呼小叫，说要求一个女配角来演，就算路人也行，能在这辈子最爱的小说里出演，是她这辈子最大的愿望。

"这辈子最爱的小说"，被她这么一捧，我简直要飘飘欲仙了。总之，Moota 殿不光颜值高，智商也高；从她能把坦爷管得那么死，能看出她情商也是突破天际。这样一个浑身上下都闪耀着光芒的女神，难怪坦爷会甘心对她俯首称臣，五体投地。

　　我也终于明白了来自四川的坦爷，跟来自西安的肥羊，为什么会选择一家日本料理作为吃饭的地点，原来，Moota 殿是一个江南妹子，口味清淡。嘿嘿，没想到这样高高在上的女神，竟然还是我的小说读者，这么想着，不禁让我暗爽到内伤。

　　面试饭局的最后阶段，Moota 殿对我提出了一个问题："鬼叔，你什么时候来 TIT 上班？"

　　我打了个哈哈："那要看肥羊哥跟坦爷的意思了。"

　　Moota 殿转过脸去，温柔地摸着坦爷的肩膀："哦？那你的意思是？"

　　坦爷像触电了一般："下周入职，啊不对，鬼叔你要是方便的话，明天就来！"

　　我不禁大喜过望，连声感谢两位面试官，不对，应该是三位面试官。水哥之前告诫我，像腾讯的话，从第一次面试到最终入职，流程正常要走两三个月。TIT 的规模要小很多，但前后至少也要一个月的时间。没想到，在我的女神粉丝 Moota 殿的强力干涉下，竟然面试的第二天就可以去上班了。这简直是光速啊。

　　Moota 却不太满意："什么呀，你还没跟人家谈待遇呢，我跟你说呀，难得鬼叔那么厉害的小说家愿意来你们这破公司上班，可不准亏待人家。"

　　坦爷认真地点头，肥羊瞪大了眼睛，惊叹道："嫂子亲口帮你要待遇，你的运气可真好。"

　　我也假装兴奋地点头，心里却想，喊，一个游戏公司的初级策划岗位，工资能高到哪里去？我那小破厂子虽说挣得不多，扣掉杂七杂八的，一年 200 万纯利润还是有的。你们给的工资，难道还能比这高？

　　当天下午，我就接到了 TIT 公司 HR 的电话。当时我正在家里体验摘星录 OL，在野外打几个野猪怪。我之前买的那个账号，名字叫青天大萝卜。谪仙，火云道士，原来属于非常难操作的职业，搞得我这个前魔兽高玩，都有点头大。

HR 说出待遇的时候，我立马惊呆了，让青天大萝卜跑到山下摔死了。这年薪也太高了吧？中午吃饭的时候，我想着他们不可能给多高的工资，起码不可能有一年 200 万。事实证明，我的预测，还是准确的。但是，人家也给到了年薪 100 万！

每月的工资 3 万，也有点吓人了，想想我四五年前上班时，一个月才拿 6 千，这个 3 万的工资，已经完全超出了我的想象水平。但是，这还不算最夸张的，最夸张的是年终奖。

HR 的说法是，他们会提供给我不低于 20 个月的年终奖，这一个条款，会写在劳动合同里。这是什么概念？上一年的班，拿不少于 32 个月的工资，接近三年的工资！32 个月乘以 3 万，96 万，可不就是接近 100 万的年薪了吗？

因为我久久没有回答，HR 在电话里问："蔡先生，对于这个待遇，您是还有不满意的地方吗？如果真是这样，坦爷跟我说过，还可以……"

我这才反应过来，赶紧连声答应道："满意，很满意了，我们什么时候签合同。"

HR 像是松了一口气，开始跟我定签劳务合同的日期，然后又详细介绍了公司的作息制度、员工福利、公司架构，等等。我却根本没听进心里去，脑海里翻腾的一个想法是："要不然，假戏真做，我就真的当游戏策划去吧！"

可惜，我是警察。不对，我是卧底。

## 第七章
## ——  游戏公司群像  ——

挂了 HR 的电话，我又打过去给梁警官。关于我去当卧底这回事，之前跟他沟通过了，他很赞赏我的做法，给我戴高帽，说我果然跟他想的一样，是现在难得的有正义感的男人，又说我是能力越大，责任越大。

当时我不禁有些头疼，等我进了 TIT 之后，这个爱喂人喝鸡汤的国际刑警，就是我这个编外卧底的上线了，而且，除了唐双，他是世界上唯一一个知道我在 TIT 当卧底的人。

电话通了，我告诉梁警官，我已经拿到了 TIT 的 offer，下周一就可以去上班，梁警官显得非常高兴。他先是又跟我鸡汤了一番，告诉我去 TIT 当卧底，找出线索抓到恶灵，保护三千万玩家，是多么有意义的一件事。然后郑重地说："鬼叔，我果然没有看错你。"又以他的专业水平向我担保，一定会保证我的安全。

梁警官就像游戏里的 NPC（非玩家角色），我从他手里接了当卧底这个主线任务，结果，他还送了我一个支线任务。在挂电话之前，他嘿嘿笑着说："鬼叔，我们有同事已经渗透进 TIT 了，不过，我不会告诉你这个人是谁。如果你真有那么厉害……"

我欣然接受了任务："好，你等着，让我把这个隐秘战线里的同志，揪出来给你看。"

周一早上，按照 HR 之前给的作息规定，我在早上九点整，乘坐电梯，来到了 TIT 公司写字楼，摘星录 OL 项目组所在的楼层，15 楼。然后我发现，这里一个人都没有。透过玻璃门往办公室里看去，一片黑漆漆的，别说电脑了，电灯都没有开，别说人了，鬼影都没一个。

我先是看了看手表，没有错，是早上九点。再看看手机上的日期，也确实是周一，正常上班的日期，并不是节假日。那怎么就没人呢？我不禁有点担心，大白天的，不会这么邪吧？难道说，这个做出了摘星录 OL 的公司，没有活人，是一个猛鬼公司？这样一来，也好解释为什么会有三个玩家无辜命丧黄……

"嘿，干吗呢？"

一只手重重地拍在我肩膀上，把我吓得魂飞魄散。我回头看去，却是个戴着眼镜、头发像鸡窝、穿着绿色格子衫的中年大叔。这个形象，无须赘言，就是传说中典型的程序员。

大叔程序员打量了下我戴在胸前的工牌，高深莫测地一笑："哈哈，戴着工卡，一本正经的还，一看就是新来的，对吧？你，哪个组的？"

我呃了一声，老老实实交代道："我叫蔡必贵，是剧情策划，今天刚来报到。"

大叔程序员咧嘴笑道："我知道你，肥羊的手下嘛，听他说了。是个作家，笔名叫鬼叔对不对，哈哈，哈哈哈。我们其实是同行，我们都是键盘手，码字民工，哈哈哈。"

他伸出指甲黑漆漆的手指，在空中模拟敲键盘的动作，可能自己觉得很好笑，又哈哈哈哈地一阵狂笑，得意之间，头皮屑在阳光中翩翩飞舞。我没怎么跟程序员打过交道，不知道是这个职业普遍笑点低，还是这个大叔自己特别爱笑。难道说这行也有说法，爱笑的程序员，写代码不会太差？总之，此时此刻的我，并不知道该说

些什么好。

  大叔程序员敲够了不存在的键盘,伸出粗壮的右手:"握个手,我是前端开发,叫徐云峰,不过他们都叫我老蛇,哈哈哈。我八八年的,老家湖南,你呢?"

  我心里惊呼道,什么,一九八八年的?比我年轻好几岁啊,怎么看起来就跟个四十岁的中年人似的。

  嘴上当然没这么说,我伸出手来跟他握到一起:"徐……老蛇,你好,请多关照。"

  老蛇用他的指纹打开了门禁,把我带到策划组的办公区域,又跟我科普了一下 TIT"真正"的作息时间。

  他的说法是这样的:"鬼叔,跟你讲,什么劳务合同上写的。你记住,TIT 不打卡,早上十二点能到,不误了吃午饭,就没人说你。不过下班时间一样,不能照着劳务合同来,哈哈。你们策划组嘛,好一点,比开发强,晚上呢,平均十二点下班吧。"

  晚上十二点?就这还算"比开发强"的?我眉头一皱,原来游戏公司疯狂加班的传说,是真事啊。也怪不得能开那么高的工资,原来都是拿命拼的。

  我倒吸了一口冷气:"难怪公司没人,原来是我来早了?"

  老蛇哈哈一笑:"不是早了,是太早了。"

  我挠了挠头:"那,老蛇你怎么那么早?"

  老蛇一脸神秘的样子:"嘿,公司网速快。"他朝我挤眉弄眼,"你懂的。"

  我目送着老蛇的背影,消失在拐角后面,突然有种奇怪的感觉。他刚才说,他是写代码的,我是写小说的,两个人都是键盘手。或许在另一个平行空间里,老蛇,徐云峰,是一个小说作者,而我才是一个专业的代码民工。

  我挠了挠头,驱散掉这些奇怪的想法,回过身来,开始熟悉办公环境，不，应该说是卧底环境。TIT 游戏公司办公室的布局，跟普通的公司相差无几，都是大开间，里面布置了一个个的格子间。不过，相比起普通公司，这边的格子间空间要大两倍，而且很多桌面上都放着两三块电脑显示器。

办公室的墙上，画着各种手绘的摘星录 OL 场景、人物，估计都是美编们的杰作。在策划组靠窗的位置，还放着一个巨大的模型，乍一看能把人吓一跳——是一条漆黑如夜色的巨龙，不是西方的长翅膀的大蜥蜴，而是东方文化里的龙。

我走到巨龙模型旁边，仔细观摩，这条龙的造型有点像七龙珠里的神龙，但不是绿色的，鳞片黑得发亮。它底下的龙尾像蚊香一样盘起，支撑着整个模型；上半身直立起来，有四五米那么高，几乎顶到天花板上的中央空调管道。

跟七龙珠里的神龙不同的是，这条龙的头部要狰狞多了。我抬头仰望，那龙正张牙舞爪、须发皆张、居高临下地瞪着我，像是下一秒钟就会扑下来，用长满利齿的巨嘴把我一口衔住。没来由的，我竟然有几分心慌。不过是个模型而已，我倒退了一步，摸着胸口安慰自己。

来上班之前，我上网查过 TIT 公司的财报，在去年一个财年里，TIT 公司总营收 9 亿多美元，折合人民币 50 多亿。虽然有各种页游、手游产品，但其中 85% 的收入都来源于摘星录 OL。那么挣钱的公司，效率自然也很高，挣钱最多的项目组，当然也最受重视。

所以，从我上周面试到今天入职，不过是五个自然日，三个工作日，公司的行政部门，竟然已经给我安排好了工位，在格子间的有机玻璃上，贴上了我的名字。而且，还给我配了台性能很高的电脑，估计是方便体验游戏。记得我年轻时上班的广告公司，电脑是二手的球面显示器，还要自己去库房领，跟 TIT 真是不可同日而语。

除了这些以外，在电脑显示器前，还放着一个神秘兮兮的礼物盒。

打开一看，礼物盒里品种丰富，有 HR 手写的欢迎入职的信，有摘星录 OL 里一个造型为仙女的 NPC 的小型手办，还有公司楼下三家不同风味餐厅，合计两千元的代金券。这个 TIT 公司，果然财大气粗呀。

我打开电脑装了些个人软件，到了十点半，陆续有人来上班了。不过，都是些年轻同事，肥羊没有出现，坦爷就更不用提了。估计是有个写网文的来策划组上班的消息已经传开了，因为有三四个同事，策划、开发都有跑过来围观叔，可惜都是男的。据我观察，项目组里的妹子主要集中在美术组，不过估计这些美术妹子们都不太爱看小说。

话说起来，游戏公司里的三种主要职业，程序员、策划或运营、美术，完全可以从衣着上分辨——对外形的重视程度，按次序递升。我坐在工位上，观察走过的人流，穿得跟老蛇一个风格的，必然是程序员；而走进我们策划组这边的，穿衣风格都比较正常，但也偏休闲；至于那几个长得好看、穿衣打扮走二次元风格的，都是美术妹子。

我不由得抹了一把冷汗，幸好第一天来上班，我也没穿得太正式，只是牛仔裤加了件花笔记的唐装；因为遍观整层写字楼，穿西装的，只有保安小哥而已。到了十一点半的时候，肥羊终于来了。他先是带我去跟剧情策划组的主策划，一个叫作 Bryan（布莱恩）的哥们儿打了声招呼。肥羊说，以后我的工作内容，就由 Bryan 来安排。

这么说来，我是向 Bryan 汇报的，Bryan 跟肥羊汇报，肥羊又是归坦爷管的。也就是说，我跟坦爷虽然是同一年出生，却是差了三级。接着，就由 Bryan 召集剧情策划组的全部同事，让我来做自我介绍。

我毕竟是个卧底，当然不能太高调，于是我隔靴搔痒地介绍了下自己，又随便提了下之前写了点小说，一把年纪了，来 TIT 主要是为了拉后腿，拔高员工的平均年龄。总之，初来乍到，以后请各位多关照。剧情策划组的同事们都起哄，要我请吃饭，我当然入乡随俗地答应了，又拉上肥羊一起去。

中午吃饭的时候，肥羊很是详细地跟我介绍了下 TIT 的情况。他说公司的好几个高层，都在"鹅厂"工作过，所以很多东西都是照搬过来的。像公司组织架构，丰厚的年终奖跟福利，早上不用打卡，晚上的加班文化，甚至整个办公室的装修风格，都跟"鹅厂"差不多。我嘿嘿笑道，那很好啊，来 TIT 工作，就等于在"鹅厂"也体验过了。

中午吃的是西北菜，肥羊嘴巴里塞满了羊肉，嘟囔着说："坦爷告诉我你是来体验生活的，原来真的是啊，对了，等你以后写小说了，记得给我留个角色。"

我连连点头答应："好说，我安排个女三号给你反串吧。"

肥羊捶了我一下："去你丫的。"

然后他又对我甩了下眼色，我斜眼看去，他说的是我顶头上司，Bryan。这哥们儿一早上的，表面上虽然对我挺客气，但那客气的背后是冷漠，甚至有点敌意。我不太明白为什么，难道是怕我威胁到他的地位吗？要是这样我可太冤了，真想明说，大哥，我是卧底啊，案子一破我就走，短的话就一个月，长不过三个月，实习期都没过呢，我抢你个毛的位置。

果然，肥羊压低了音量，神秘兮兮地说："你呀，进来时没通过 Bryan 的面试，直接越级了，而且他现在虽然叫主策划，但因为是之前的主策划出国了，他资历最深所以顶替了上去，其实公司的任命都还没下来。你这么一空降啊，他怕坦爷招你进来，是要来抢主策划这个位子的。还有啊，我跟坦爷都属于土鳖系的，Bryan 是海龟系的。总之，他要是给你穿小鞋，直接跟我说。"

我郑重地点了点头，肥羊这哥们儿，虽然头顶上那一坨发型，仿佛是在故意逗我笑，但人还是很仗义的。吃完午饭我们就回办公

室了。这群人早上十点多才来上班,一上午什么活都没干,现在吃完饭回来,竟然全部都打开了一早准备好的行军床,齐刷刷开始午睡。

我作为一个刚来的,没有行军床,也就没办法午睡。于是,我索性溜到阳台上的抽烟区,向我的上线——梁警官,汇报第一天的卧底工作情况。

我又向梁警官提出了一个问题:"老梁,我看这公司里,从上到下,每个人都很开心,很正常,他们是还不知道自己做的游戏,已经害死几个玩家了是吧?"

梁警官在电话里纠正道:"鬼叔,现在还没有任何证据,证明三起凶杀案跟摘星录 OL 这个游戏有关系,所以先别下定论。"

我不以为然道:"好好好,你是老大你说了算。对了,这几天还有新的受害者出现吗?"

梁警官沉默了一下说:"暂时没有,不过,鬼叔你千万不要松懈,帮忙挖一些新消息,我们早日抓到恶灵,才能解除三千万游戏玩家所遭受的威胁。"

我还想说什么,梁警官却总结道:"有什么新消息,我会第一时间告诉你。鬼叔,注意隐蔽身份,没事少联系,就这样,我先挂了。"

好吧,本来没什么感觉的,被他这几句话一说,我顿时觉得自己深入敌后,周围都是眼睛,时刻有被揪出来的危险了。我做贼心虚地往后一望,什么人都没有。当卧底还真挺刺激的。

刚入职的一周里,我没有被安排做什么实质性的工作,除了体验游戏,还是体验游戏。我的直接领导 Bryan 说,鬼叔你多体验游戏,体验两周,然后提交一个体验报告。

Bryan 看着我,皮笑肉不笑地说:"体验报告一般不限字数,不过鬼叔,你是写小说的嘛,至少写个三万字吧,让我们拜读下。"

我在心里暗暗骂娘，不过脸上还是笑着答应了。我只想当一个安静的美卧底，不想跟你争什么主策划啊，哥，别这样。除了电脑里的游戏，我还有另一个更好玩的、现实里的游戏——"谁是卧底"。

所谓疑人偷斧，自从梁警官告诉我 TIT 里还有一个卧底，我就看谁都像卧底。像 Bryan、肥羊、策划组的同事、美术组那几个特别好看的妹子，还有上班第一天遇见的大叔程序员，那个叫老蛇的，甚至是保安小哥、清洁阿姨，都曾经是我的怀疑对象。哪一个看起来都像，再看又都不像。

不过，我倒是把坦爷排除掉了，因为如果制作人是卧底，那就直接没得玩了，案子马上就能破。猜卧底没有什么进展，幸好玩游戏的进度还是不错的。也亏了我之前买了个火云道士的满级账号，要不然被看出来我是个菜鸟，之前吹嘘的热爱摘星录 OL 的牛，可就被识破了。

渐渐地，我发现不光我在体验游戏，许多策划同事上班时间也是在玩游戏。而且，不光玩摘星录 OL 的人玩得光明正大，就算玩别的游戏，甚至看电影、聊 QQ，都没人会说你。我去上厕所的时候，还看见一个美术妹子正在跟男朋友视频。看起来，这个项目组里的风格就是，只要你能够按照进程完成自己的工作，其余时间爱做什么都随你。真是甚合我意。

除了体验游戏外，我跟同事们，尤其是剧情策划组的同事，很快打成一片。这些同事的年纪集中在 22 岁到 28 岁，像叔这样过了 30 岁的，一个都没有，所以，他们叫我鬼叔的时候，我是答应得心安理得。

年轻人爱玩爱闹，精力充沛，今天加班到凌晨四点，明天早上来到公司，一样生龙活虎。而且，这一群年轻人，无论男女，都还没有结婚，回去反正也是一个人，所以就更乐于在公司待到很晚，水电免费、网速超快，公司还免费提供夜宵，可以到楼下的小饭堂

里任取,简直爽歪歪。

跟这群年轻人一起上班,一起加班,一起八卦,有意无意地,我搜集到了一堆有用没用的信息。比如说,坦爷之所以会那么怕老婆,主要流行的说法有两种。第一是当时他其实是被"鹅厂"开除的,失业之后自己写了个摘星录OL的策划案,到处找人投资,但是因为之前在"鹅厂"的业绩太差,根本没人敢信他。然后,Moota殿就华丽丽地出现了,靠着她在游戏圈的人气,给坦爷拉来了投资人,也就是TIT公司的幕后大老板。

跟我八卦的小伙子叫"大炮",他跟我说到这里时,挤眉弄眼地,暗示Moota殿跟TIT的大老板,有些说不清道不明的关系。这种八卦听了就算,真实度存疑,我也没往心里去。Moota殿长得那么美,没有绯闻才叫不正常呢。

第二种说法更具戏剧性,是一个叫Vicky的策划妹子讲的。Vicky先是否定了"大炮"的说法,她说坦爷当时把摘星录的策划案一拿出来,不知道有多少人想抢着要投资,根本用不着别人介绍。至于坦爷为什么会那么怕老婆,另有原因。

Vicky说,坦爷跟Moota殿是闪婚的,他们在游戏展上第一次见面,当天就滚了床单,一个星期后正赶上Moota殿生日,两人一冲动就去领了结婚证。幸好双方家长也满意,商量着三个月之后就摆喜酒。结果,在婚礼前的一天晚上,坦爷被一堆损友怂恿着开了个单身派对,据说肥羊是其中之一。

他们一群男的全喝多了,包括新郎坦爷。有个妹子看上了坦爷,就把他扶到酒店楼上的房间。悲剧来了,被Moota殿抓奸在床。这下好了,因为领了结婚证,这算是婚内出轨,如果闹离婚,Moota殿可以把所有财产拿走,让坦爷净身出户。

讲完之后,Vicky打抱不平地说:"肯定是个圈套,我们坦爷是个游戏大师,再复杂的架构他都能想出来,但是现实世界里有那么多'绿茶'，总之，这方面他还是太天真了。"

听完这个忧伤的故事后，我产生了几个想法。首先，"大炮"肯定是觊觎 Moota 殿的，而这个叫 Vicky 的小姑娘，一定对坦爷有意思。嗯，如果以后跟唐双结婚，就算那帮孙子说破天，我也绝对不搞什么单身派对。就这么决定了。

除了这些八卦，当然也有些有价值的信息。就像之前在百度百科上看到的，摘星录 OL 的核心竞争力里面，跟策划有关的有两点：剧情任务是我们剧情策划组做的，还有怪物跟 Boss 的难度，是数值策划跟开发一起实现的。

听我这群剧情策划同事的口气，剧情策划就算再怎么用心，做得再花团锦簇，跟别的 MMORPG 相比，也没有质的差别。玩家们更倾心的，其实是挑战度极高的怪物跟 Boss，同时，这也是别的游戏难以模仿的商业秘密所在。

据说，最初的怪物跟 Boss 数值，都是坦爷和肥羊一手设定的。后来团队越来越大，他们两个升上去了，才交给了现在的数值策划老大，一个叫 Sam（山姆）的哥们儿。跟我们这些半路出家的策划们不同，人家 Sam 可是正经的在韩国读过游戏专业的硕士。

Sam 跟之前的剧情策划老大不合，有人说是他跟同为海归的 Bryan 联手，这才把人家逼走了。但是，我觉得有一点很奇怪，数值策划组就坐在隔壁，天天看他们开会，修改各个副本的 Boss 数值，以求它们更难被玩家打败。但是，那个开放到现在半年多，至今没被拿下世界首杀的最终 Boss 墨鳞星君，却从来没被开会讨论过。甚至，我进公司一个星期，都没听他们提起墨鳞星君这个词。就好像，摘星录 OL 里根本不存在墨鳞星君，或者，墨鳞星君是一个连提及名讳都不允许的、至高无上的神。

当然了，在窗户边的那一个巨型模型，如同我所猜的，就是按照游戏里墨鳞星君的二阶形态来塑造的。所以，数值策划们是把墨

鳞星君当成神一样来崇拜的可能性，要比前一个可能性大得多。

当然啦，不可能会有一群做游戏的，把自己做出来的游戏里的 Boss 当成神来拜。那么，他们为什么从来都不讨论墨鳞星君，是因为它已经做得很完美，大家拥有绝对的信心，不用改都不会被玩家击杀？还是说，这里面牵涉到什么禁忌？

我隐隐觉得，侯小杰、许乐诗、雅各布三个人的受害之谜，跟这个墨鳞星君，脱不了干系。这样一来，我在打听八卦时，还有体验游戏时，就逐渐把墨鳞星君列为了重点关注对象。

然后我有了一个想法，Bryan 不是要我写体验报告吗，我就写个关于墨鳞星君的，这样一来，也可以试探下他跟 Sam 的反应，看里面是不是有什么猫腻。

我的思路是，既然最终 Boss 墨鳞星君尚未被击杀是整个游戏的重要卖点，那三个受害者，会不会是找到了可以击杀墨鱼（玩家对墨鳞星君的简称）的方法，那么 Bryan 跟 Sam 为了维护游戏的卖点，就想办法把这三个玩家害死了。

虽然这个想法脑洞有点大，但反正现在没有别的更清晰的方向，尝试一下，错了也不会怎样。不过，当我拿着"青天大萝卜"这个满级的火云道士账号，想要寻找一个强力工会加入，去打最终 Boss 墨鱼的时候，却遭到了无情的嘲笑。

我发现，这个小一万块买来的账号，无论是在游戏贴吧、玩家 QQ 群、还是官网论坛里，发出消息说要求加入工会，加入龙渊地宫（墨鳞星君所在的副本）开荒团，要不就是根本没人搭理，要不然就是收到侮辱性的答复，比如说"小学生吧""这个破装备还想打墨鱼""之前副本的成就都没有，想进开荒团害人吗"，诸如此类的答复。

还有一些回复我看不懂，比如说："拉倒吧，就这样的装备，还想让 TIT 的员工陪你打？"

TIT 的员工陪打我没搞懂，但是，有一样东西我搞明白了，原来打个 Boss 还有那么高的门槛。

离交体验报告不到一个星期了，短期内我很难升级自己的装备，或者拿起之前所有副本的成就再找个开荒团加入。无奈之下，我只好求助于同事了。

差点忘了，我就是 TIT 的员工啊！之前告诉我坦爷跟 Moota 殿的悲伤故事的那个策划妹子，Vicky，就坐在我旁边的工位上。她吃过我几顿饭，除了平时喜欢讲点尺度很大的黄色笑话，人其实蛮好的，应该会帮我这个忙。

于是，在入职第二周的星期一中午，我单独约她，到公司楼下的日料店吃饭，然后顺便提出了这个请求。

我先是殷勤地帮她点了两份北极贝，这是合她口味的一道菜，然后，就提出了我的请求："Vicky 妹，叔有事想请你帮忙。"

Vicky 一副早就看透我的样子，笑道："鬼叔你说。"

我挠了挠头，不好意思道："Bryan 不是要我交一份体验报告吗？"

Vicky 对此深表同情："我听见了，三万字，真狠啊！我当时五千字都写了好几天呢。"

我嘿嘿一笑："字数倒不是问题，毕竟叔是个业余写小说的，别的不行，码字的手速还是有的。但是呢，还有另外一个问题。"

Vicky 奇怪道："什么问题？"

我向她解释道："是这样，我想写个打墨鱼的体验报告，可是我那个号，没开荒团愿意收。"

Vicky 若有所思："你那个号，火云道士对吧，我看了一下装备，确实太差了点，而且按照现在流行的打法，火云道士在龙渊地宫这个副本里，没太大用处，不收是很正常的。"

我苦着脸说:"是啊,Vicky妹你说得没错,就是这样。短期内我这个号是打不了墨鱼了,所以,我想……"

Vicky猜到了我想要干吗,严肃道:"你想借我的账号?"

这妹子果然聪明,我垂涎的就是她的账号,一个满身最高级橙色装备,职业是治疗,种族是狐妖的游戏角色。

于是,我摆出诚恳的神情,点了点头:"Vicky妹果然冰雪聪明。"

她却一改平时好说话的态度,坚决摇头道:"不行。"

我皱起眉头,这就奇怪了,不就一个游戏账号吗,借我一下会怎样?我挠了挠头,厚着一张老脸说:"Vicky妹,账号就借我一天嘛,体验一下就还给你。"

Vicky先是看了我一眼,然后摇摇头,说道:"鬼叔,你是不知道能去开荒团的账号有多贵重吧?"

我心里不以为然,能有多贵重?再者说,就算你这个账号值十万,我借一晚给你一千租金还不够?又不是出不起。

Vicky估计看出我的无知,看在我请她吃日料的面子上,耐心地解释道:"鬼叔,这么说吧,我们一共有两千万玩家。"

我睁大了眼睛:"不是三千万吗?"

Vikcy掩嘴笑道:"稍微注了点水,当时为了配合上市的需要嘛。这两千万玩家里面,可以参加龙渊地宫副本开荒团的,你猜猜有多少?"

她会这么说,那应该是一个不大的数字,我用食指挠了挠太阳穴,想了下说:"呃,二十万?"

我心想,一百个玩家里面,只有一个能打到最终Boss的副本,这个比例已经是很低了吧。

Vicky却摇了摇头:"再猜。"

我皱着眉头,迟疑道:"两万?"

Vicky笑了一下:"给你最后一次机会。"

所以说我最烦女人让你猜，这个也猜，那个也猜，有什么好猜的，直接说出来不好吗？白白增加沟通成本，我心里烦躁，发狠地说出一个根本不可能的数字："两千！"

Vicky遗憾地摊开手："还是没猜对。"

我用力地挠了挠头发："哦哦哦我知道了，一开始就猜小了，一定是比二十万更多的对吧？"

Vicky不忍心看我抓狂的样子，揭开谜底道："二十万多了，两千呢，是少了。鬼叔，告诉你吧，在两千万玩家里面，能够进入到龙渊地宫的不到一万个。能够打倒前面几个Boss见到墨鳞星君真身的，至今只有不到一百个团成功了，也就是总共没有四千人。"

我瞪大了眼睛，二千万里面的四千人，比例是五千分之一！也就是说，在五千个摘星录OL的玩家里面，只有一个人面对过墨鳞星君。想想这是什么概念，假设一个班级有五十个学生，这个见过墨鳞星君的人，在一百个这样的班级里面，排名第一！

这绝对是精英中的精英，高玩中的高玩啊。难怪我在游戏论坛里说想要参加开荒团，才会被那么多人嘲讽了。突然之间，我也明白了论坛上有人回复的一句话，"拉倒吧，就这样的装备，还想让TIT的员工陪你打？"

做一道简单的数学题，只有一百个团曾经到达到墨鳞星君的阶段，那么同时在线打这个Boss的团队，极限值也不会超过一百，正常来讲肯定在十个以下。而墨鳞星君又是以超越AI的智能打法闻名的，所以有些玩家会猜测，墨鳞星君根本不是真正的电脑AI，而是TIT公司雇的员工，在实际操作着墨鳞星君，跟玩家对抗。这样一来，自然也就不存在什么超级AI，只不过是经过专业培训的员工在背后操控而已。

Vicky看我不说话，以为我一定是被吓得半死，于是继续补刀："鬼叔，不要说借账号那么大的事情，贴吧里有多少妹子，只要有开

荒团的人愿意在下龙渊地宫副本的时候，让妹子站在身后，从屏幕里看看墨鳞星君，妹子就答应可以做任何事哦。"我的三观又一次被刷新了，现在的年轻人啊。

我转念一想，突然想到了什么："Vicky妹你这么说，不是暗示要我……这样不好吧，叔毕竟是有女朋友的人。"

这次换Vicky愣了，三秒钟之后，她拍着桌子大笑起来："哈哈哈哈叔你在想什么啊，想多了啦！"

我尴尬地挠挠头："不是就好，嘿嘿。"

看她说得这么夸张，看来，找她借账号这回事，是没什么戏了。不过话说回来，摘星录OL这一招玩得真狠，把一个副本的门槛抬得这么高，一个两千万真实玩家的游戏，里面精心设置的一个副本，竟然只有一万人能进去体验，也真够奢侈的。

不过，大概就是因为给了这些精英玩家极高的认可，可以在游戏中呼风唤雨，在现实里也能获得大量妹子的资源，满足了他们心里的荣誉感，所以，他们自然愿意在游戏里投入大量的金钱。至于那些还没能进去体验的玩家，这种竞赛也激起了他们的攀比心理，这样一来，他们也愿意砸钱提升游戏里的实力。

摘星录OL的运营方式，洞悉了人性中不太光明的一面，然后加以利用。高，实在是高。别的都很好，只是可惜了我这顿日料，早知道就不请了。

Vicky深呼吸了好几次，好容易才平静下来："除了能下龙渊地宫的玩家数量少之外，还有一点，下一次地宫，损耗是很大的。到现在为止也没人能成功击杀墨鱼，也就是说，这些开荒活动都是以'团灭'告终的。"

团灭是一个游戏术语，这是个倒装语句，就是整个团队都被灭了，也可以理解为'灭团'。指的是玩家们组团去下副本、做任务，或者跟其他玩家团队作战，然后这个团的人全部被灭了，死光了，就叫作团灭。

我点了点头:"是这样,那然后呢?"

Vicky伸出食指,在空气中转圈:"然后嘛,如果在地宫里挂掉的话,满身顶级橙装的修理费,一个人,便宜的要五百金,贵的要一千五百金,取平均值一千金好了,一个团四十人就要四万金呢!"

我吞了一口口水,游戏里金币的价值我还是有点概念的,一金大概相当于现实世界里一元人民币。一天晚上的工会开荒活动,居然要花掉四万块人民币!跟打墨鱼相比,我这顿几百块的日料,根本就是小儿科。

听到这里,我丧气地叹了口气:"好吧我知道了,谢谢Vicky你跟我讲这些。"

Vicky却笑着说:"鬼叔,先别失望,账号是没办法借给你的,不过……"

咦?难道峰回路转,还有什么机会?该不会Vicky就是梁警官安排的另一个卧底?

我伸长了脖子,期盼地问:"不过什么,你说。"

幸好Vicky不像我写小说一样爱卖关子,直截了当就交代了:"鬼叔,账号借给你是不行的,但是呢,还有一个方法。"

我不禁皱起了眉头:"你的账号又不肯借我,那还有什么办法啊?难道还有别的账号可以借?"

Vicky摆了摆手:"不不,鬼叔,我的意思是,我的账号密码不告诉你,但是呢,可以在我们下副本的时候,暂时借给你操作下,刚好,明天晚上我们工会就会组织开荒团,再去打一次墨鱼。"

我大喜过望:"好啊!太好了!"

这样还不够,我补充道:"Vicky真是人美心灵更美!"

光拍马屁不够,还得给人家点现实的回报,我又许诺道:"叔请你吃一个月的日料!"

Vicky静静地等着我说完,这才伸出一只手,挡在我兴奋的脸前:"不过鬼叔,你得答应我两个条件。"

原来她不是什么卧底,只不过想跟我做交易而已,不过这样也好,我搓着双手手心:"别说两个条件,一千……"

我突然想起在埃尔法上跟唐双说的话,以及之后的遭遇,所以这次学精了,赶紧道:"呃不对,好的,两个条件,没问题你说吧。"

Vicky伸出右手食指:"第一,绝对不能让别人知道你借我的账号体验游戏,无论让项目组的人知道,还是让工会的人知道,都会给我带来很大的麻烦。所以,明晚我们必须找个没人的地方。"

我挠了挠头:"明晚公司肯定有人,网吧里人多眼杂,尤其是打摘星录OL还下龙渊地宫副本这么拉风的事情,一定有人来围观的,传出去就不好了。这样的话,那就去你……"

Vicky猜到我要说什么,摇了摇头:"我跟一个美术妹子合租,而且我没男朋友,所以不能带男人回去的。鬼叔,我听你说过住得不远,是一个人住吗?"

我点了点头,迟疑道:"是倒是,不过……"

我是一个人住没错,但是如果让唐双知道我带妹子回去的话,估计她会砍断我的手脚,做成人彘扔厕所里。

Vicky显然不可能知道我的女朋友如此霸气,快速帮我做了决定:"好,明天晚上八点开团,我们七点多就一起提前下班,然后去你家里,这是第一个条件。还有第二个条件,你听着。"

我赶紧调整心态,从唐双的阴影里摆脱出来,严肃地看着她:"我听着,你说。"

Vicky的表情比我还严肃:"保密。"

我又做了个拉链嘴的姿势:"一定。"

Vicky神秘兮兮地前后左右张望了一番,确定视线范围内,都没有TIT的同事,然后,她身体前倾,脖子也伸长,压低音量对我讲:

"周六是我生日，我要你帮我约坦爷，给我庆祝生日。"

我一下没反应过来："哈？坦爷？"

Vicky吓了一跳："你别嚷嚷啊！"

我赶紧住了嘴，心想，我之前猜她对坦爷有意思，果然是没看错。我故意装作吃惊的样子，问道："为什么要约坦爷？难道说，你对他有意思？"

Vicky紧张地左看右看，确保我刚才的叫喊，没有引起任何人的注意，这才松了口气。

她脸上既兴奋又害羞："有意思什么啦，坦爷都结婚了，我再有意思也没用。他是我特别崇拜的前辈，是游戏业界的传说，人家就是想在25岁生日这天，单独跟他庆祝下。"

我心里偷偷乐了，果然是哪有少女不怀春啊。表面上，我却故意不解地问："坦爷哪里好啦，要不我帮你庆祝吧，我长得也不比他差啊。"

Vicky一脸懒得解释的鄙夷："你跟坦爷，算了算了，不侮辱你了，总之你们不是同一类人。你知道坦爷有多厉害吗？什么大神什么玄幻作家都是幌子而已，整个摘星录OL的架构都是坦爷写的，还包括我们后来做的剧情，都是坦爷自己拿出来方案，让我们细化实施下去的。你都想象不出他有多厉害，每次拿出来的新方案，都像是三年前他就想好了一样的。"

她自觉说多了，赶紧打住，嘟着嘴跟我说："鬼叔，你就回答我，帮不帮这个忙？"

我挠了挠头，Vicky不敢自己约，估计是女生脸皮薄，怕失败了难堪，或者是怕Moota殿的淫威吧。

Vicky继续说道："鬼叔，你不是坦爷介绍进来的吗？你们关系一定很好的吧？总之，你只要答应我在星期六晚上九点，把他约到欢乐海岸的JUICY酒吧，你就可以功成身退，别的就不用管了。"

我故意皱起了眉头，连声叹气："我跟坦爷倒是挺熟的，可是你也知道他老婆吧，那可不是省油的灯。"

Vicky 不敢说话，眼睁睁地看着我，眼神里既期待又紧张。

我故意沉吟了一分钟，以表达约坦爷出来有多么难办，直到 Vicky 脸上的笑都快要掉光了，我才终于豁出去一样地说："好吧，我试试。"

Vicky 大喜过望，眼睛里闪着星星："真的吗？鬼叔！你没有骗我吧？"

我郑重地点了点头："骗你是小狗，不汪汪。"

Vicky 继续星星眼，沉浸在即将见到坦爷的幸福里："好棒，鬼叔，我爱你！"

我赶紧用手一挡："别，千万别，我受不起。你留着慢慢爱坦爷吧。"

看来这个妹子不光是暗恋坦爷那么简单，估计也是他的粉丝，把他当成地上唯一的偶像。到了这个程度，别说借个游戏账号，为了坦爷，估计连命都可以不要。我夹起碟子里的八爪鱼刺身，放到芥末酱油里反复地蘸，心里升腾起一股喜悦。

墨鱼，墨鳞星君，快到我碗里来。

## 第八章
### 邀约 Vicky

从我知道猴子遇害的那天起,到现在已经过去了小半个月。虽然春天已经渐渐入了正题,气温开始在 20℃左右波动,但是现在这个天气,穿一条热裤再加松垮垮的短袖上衣,是不是也太少了点?如果不是 Vicky 跟我说过她暗恋坦爷,我会觉得,她穿成这样来我家,一定是试图勾引我。

不知道作为正常男人,把一个打扮清凉、腿虽然不长但是挺瘦、脸也能打 7 分的妹子,不,女同事带回家是怎么样的感受。总之,我带 Vicky 去我家的感受是:怕。怕我的霸道总裁女朋友——唐双。

虽然我们现在是冷战期,照理说她不会搭理我。而且,我小心翼翼地分析了唐双的微信朋友圈,还旁敲侧击地试探了她的助理 Stacy(史黛西),得出结论是:这两天她应该挺忙的,没时间来关心我的业余生活。可是,说来说去,这都只是我的猜测而已,她这样一个不按常理出牌的女人,谁能说得准啊?

要是让她知道我带了个妹子回家,我们之间的冷战就会提前结束,从而进入全面核战争阶段,而且我只有被炸的份。所以,现在我站在自己家门口,按下电子门锁的密码,再把食指按到指纹窗口时,心里默念的是:"妈的,死就死吧。"

Vicky 跟在我身后，走进了公寓，一下就喊了起来："哇，鬼叔，豪宅啊！"

我挠了挠头："也说不上吧。"

Vicky 已经在我家里转了起来："好大的水族箱，哇，这电视有八十寸吧？鬼叔，他们说你来 TIT 是体验生活的，我以前还不信，现在全信啦。对了，你有没有买公司的股票啊，哎呀我年前才买的，本来是挣的，这个月又跌回去啦。诶？这房子还是复式的，楼上是干吗的，我可以上去吗？"

虽然今晚玩游戏的台式机就在楼下水族箱旁边的电脑桌上，但我还是让她自己上楼去转转了，这样一来，我起码能清静一会儿。她这么叽叽喳喳的，嚷得我脑仁子痛，我突然很想念和唐双在一起的那种安安静静的气氛，我们可以一晚上不说话，只是一起躺在沙发上各自看书或者玩手机。

Vicky 在楼上转了几分钟，下来的时候一脸坏笑："鬼叔，我知道你的小秘密了。"

我丈二和尚摸不着头脑："什么小秘密？"

Vicky 嘻嘻笑着说："你之前说的女朋友，其实是男朋友吧？"

我一时无语，估计她是从楼上卫生间里，两支同样黑色的电动牙刷之类的细节得出这么个结论。不过算了，就由她这么想吧，这样就不会惹出什么麻烦了。于是我索性没有辩解，耸了耸肩膀："随便你怎么想。"

Vicky 一脸贼笑："那我就当你默认啦，鬼叔你放心，我会帮你保守秘密的，不过你要答应当我'闺密'，嘻嘻嘻。"

我转移话题道："电脑已经开好了，橙汁、巴黎水，还有茶跟咖啡，你要喝点什么？"

Vicky 的目光却停留在我放在餐桌上的一瓶红酒上。那是上次从广州回来时，唐双给我的木桐庄园，1986 年的。我自己喜欢喝的是威士忌，所以家里没有专门放葡萄酒的酒柜，加上这几天一直忙着卧底的事情，就随便放在餐桌上了。

Vicky走过去拿起酒瓶，好奇地问："鬼叔，这是什么酒呀？"

我挠了挠头："呃，木桐庄园的。"

Vicky看出了我的尴尬，就把酒放下了，还笑着打圆场："嘻嘻，这酒一定很贵吧，本来我还想，喝点红酒也不错，反正你等下会送我回去。不过算啦算啦，鬼叔帮我拿瓶橙汁吧，谢谢了哟。"

被她这么一说，我更不好意思了。我蔡必贵从来不是个小气的人，尤其在酒这一方面。这酒虽然不便宜，但对于唐双来说，跟一瓶可乐差不多，而且既然她塞给我了，那就是我的酒，下次真要问起来，我说我喝掉了就行了。

这么想着，我哈哈一笑："想什么呢，叔是这么小气的人吗？不过这酒有点年头了，要稍微醒一下，味道才能出来，我是怕你怕麻烦。"

Vicky顺势说："对对，我就怕麻烦，橙汁不用醒的，给我拿……"

话还没说完，她的手机响了，拿出来一看说："工会的人催我上线了。"

我赶紧道："好，你赶紧登录游戏吧，我来开红酒。"

她还想说什么，我转身就去拿开瓶器、醒酒器跟高脚杯了。毕竟是1986年的木桐庄园，还是得配一点仪式感，才算不辜负这瓶酒。把瓶塞打开，倒半瓶到窄口宽肚的醒酒器里，这样过半个小时，酒醒得差不多就能喝了。

等我走过去时，Vicky已经通过了一系列的手机动态验证、U盘令牌等验证登录了游戏。跟开一瓶红酒似的，她登录个游戏也同样具有仪式感，看起来她没有骗人，这个游戏账号对她而言，也同样是非常珍贵的一件东西。

Vicky一边忙着登录界面，一边还在继续叽叽喳喳："鬼叔你这把键盘手感不错，比我Filco（斐尔可）红轴的都强，是什么呀？哇原来是静电容的呀，Realforce！果然是真土豪啊！请收下我的膝盖，这一把要2000了吧，咦？红酒好香啊……"

我努力把她的摄魂魔音排除在耳外，看着显示器里的游戏界面，她现在已经到了选账号角色的画面，Vicky的角色是一个神木药师，种族是狐妖，游戏里的昵称叫作"薇奇"。我知道Vicky的真名叫王薇琪，游戏角色起名薇奇，跟真名同音，又另有一些玄幻的味道。

体验了一周的游戏，我也大概弄明白了摘星录OL里面的属性、职业、种族系统。在这个游戏里，一共分为恶铁、神木、水月、火云、玄土五个属性，其实就是中国文化里的五行，分别对应金、木、水、火、土。

职业的话，可以分为道士、僧人、咒师、剑客、力士、弓士、琴师、药师、侠客、刺客等，一共有十七种，也就是西方魔幻体系列的法师、战士、术士、牧师、盗贼、圣骑士等的那一套，不过略微有些区别。

最后就是各种种族，包括凡人、蛮族、魔族、谪仙、土地、狐妖、灵猴、熊罴等一共十二个，每个种族之间都有天赋加点的不同。所以，五个属性、十七种职业、十二个种族，可以搭配出无穷多的变化，刚上手可能有点糊涂，但玩上几天就能搞清楚了。

比如说，我买的那个"青天大萝卜"的账号，属性是火云，职业是道士，种族是谪仙，搭配起来就是火云道士，谪仙。而Vicky这一个神木药师，狐妖，如果放到魔兽世界的体系里去理解，可以近似当成是德鲁伊奶妈，夜精灵，这样就差不多了。

Vicky旋转着游戏里面角色的身体，又把脸部放大，然后得意地说："怎么样，我捏脸的技术不错吧？"

我仔细看了一下屏幕内外的两张脸，由衷夸奖道："这根本就是你戴了一个狐狸耳朵的样子啊，Vicky你不错的，强力策划，还是强力美术嘛。"

Vicky嘻嘻笑道："哎呀其实也没啥啦，耐心捏捏就行，我这个脸捏了四个多小时呢。你们男人就不行,太糙了,你看你那个火云道士,是想照着吴彦祖捏的吧?完全捏歪了好吗?"

我挠了挠头,被她这么一说,再一想,可能那个账号真的是照着吴彦祖捏的吧,总之我愣是没看出来。不过这可不怪我,得怪建这个号的哥们儿,他的捏脸技巧确实有待提高。

晒完角色的脸跟装备后,Vicky 终于舍得登录游戏了。载入游戏后,代表 Vicky 的游戏角色,一只叫"薇奇"的狐妖就出现在一片巨大的湖泊前。然后,她的身边渐渐出现了其他的角色,高大的狗熊、矮小的土地仙人、不用坐骑也能浮空一寸的谪仙。各色种族,穿着各种飘逸的天衣,拿着各式发光的法宝,在湖边腾挪跳跃,各种大笑、跳舞、比试,还召唤出五光十色的坐骑,飞来飞去地斗富。

随着 Vicky 按下快捷键,屏幕里的薇奇捏了个手诀,召唤出一只红色的嘲风,这是一只通体火红,像火凤凰一样的飞行坐骑。薇奇的这个坐骑,已经非常炫目华丽了,但是跟她团友的各种坐骑比起来,又有那么一点黯然失色。

我不由得问了一下:"这个坐骑要多少钱?"

Vicky 一边操作,一边头也不回地说:"买的时候八千多金吧,现在可能降了一点。"

我不禁咋舌,八千多金,就是八千多人民币,光一个坐骑就那么贵,正常来说一个账号是不止一个坐骑的,还有其他天衣、法宝什么的,看来她这个账号,还真的能值个小十万。再看看她漫天飞舞的这些团友,一个个都是移动的小金库啊。如果 Vicky 这个账号要十万,这些造型更酷炫的,分分钟花在装备上的钱,都够买辆中档的汽车了。

我看了一眼时间,马上就要八点了。Vicky 说是八点开团,可她现在正一边打字聊天,一边又登录了 YY 的语音聊天室,一点都没有把账号给我的意思。

我刚要开口问，Vicky却嘘了一声："鬼叔，千万别说话。"

我"哦"了一下，Vicky戴上连着麦的监听耳机，用力咳嗽了几下，然后按下快捷键，打开了YY聊天室的语音。

接着，Vicky捏着嗓子，故意用沙哑的声音说："猫老板，我上火嗓子坏了，晚上不说话了。"

过了两秒，那个被她叫作猫老板，估计是团长的人回答了："今晚怎么了这是，好几个不讲话的，好好好随便你，不过别划水啊你，给力点。"

Vicky继续捏着嗓子说："知道了，猫老板。"

跟团长交代完后，Vicky摘下耳机，贼兮兮地跟我说："鬼叔，这样就不会穿帮啦。"

果然是这样，Vicky先跟团友说嗓子不舒服，免得等下被发现，其实今晚不是她在玩。

Vicky一边起身让位，一边还是有点担心地问："鬼叔，那就借给你玩啦，不过你玩过神木药师吗？"

我迫不及待地坐下，左手键盘，右手鼠标，像饿极了的人抢包子一样，赶紧牢牢抓住。好不容易才得来的机会，可千万不能再有变数啦。看着显示器里的狐妖在我的操控下左右移动，心里的感觉是新鲜、舒服、开心，还有淡淡的诡异。这个叫薇奇的角色，是由我的女同事Vicky创建的，但是，现在却是由我来操控。

要说起来，放回到现实世界，就等于一个人的灵魂，被偷偷地替换掉了吧？如果她的团友足够精明，能不能从薇奇今晚的表现里面，猜出她的"灵魂"已经被换掉了？

仿佛是看出了我猴急的模样，Vicky轻轻打了一下我肩膀："死相，我不会反悔的啦。看你是没玩过药师吧，没关系，主要的技能就这几样，等下我帮你标记几个输出，你拼命给他们治疗就可以了。反正你那火云道士也满级了，吃丹药、喝琼浆什么的，基本的操作总熟练的吧？"

我认真地点头："熟练，必须熟练。Vicky 妹，这不八点了吗，你们，不，我们还在这儿干啥？"

时间已经过了八点，这群人还是在腾挪跳跃的，没个正经。我正面是一个大得没有边沿的湖，左右跟后面群山环抱，也不知道等下那个叫墨鳞星君的大 Boss，会在哪里出现。不对，这个副本叫龙渊地宫，那起码得有个地宫呀，入口在哪儿，难道在湖里？

突然间，骚动的团友们安静了下来，Vicky 指了一下屏幕："喏，你看这个土地，就是团长猫老板，他带了龟丞相过来，看见没？"

我顺着她手指看去，果然有一个骑着浑身带电的猫的土地仙人，正在跟一个穿着官服、戴着乌纱帽的龟丞相对话，这龟丞相看上去不是玩家，像是个 NPC。

我不禁用力挠头："龟丞相？这又是什么鬼？我们不是去打墨鱼吗？哦哦我知道了，龟丞相带我们去湖里是吧？"

Vicky "咦"了一声，拖长声音道："鬼叔，不是吧你？"

我嘿嘿一笑，有点心虚地问："什么是不是的，好啦我是没做好攻略啦，网上能搜到的信息太少了，只能说你们，哦不，我们公司的保密措施做得很好嘛。"

Vicky 叹了口气："好吧，看在你开了瓶红酒的面子上，我把进龙渊地宫，打墨鳞星君的传说级任务，给你好好讲一遍。"

我眉头一挑："那就再好不……"

突然，电脑屏幕发出一阵耀眼的红光，把我的角色整个笼罩了进去。我吓了一跳，大喊一声："这是个……"

Vicky 轻声笑道："别怕，是对话完了，龟丞相打开嘴巴，在吞……"

我"哦"了一声，抢着说："我知道了，把我们吞进肚子里，再带到湖里去，对不对？"

Vicky 轻轻地敲我的头："差一点，你看看就知道了。"

　　显示器里红光一闪,我们这一个团四十个人,却仍然站在湖边。龟丞相背对着我们,它吞的是整个湖!只见湖水变成了一个巨大的水龙卷,飞跃到半空中,又钻进龟丞相的嘴巴里。围绕在它身边的,是一圈忽明忽暗的红光,不得不说摘星录 OL 的美术效果做得实在是赞,这一如梦如幻的画面,被渲染得如此真实。

　　不,我之所以觉得真实,除了美术效果以外,更因为我见过类似的场景。不是在游戏里,而是在现实中。

　　去年我跟梁警官初次见面,是在一座叫卡瓦格博的雪山上。我们成功阻止了疯狂科学家们在雪山顶上的疯狂实验,没料到,却引发了一场大雪崩。本来所有人都会丧命,这时候水哥冲了出来,就这样挡在我们面前,伸出右手,把汹涌而来的雪都吸进了体内。

　　他用的是藏在他体内的貔貅,一种只吃不拉的上古神兽,在我晕过去之前,看见水哥的身体,正是闪着这样忽明忽暗的红光。现在龟丞相的这个游戏场景,简直是我当时看到的景象的神还原,我甚至都要怀疑,是不是这个游戏的美术偷了我脑海里的画面,然后才把这个场景制作出来的。屏幕里,湖水正飞快地退去,露出湖底一个石头造的塑像,是一只张大了口的貔貅!我倒吸了一口冷气。

　　再回想起坦爷跟我说过的摘星录 OL 名称的由来。他说游戏里的 Boss,都是天上的星星在凡间的投影,而曾经我遇见的那个疑似高维生物的男人,他的解释十分雷同,说他并不是人类,而是高维生物在我们这个三维空间的投影。我开始觉得,这个摘星录 OL,跟我这一年来的经历,一定有着说不清道不明的联系。

　　"鬼叔,你在发什么呆?"

　　是 Vicky 在我身后说话,让我回过神来,我掩饰道:"啊,没,这效果太牛了,吓到了。"

　　Vicky 得意地说:"是啊,那群韩国欧巴,挺厉害的。"

　　我故意引开话题:"我们的美术真的是韩国人做的吗?我们楼不

就两三个韩国人吗？"

Vicky 喊了一声道："鬼叔你傻啊，韩国团队当然在韩国啦，两个月过来开次会，你来的时间短，还没遇上。我告诉你，有几个韩国妹子不错喔，不过不知道是不是整的，哎呀我跟你说这些也没用，反正你不喜欢女人。"

她又开始碎碎念了，我觉得头又大了好几圈。这时候，湖水已经被龟丞相吸完了，湖底的貔貅雕塑完全露了出来，身边的团友们纷纷召唤出坐骑，向着雕塑张开的巨口奔跑而去。

"鬼叔，你看什么呢，快跟上。"

我赶紧鼠标跟键盘一起操作，让画面里的狐妖薇奇，骑着火凤凰似的坐骑嘲风跟着队伍前进。距离远的时候看不出来，飞得越近，那貔貅的雕像就越显得巨大，到最后简直跟一艘航空母舰差不多，张开的口像是能吞下一架民航客机。

湖水被龟丞相吸干之后，貔貅张开的嘴巴离湖底都有十几层楼高，所以我们这一团的人，确实是骑着各种飞行坐骑，从嘴巴里飞进去的。进了貔貅的嘴巴之后，却是一条黑漆漆的隧道，像是高速公路上的钻山隧道，又像是连接两个时空的虫洞。

Vicky 在我身后指点道："喏，你跟着他们飞行的轨迹，对，就是这些曳光，照着飞就行，别碰到旁边啊，会掉血的。"

我听她这么说，加倍小心地用鼠标跟方向键，操控嘲风的飞行方向，跟着大部队飞行。Vicky 对我的操作还算满意，先到餐桌旁边把红酒端来，一杯放在电脑桌上，一杯就端在手里摇了一会儿，喝了一口。

她对酒的品质也颇为满意："咦，这酒不错嘛。好了，鬼叔你就这么飞，小心点，还得飞个五分钟，我跟你讲讲这个传说级任务的详情。"

我根本顾不上喝酒，小心地操作着，一边点头："好，你说，我

听着呢。"

Vicky 猛地一口喝完红酒,然后滔滔不绝地开始讲了起来:"是这样的啊,要触发下龙渊地宫的任务,前面起码要经过一个月的准备。这是一个单人任务,首先要在这个藏龙湖周围的镇上、村里,刷声望,刷起码三个星期,龟丞相就会化身成一个管家出现,说莫府主人仰慕你的豪侠名声,请你到府中一叙。"

她又走了几步,然后是倒红酒的潺潺声:"管家就带你到莫府,是群山环抱里的一个大宅子。你见到莫府主人,这里就有点微妙了,如果你的角色是雄性,那么莫府主人就是个女的,叫莫郡主;如果相反,那么招待你的就是莫少爷。而且,每个玩家见到的莫郡主也好,莫少爷也好,脸部特征都是随机生成的,不过都是非常美艳或俊朗,像天上的仙人一样。"

Vicky 又走回我身后:"然后呢,这个莫家主人就跟你谈呀,说在须弥山上有一只黄鼠狼怪,经常下山祸害凡间,莫家主人想要为民除害,但是又体弱多病,所以想请你替天行道。而你之前在刷声望任务的时候,也听到村民们有这样的说法,所以你就答应了。"

我操纵着飞行的嘲风,心里不以为然,这不就是最普通的 RPG 任务剧情吗?

Vicky 又喝了一口红酒,继续道:"好了,这时候你就出了莫府,在门口的拴马石那里,被随机匹配一支五人的队伍,去打黄鼠狼怪。这只黄鼠狼怪在须弥山的小副本里,Boss 的名字很普通,但是却出奇地强,实际上是目前五人副本里难度最高的。等你团灭了几次,终于打赢 Boss 之后,狗血的剧情来了。"

我"哦"了一下,不太相信这聊斋一样的剧情,能精彩到哪里去。

Vicky 接着往下说:"好了,黄鼠狼怪被你打倒在地,本来山一样庞大的体型,慢慢缩小变成了一个豆蔻少女。她哭泣着说自己是天界的仙女,到凡间游玩,被莫家主人诅咒了才变成黄鼠狼怪。然后,这个少女转过来请求你们,让你们回去杀死莫家主人,其实他也不是人,而是天上的一条大黑龙,下凡化作人的样子。这样的话,仙女才能获得自由,重回天界。"

原来 Vicky 没有吹嘘,这个剧情,还真是挺有意思的。我心里不由得一动,问道:"然后呢?玩家就回来打墨鱼了吗?"

Vicky 嘻嘻一笑:"鬼叔,想得太简单了吧。这个时候呢,系统会给玩家两个选择,由玩家投票决定。第一个选择是,管他三七二十一,一刀结果了黄鼠狼怪变成的少女,这样可以得到一个宝箱,里面可以抽取传说级的装备,还得到一件破破烂烂的黄鼠狼皮,不是能穿在玩家身上的装备哦,就是一个完全没有用的物品。"

"啊,黄鼠狼皮?然后呢?"

Vikcy 继续道:"然后呢,你就回到莫府,莫家主人接过你带回来的黄鼠狼皮,会给你 500 金作为答谢,这可是整个游戏里面赚钱最多的一个任务。接着呀,任务就完结了,你看着莫家主人向卧室走去,那件黄鼠狼皮,变成了一件漂亮的天衣。"

我提问道:"也就是说那真的是仙女对吗?玩家被大黑龙骗了。那如果玩家选择相信黄鼠狼,不,相信仙女呢?"

Vicky 娓娓道来:"好了,如果玩家投票选择相信仙女,回来打墨鱼,仙女会用血在你额头抹一下。这样当你回到莫府,会发现这里变成一个大湖,当湖边凑齐八个五人队伍,管家就会变成龟丞相出来对话,然后你就看见了刚才吸湖水的那一幕,终于就可以下龙渊地宫啦。"

我深深吸了一口气:"还真是复杂啊,那如果到头来打死了墨鱼,发现说谎的其实是黄鼠狼怪呢?"

Vicky 笑道:"可是没有人打死过墨鱼呀。"

我不禁皱眉道:"玩家是不知道,可姐姐你是剧情策划啊,你也不知道?"

Vicky 认真地说:"真的不知道,这可是我们公司的最高机密。"

我还想问下去,Vicky 却提醒道:"鬼叔,快到了。"

屏幕里,漫长的时空隧道过去之后,眼前豁然开朗,却是一片神仙府第,草地、小溪、廊桥、到处吃草的白马,比武夷人看见的桃花源更美。

这时候,原来黑漆漆的入口消失了,飞行坐骑全部失效,所有人都掉到了草地上。我刚想欣赏一下风景,Vicky 却紧张地说:"开打了,记好我标记的那几个人。"

我刚要再问点什么,突然之间,从小溪旁边的一块草地里,钻出一只巨大无比、长着无数只镰刀般细脚的肉虫!我深吸了一口气,开打!就让你们见识一下,我火云道士,不对,这个快捷键错了,喔是我角色弄错了,嗯,让你们见识一下,我无敌大奶妈的厉害!

足足打了三个小时,我们才过了前面三个小 Boss,终于要见到传说中的墨鱼,莫府主人,神一般的墨鳞星君了。这个全球两千万玩家里面,只有不到四千人得以一见真容,副本开放半年以来从未被打赢过,牛×得突破天际的终极 Boss。

队伍正在自动前进,走到一片美轮美奂的亭台楼阁前,当中一座特别高的楼台,琉璃瓦都是黑色的,闪烁着诡异的光芒。我终于有时间喝口红酒,平缓下激动的心情。

突然,一只手搭在我肩膀上:"没看出来,操作还不错嘛。"

我太投入到游戏里,都忘了房间里还有个 Vicky,吓得红酒都差点洒掉。深深吸了一口气之后,我嘿嘿笑道:"不行了现在,以前手速更快些。"

确实,在刚才打那个三个小 Boss 的时候,我体验到了摘星录 OL 备受赞赏的 AI 系统。这些 Boss 都很灵活,没有套路可言,根本不可能做到站桩输出,团里所有人都要灵活跑位,不然就会被弄死。幸好 Vicky 所在的这个团都是精英玩家,装备好,操作也溜,所以才能带得动我。

不过要说起来，Boss 留给我的印象虽深，但让我更加在意的，却是第二个 Boss 召唤出来的小怪。那是本来在草地上放马的家丁，从黑雾中冲出来之后，马的头被斩掉了，只剩下圆形的脖子切面，还淌着血，而家丁的头上，长的却是马的头。

这个小怪的美术设定，激起了我一段很糟糕的回忆。水哥和龟丞相，星辰的化身跟高维生物的投影，现在是马头家丁跟木马头男孩，难道说，这些都是巧合？

Vicky 的声音又在身后响起："喏，上了楼就看见墨鳞星君了，喏，你看，穿着一身白衣服，在楼上弹琴的那个就是。"

这个时候，随着系统剧情的进展，四十个玩家在游戏里的角色，已经把楼台团团围住，像包饺子一样把那白衣人困在中间。那白衣人却似乎浑然不觉，仍然在低头抚琴，清脆的乐声甚至还越来越大。

不得不说，这个场面意境真不错，强敌虎视眈眈，我还在专心弹琴，就像一个经典的武侠场景。只不过，玩家扮演的不是主角，而是围攻主角的坏人。

Vicky 饶有兴致地说："不知道这次的墨鳞星君长什么样呢？"

我看着仍在低头弹琴的白衣人，奇怪地问："墨鱼的样子还会变？"

Vicky 嘻嘻笑道："是啊，鬼叔，我刚才不是跟你说了吗，做单人任务的时候，每个人看到的莫府主人的脸，都是不一样的。这一次呢，四十个人一起看到的，会是一张所有人都没见过的脸，而且每一次刷，看见的脸也跟上次的不一样。猜这次的墨鳞星君会长什么样，也是来龙渊地宫的乐趣之一呢。"

我不以为然地哼了一声，不就一张系统随机生成的脸嘛。直到，随着"嗡"的琴弦断裂声，那白衣人抬起头来。我瞬间吓尿。俊朗，英气，又带着难以言说的妩媚——这一张，是唐双的脸。

我浑身的鸡皮疙瘩，简直要把身上穿的衣服都撑起来了。这是什么情况？传说中的墨鳞星君，竟然长着跟我女朋友一样的脸？我想要说服自己，这不过是游戏系恰好随机生成的长得跟唐双有点像的脸而已，毕竟我这几天没见，也是挺想她的。

可是，这个想法被我无情地否定了。因为这根本不可能，再怎么随机，也随机不出这一张跟唐双一模一样的脸。眉毛的形状、瞳孔的颜色、鼻子的高度，甚至人中的宽度，还有嘴巴笑起来的弧度，都跟唐双完全一样，精确到每一个像素。是的，游戏里的墨鳞星君，正在对着我们笑。

然后，她开口了。到这里，我才确定这个一袭白衣的人，是"她"，而不是"他"。她的声音，也跟唐双一模一样。我腋下都被汗湿了，回头去看Vicky，她正若无其事，表情放松地看着显示器里那张漂亮的脸。不过，这也正常，我的新同事们从来没人见过唐双，自然也包括Vicky。

Vicky看着显示器里唐双的脸，甚至由衷地赞叹了一句："比上次好看呢。"

我无法理解眼前发生的一切，身体开始微微地颤抖，勉强回过头去看着屏幕。刚才唐双，不，墨鳞星君的剧情对白，到现在已经快说完了。

墨鳞星君跪坐在琴后的身体，慢慢站了起来："凡人啊，实在是太容易被迷惑了。看看你们，看看你周围的伙伴，是谁被黄鼠狼怪附体了，才会想着来杀我。"

我皱起了眉头，附体？杀？

然后，这个跟唐双一模一样，穿着白色长袍的墨鳞星君，捏了一个优雅的手诀，朗声道："吾将净化尔等。"

刹那间，一道道黑色闪电冲天而起，亭台楼阁在地动山摇中瓦解，白衣的唐双骤然消失。

Vicky 的声音听起来那么遥远，显得很不真实："别紧张，鬼叔。看能坚持多久吧。"

我深深吸了一口气，左右手开足马力，全身心投入到战斗里。

10 分钟后，我的显示器变成了黑白色，只有空灵的琴声，不知道从何处传来。游戏的设定是，角色死亡后，视角就被限制着无法移动，所以自然看不见到底墨鳞星君是在哪里弹琴。

我们，被团灭了。

这一次，据 Vicky 的战后分析，比上一次退步了。连墨鳞星君的二阶形态都没见到，就被穿着一袭白衣、翩翩公子状态的她打败了。我看着变成黑白色的显示器，口干舌燥，脑海里回放着刚才 10 分钟的战斗。

唐双，不，墨鳞星君的速度很快，瞬移毫无规律，攻击又高。但这不是最可怕的，最可怕的是随机落下的黑色闪电，稍微走位慢了半秒，被劈中的话，这个玩家就失去了对角色的控制。

按照墨鳞星君的说法，被闪电劈中即为被"净化"了的玩家，就开始被赋予一个浑身冒黑气的 DeBuff，然后开始攻击原来的队友。

我一开始以为，这些灵活的黑气角色，还是由玩家来操控的，但是当我自己成为第四个被劈中的玩家才意识到，显示器里这个叫薇奇的狐妖，已经完全不由我控制，转而被游戏的 AI 系统所接管。

所以，我只能眼睁睁地看着薇奇用各种技能给墨鳞星君，还有同样被"净化"的队友加血。这种无力、懊恼的感觉，对我而言似乎有点熟悉。

墨鳞星君最后说的那句话，又在我脑海里重播："吾将净化尔等。"

我明明没听过这句话呀，怎么搞的，却觉得那么熟悉。

"喂，鬼叔，你是要盯着屏幕看多久呀？"

我又吓了一跳，这才意识到身后还站着一个大活人——薇奇这个账号原本的、真正的主人。我不好意思地松开了键盘跟鼠标，挠了挠头，从椅子上站起身来。

Vicky伸了个懒腰："一直站在你后面，累死我啦！不过也挺好的，今晚团灭得那么快，你看现在都十二点了，要是打到二阶，墨鳞星君的衣服变成黑色，拿着龙牙剑，起码到一点呢！"

我嘿嘿傻笑："没错，真的是辛苦你了，明天请你吃饭，啊不，现在就请你吃宵夜吧，楼下就有，吃完送你回家。"

Vicky嘻嘻笑道："不用啦，我不吃了，你也不用送我回家了，我打车就行。"

我摸了摸耳根："不好吧？那么晚了。"

Vicky挥了挥手："没事，你不是也喝了酒吗，最近查酒驾可严呢。你送我到楼下就行，对了，说起酒……"

我瞄了一眼餐桌上，酒瓶子已经空了，但醒酒器里还有不少，我玩游戏太投入，也不知道Vicky是什么时候倒进去的。反正开了也不能留，当然要喝光。

我拿着酒杯，跟Vicky一起走到餐桌边，然后给两个杯子都加了酒。我举起刚才握鼠标握得有点麻痹的右手，跟她碰了一下杯："谢谢你的账号。"

Vicky摇晃着酒杯："鬼叔，客气什么，不过别忘了答应我的事哦，星期六晚上九点。"

我嘿嘿一笑："欢乐海岸，JUICY酒吧。"

我当然记得她要我约坦爷的事情，虽然有点棘手，但也不是办不到的。杯子里的红酒散发出醉人的香气，不得不说，唐双对于红酒的品位确实不错。这酒不知道哪里可以买到，要不我还是多买一瓶，等下次跟唐双一起喝吧。

嘀嘀——

当我意识到这是什么声音时，为时已晚。离我不到五米的公寓房门，被人推开了。唐双手里提着装宵夜用的透明塑料盒，笑容满面地看着我。我住的公寓用的是电子门锁,唐双作为我的女朋友,当然知道密码,也录了开锁的指纹。

她脸上的笑冷却了。换成她的视角,看到五米开外,跟她还处在冷战期的男朋友,拿着她的红酒,跟一个穿着热裤、脸颊绯红的女人正在举杯畅饮,双眼含笑……

Vicky看了一下唐双,声音里满是难以置信:"墨鳞星君?"

唐双却没有理她,也没有理放下酒杯、准备向她走去的我。她一边关上门,一边礼貌地说:"抱歉,打扰了。"

在我跑到门口的前一秒,房门被迅速、坚决地关上了。深夜,"砰"的一声巨响,在这个复式公寓里回荡。我脑海里想起的是刚才在龙渊地宫里,墨鳞星君开战之前,亭台楼阁全部在地震中倒塌的场景。现在,这一整栋公寓楼,也在我的绝望中战栗。

我这是要完蛋的节奏……

## 第九章
## 吾将净化尔等

接下来的几天里,我觉得最幸运的事情,是有 Bryan 布置的那三万字的体验报告可以忙,这样一来,我才可以不用去想跟唐双的事。当然,稍微闲下来的时候,我还是忍不住会去找她。理所当然的,她把我的微信拉黑了。电话也打不通,估计被屏蔽了。

找她的助理 Stacy,找大只佬 Tommy,他们总算没有拉黑屏蔽我,但是对于我的问询、求情,回答却一律是无可奉告。肯定是唐双交代过他们。我甚至绝望到去找甜爷,结果,除了被她劈头盖脸骂了一顿之外,什么有用的信息都没得到。

等到周五下午,我终于搞完了三万字的体验报告,文字优美,内容翔实,配上一大堆精美的图标,交给了 Bryan。这个想看我笑话的剧情策划组临时负责人,对于我这一份报告也说不出什么话来。

他皮笑肉不笑地招呼大家来看:"你们学习一下,坦爷介绍进来的新同事,就是厉害啊。"

在这一群人里面,只有 Vicky 偷偷朝我挤眼睛。我知道她的意思,我该兑现诺言,帮忙去约坦爷了。

那个酒吧人不多,环境比较私密,适合聊天、表白、谈恋爱。

也幸好我是个业余写小说的,换了别人,还真不知道怎么把坦爷骗出来。我先是搞定了我的真爱粉 Moota 殿,说我失恋了,这倒是真话,想让坦爷来安慰我一下,不想有妹子在场,不然哭出来就太难看了。

Moota 殿几乎是下命令似的,让坦爷一定单独赴约。我一边由衷地感谢 Moota 殿,一边内心有愧,想着要是等《雪山禁忌》开拍,一定要跟强导争取个女配角让她来演。就算强导要求潜规则,也让他冲着我来就好。

到了星期六晚上八点半,我提前到了 JUICY,点了一杯麦卡伦。酒保小哥问是要加水还是加冰,我回答:"净饮。"

净饮,净化……最近两天,我耳边常常没来由地响起一句话:"吾将净化尔等。"

我无奈地挥了挥手,想要把这个可笑的念头,一句游戏里的对白,彻底赶出脑海。等会儿两个正主到了,我跟 Vicky 商量好说是巧遇,都是同事一起喝吧,然后我趁坦爷不注意,借尿遁,偷偷溜。

我的打算,是直接从福田口岸过香港,去找唐双"箍煲"(广东语"尝试挽回破碎恋情"的意思)。麦卡伦喝到第二杯,已经是 20:50。坦爷还没到,这不奇怪。可是 Vicky 半小时前就说出门了,怎么现在还没到?不应该啊,她期待了那么久的事情。

这么想着,我掏出手机,打了她的电话。没人接听。我刚要挂掉的时候,电话却突然被接起来。然后,是一声惨叫,像是根带血的钢针从人的喉咙里迸发出来。是 Vicky 的声音!

我着急地朝手机里吼:"Vicky!Vicky!怎么啦?"

那边却是长久的沉默,我闭上眼睛,紧紧捂住左耳,试图从右耳的手机里听到对面的动静。手机里,似乎有人叹了口气,但在这喧闹的酒吧里,听得并不真切。然后,手机就被挂断了。

我看了一眼屏幕,确实是对方挂断的。有人挂断了电话,是 Vicky,还是别的谁?我深呼吸了几口气,试图想明白现在应该怎办。报警?去她家看看?

三秒钟后,我决定,这两件事都要做。我赶紧埋了单,急匆匆就往酒吧外面走,却"砰"的一声撞到了一个人身上。

"鬼叔,去哪儿?"

我抬起头来一看,却是坦爷,扎着他标志性的小辫子,穿着一件经典的梅花红色中国队运动外套。我来不及想那么多,拖着他就往外走:"去 Vicky 家。"

坦爷根本搞不清状况:"Vicky?你们组的 Vicky 吗?去她家干什么,你不是说分手了要我来陪你喝酒,啊,难道跟你分手的就是她?"

我着急道:"一时半会儿说不清楚,路上说。"

坦爷却不愿意了,他扎了一个马步站稳,又拿掉我抓着他的手:"鬼叔,先说清楚再走。"

我没办法,只好深吸了一口气,然后交代道:"坦爷,今晚我把你骗出来是给 Vicky 庆祝生日的,结果她没来,我就打电话去催,电话里听到一声惨叫,很不对劲,所以我现在要去她家里。"

这本来是特别复杂的一件事情,但坦爷不愧是一个月入四五亿的游戏制作人,马上弄清楚了其中逻辑。他眉头一皱,有点不开心的样子,我刚想说要不我自己去算了,他却从兜里摸出一串车钥匙:"我来开车,可能会快一点。"

十分钟后我发现,何止是快一点,是快很多点。我认识坦爷的半个月里,总结出他是个表里不一的人,空有朋克造型:发型、花臂、摩托车外套,但性格却是沉着、沉稳,甚至沉闷。但在他踩下油门的那一刻,我知道自己错了。沉稳什么的,只是体现在工作上。在开车这一方面,Tristan,坦爷,就是个朋克啊!先说他的车,是一辆剪刀门的 SLS AMG,估计要三四百万。

我刚坐到副驾驶座,坦爷就来了一句:"绑好安全带,我开车有点快。"

我先是不以为然，但是，在发动汽车的那一刻，坦爷的眼神变了，变得非常锐利。马达强烈地轰鸣，我的后背像给人用力推了一把，然后就是狂飙啊！

我深呼吸了几口，尽量稳住情绪，然后在微信上找了组里一个跟Vicky要好的妹子，先问了Vicky的具体住址，然后开了导航。再接着，我又打110报警，说有可能是命案，一定要尽快赶到。

本想再打个电话给我的上线梁警官，但因为摘星录OL的制作人就在我旁边，我不能暴露自己是卧底这件事，所以我改用发短信的方式，跟梁警官汇报了情况。第一句就是："第四个受害者可能出现了。"

是的，虽然没有任何证据证明，但我就是有一种直觉，Vicky目前遭受的危险境地，跟之前三个受害者是一样的，而且跟摘星录OL这个该死的游戏，脱不了干系。

前几天晚上，我借用过她的账号，去挑战龙渊地宫的大Boss墨鳞星君，如果Vicky真的遇到了危险，难道是跟这个有关？我深吸了一口气，紧紧绷住自己的大腿，不敢再往下想。

导航上说要开二十多分钟的路，坦爷十分钟就开到了。下车的时候，我发觉自己双腿是软的，不过幸好没有吐，不然就太丢脸了。坦爷也下了车，我刚在四顾寻找电梯的位置，他却似乎来过一般，径直朝一个方向走去。我皱了一下眉头，紧跟在他身后。

坦爷的方向果然是对的，这里就是电梯间。我不禁有点生疑，难道说，坦爷知道Vicky住在哪？他来过Vicky的住处？要是这样的话，可以理解为他们两人的关系很密切，搞不好连床单都滚过了。那么，这么密切的关系，Vicky为什么还要通过我来约坦爷？

"叮。"电梯门开了，坦爷一个箭步冲了进去，准确地按下Vicky住处的楼层号码。

我跟坦爷站在 Vicky 住处的防盗门前，一筹莫展。我们大声叫了 Vicky 的名字，又猛按了几下门铃，屋里却完全没反应。估计跟她住的妹子还有左邻右舍，全都跑出去玩了。防盗门下透出的黄色灯光，又仿佛在告诉我们，屋里有人。

这时候，坦爷开始怀疑我是不是在跟他开玩笑，或者 Vicky 在跟我们开玩笑。我试着打了 Vicky 的电话，没有人接，但是，铃声在屋里响起了，似乎就在客厅。铃声一直响，一直没有人接，每一声，似乎都敲击在我的心脏上。

脑海里，浮现出猴子躺倒在血泊里、澳洲留学妹子溺毙在浴缸中、德国小伙子烧得焦炭一般的尸体的形象。也许，如今跟我们隔着一层防盗门，一层木门，在客厅里毫无声响的 Vicky，也正在以一种我想象不到但同样凄厉的方式死去。

我吞了一口口水，几乎是下意识地向后退了两步。坦爷不知道前面三个受害者的事情，心理负担自然比我小很多。他不死心地上前拉了一下门，防盗门纹丝不动。Vicky 租住的这个小区，稍微有点旧了，带钢栅栏的防盗门也是旧旧的，不过，仍然非常牢固。

坦爷看了我一眼："110 有没有说什么时候来？"

我摇了摇头："没有。"

坦爷皱眉道："难道我们就这么干等着？"

他弯腰去检查防盗门的锁，焦躁地说："我要是会开锁就好了。"

我深吸了一口气，看着门铃旁边的门牌号——1009，Vicky 住在 10 楼的 09 号房间。我有一个怪癖，就是非常喜欢质数，虽然没能背下一万以内的质数表，但是对其中一些，还是有点印象的。1009，似乎是个质数。

我闭上眼睛。楼道里本来就很暗，所以闭上倒也没什么差别。坦爷还在那边不死心地研究着门锁，金属碰撞的声音，他的鞋底摩擦在地板上的声音，像是被谁施了减速的魔法，被拉成长长的音频，在我耳朵旁慢动作播放。

1009，1009，1009，不知怎的，这个数字一直在我脑海里重复。我想起跟唐双去鹤璞岛时，开着水上飞机的她突然昏倒的场景，那时的我无意识地不断重复着另一个质数——2063，然后奇怪的事情就发生了，我的头发变白了，灵光乍现般地，我懂得了开飞机。

1009，意味着什么呢？2017，1009，两个质数之间，似乎打开了一条星云般不断旋转的时空隧道。有点像摘星录 OL 里，我们飞进龙渊地宫的那一条隧道。超感。我的脑海里突然闪了一下，就像是黑暗的夜里，突然迸发了一团烟花。

我睁开眼睛，看见自己的十指，在楼道昏暗的感应灯下，像有生命的物体般，灵巧地动着。而我的大脑，没有指挥它们动。我深深吸了一口气，走过去推了推防盗门前的坦爷。

坦爷直起身来，惊讶地说："你要……"

他突然换了个更惊讶的语调："鬼叔，你的头发怎么都……"

我的手指头似乎变成了磁铁，一下子被防盗门的门锁吸住了，粘在上面不停地摸索。

五秒钟后，我突然转过身来，对看着我头发目瞪口呆的坦爷，说了一句让他更目瞪口呆的话："皮带借我一下。"

坦爷吃惊道："皮带，你要干什么？"

我没有跟他废话，两手往他腰间一摸，连我自己都不知道怎么回事，他的皮带就在我手上了。我的手指以我自己都看不清楚的动作，摆弄了两下，就把皮带头上的那一根弯曲的针取了下来，又转身顺理成章地插进了防盗门锁的钥匙孔里。就好像用加热了的刀子去切黄油，针在钥匙孔里旋转了几下，手指头反馈了美妙的触感，"啪嗒"，防盗门开了。

坦爷一边把缺了根针的皮带系回腰间，一边难以置信地问道："你还会这手？鬼叔，你以前是干吗的啊？"

我没有说话,右手拉开了防盗门,再往里面那道虚掩的木门一推,"吱呀"一声,客厅的黄色灯光倾泻而出。我想象着将要看见的恐怖场景,深吸了一口气,慢慢踱入客厅。

坦爷紧跟在我身后,他的注意力却还停留在我的身上:"好奇怪,鬼叔,你的头发又变黑了。"

我皱着眉头,开了个玩笑:"不要在意这些细节。"

后来,我跟坦爷一致认为,推门而入是一个非常错误的决定。我们应该乖乖站在门口,等 10 分钟后赶到的 110 巡警。出乎我的意料,进了门之后,我看见的是一个"温馨"的场景。

客厅的吊灯发出黄色的光,在客厅正中间,一个女人坐在绿色的圆形小塑料凳上。女人穿着一条黑色短裙,上半身是牛仔外套,身子坐得笔直,背部、脖子、头部,绷成一条直线,眼睛紧紧闭着。

坦爷喊了一声:"Vicky!"

没错,坐在凳子上的女人就是 Vicky。Vicky 还是好端端地坐在凳子上,没有理我们,眼睛也没有睁开。我却松了口气,一个人能这么直地坐着,肯定还活着,没有死,也没有晕,不然身子会瘫软掉的。至于她为什么闭着眼睛,照我猜测,是害死了前三个受害者的恶灵,刚"附体"到 Vicky 身上,进入了一个深度催眠的状态,还没来得及操控 Vicky 自杀吧。

我拍了拍坦爷的肩膀:"幸好我们及时赶来了,估计没什么大问题。"

坦爷看了我一眼,走上前去,拍了拍 Vicky 的肩膀。她却纹丝不动。我也跟了上去,看见 Vicky 的左手,正攥着她的手机,而右手却奇怪地伸进自己的黑色一步裙里。

然后我发现,她的姿势也很奇怪,她不是坐在圆形的小塑料凳子上,而是跪在地上,胯部与塑料凳紧紧贴合。这种色彩艳丽,带卡通图案的塑料凳子很多人家里都有,凳面中间有一个圆心的空洞。

Vicky仍然闭着眼睛,我突然有了点不祥的预感。坦爷看她没有反应,用手捏住她两边脸,左右晃动:"Vicky,醒醒!"

我之前看过三个受害人的画面,但跟现场带给人的冲击完全不可同日而语。更别说坦爷了,他没见过前面三个受害人,没有一点心理准备。Vicky的嘴巴"啪嗒"一张,我倒吸了一口冷气——在她的嘴里,有一根绿色的东西,从咽喉里出来。坦爷吓得向后退了两步,脚步声却是"吧嗒吧嗒"的,听起来黏糊糊的。

我低头一看,惊呼道:"血!"

不知道什么时候,圆形的塑料凳子下,漫出了一大片鲜血。坦爷刚才摆弄Vicky的脸,让她的身体也失去了平衡,连着那张绿色的圆形小塑料凳,"咚"一声向后倒在了地板上。

塑料凳之所以会被带着一起动,不是因为Vicky的双腿夹得紧,而是因为,它是跟Vicky的下身连在一起的,用的是一根同样绿色的晾衣竿。晾衣竿的分叉还留在塑料凳底部,中心的那个圆孔外面。其他部分,已经全部插入了Vicky的身体。

Vicky,当然已经死了。她刚才能坐得那么直,直得僵硬、诡异,不是靠她自己的身体支撑,而是靠体内的那一根晾衣竿,很多人家里都有的晾衣竿。

Vicky,我的新同事,前几天还去过我家,因为造成了我跟女朋友的误会,一个劲儿道歉的妹子,死了,以一种这样残忍的方式。她身上穿着黑色短裙和牛仔外套,脸上还化了妆,她本来是打算跟坦爷去约会的。这一天,是她25岁生日。

坦爷"哇"地一声吐了出来,屋子里弥漫着一股呕吐物的酸臭味。这不怪他,说真的,如果不是有前三位受害者的诡异死状来垫底,我这会儿肯定也吐出来了。

我看着像虾一样蜷曲在地上的Vicky,不,确切来说,是Vicky的尸体,心情却莫名地平静。恶灵。一定是恶灵。这是我所知道的

恶灵杀死的第四个人,相比起前三个,一样的手法凶残,难以置信。但是,也有不一样的地方。

从猴子的视频里可以看到,他在整个自杀的过程中,没有发出任何声音。许乐诗的室友、雅各布一起烧烤的朋友,也表示两名被害者在做出这些事情的时候,异常沉默。

这样的话,其实可以认为,在整个过程中,恶灵完全控制了受害者的身体,所以,他们是感受不到任何痛苦的。虽然死状惨烈,但是可以理解为,恶灵控制受害者身体的那一刻,受害者其实已经死亡了。这样假设,对我们这些生者而言,心里会稍微舒服点。

可是,刚才在酒吧的时候,Vicky在电话里发出了凄厉的惨叫声,叫得我脊背发凉。这就说明,在自杀仪式进行到某一部分的时候,Vicky恢复了神智,疼痛让她控制不住惨叫起来。她不一定知道发生了什么,但是她一定知道,自己马上要死了。

我盯着圆凳跟晾衣竿,这两样东西都是绿色的。绿色,代表生机,代表万物生长的春天,同时,也代表植物,代表树木。Vicky的游戏角色,薇奇,是一个使用绿色的森林元素来治疗队友的狐妖。我心里咯噔了一下,五行,木!

我跟坦爷在警察到来之前,已经非法闯入了命案现场,所以,当然被警察带回去审问了。不过,我的上线梁警官恰到好处地出现,接手了案件,也由他来负责审问蔡姓、崔姓两个嫌疑人。

现在,坦爷正被关在隔壁房间里,我坐在审讯室的刺眼而苍白的灯光下,戴着手铐,面对着我这次卧底任务的上线,国际刑警梁超伟,梁警官。他翻看着桌上的现场照片,我知道那里面有受害者尸体,还有被我打开的防盗门。

梁警官吸了一口凉气,把照片都翻过来盖住,然后皱着眉头问我:"晾衣竿,天,天哪。鬼叔,你真的不是变态连环杀手?"

我白了他一眼:"我要是的话,现在先捅死你。能不能先解开我手上这玩意儿？"

梁警官不知道是在说笑还是认真的："解开了让你把我捅死？"

虽然是这么说，他还是站起身来，帮我把手铐打开了。我揉着生痛的手腕，心想，隔壁的坦爷是不是也遭受了同样待遇？如果是的话，把他拖下水的我，感觉问心有愧。

梁警官坐回到审讯桌后，又翻过一张照片，来来去去地看："鬼叔，你再说说，你是怎么开的防盗门？用皮带上的那一根针？"

我叹了口气："我第七次回答这个问题了。是的。"

梁警官抬头仔细观察我的表情："手法真漂亮，我遇见过的最厉害的飞贼，三十年经验，技术也不过如此。鬼叔，你是怎么会这招的？"

我长长地叹了口气，沮丧地说："还要我再讲一遍？"

梁警官郑重地点头："再讲一遍。"

我摇了摇头，第七遍重复我为什么会开锁的原因，不，与其说是原因，不如说是我的个人猜测："梁警官，半年前我遇见过一个疑似高维生物，就这一件事，我还咨询过你，最后这件事，也是你帮我收拾残局的，对吧？"

梁警官皱着眉头："最后我们抓住的不是什么高维生物，也不是你说的时间囚徒，只是一个话剧演员，被雇来演戏的。"

我深深地吸了一口气："没错，那男人是个骗子，但是他所演的剧本，却是一个真正的时间囚徒所写的。这个剧本里写道，高维生物之所以对我感兴趣，是因为我在某种情况下，可以跳出自身所处的维度，去看别的平行空间里的自己，甚至可以在短时间内拥有他们的技能。"

梁警官评论道："超感。"

我点了点头："没错，我总结了一下，在马尔代夫开水上飞机，还有这一次解开了防盗门，都是我超感能力的体现。而每一次我将拥有另一个平行空间的蔡必贵的技能之前，还有一个明显的表现，

就是我的头发会突然变白。"

梁警官的眉头皱成一团，扭曲的程度，就算 1009 的那个会开锁的蔡必贵再出来，都未必能打开。他神经质地又翻开那张防盗门锁的照片："超感，平行空间，突然变白的头发，很棒，这些都是很好的构思，写进你的小说里一定棒极了。可是，鬼叔你教教我，这该怎么写进报告里，向我的上级汇报啊？"

我叹了一口气，内心无比懊恼。什么超感，什么开锁的平行空间的蔡必贵的技能，要是我没有这种奇怪的能力，就不会蹚这趟浑水，更加不会被我的唐双抛弃了。蜘蛛侠是能力越大，责任越大。蔡必贵是能力越大，麻烦越大。

梁警官揉着自己的太阳穴，声音听起来很疲惫："好吧，就算你说的都是真的，可是鬼叔你有没有想过，开飞机也好，开锁也好，为什么每次都是你刚好遇到情况，主观上需要的时候，这些技能就变魔法一样，自己跳了出来呢？"

他开始揉另一边的太阳穴："我是说，谁在后面控制呢？谁让你可以自由切换技能？是你自己？是另外平行空间的你？还是说……"

梁警官问着问着，陷入了沉思。他提的问题，其实我也问过自己。从我之前的经历看，包括会开锁的这个蔡必贵，已经有两个平行空间的蔡必贵出现了，都是身怀绝技。刚才触发的 1009 号平行空间的蔡必贵，手指灵敏，开锁技能出神入化，可能是个飞天大盗。在海岛上进行超感的 2063 号蔡必贵，应该是一个经验丰富的职业飞机师。

今晚在开门之前，脑海里突然蹦出了一个数字，2017，这个质数，估计就是我所在的平行空间的代号。2017 号蔡必贵——也就是我，鬼叔——拥有什么技能呢？呃，我的主业是一个不需要怎么打理的工厂的小厂长，副业是编小说，现在还兼职当卧底。但是说到可以拿出来用的技能，基本是个什么都不会的饭桶。

好吧，回到正题。到底是谁，能让我在"需要"的时候，触发跟其他平行空间的连接，调配其他蔡必贵的技能，安装到我身上呢？我觉得，能做到这一点的，不是这个平行空间的自己，也不是别的平行空间的蔡必贵，而是高维生物。那个对我感兴趣的高维生物。可是，它为什么要这么做呢？

"鬼叔？"

梁警官的声音，把我从对于平行空间、高维生物这种不切实际的想象中，拉回现实的维度。在现实里，我是个刚被从命案现场带回来，手上戴着手铐，困在审讯室的倒霉蛋。梁警官用手指敲击着桌面，"嘟、嘟、嘟"的声音在空旷的审讯室里回荡。

他皱着眉头说："先不讲你的超能力了，鬼叔，在 TIT 上了半个多月班了，你有什么收获？"

收获？害死了一个女同事算吗？几天前，Vicky 把账号借给了我，去挑战龙渊地宫的墨鳞星君，这个 Boss 由系统随机出来的脸，竟然跟唐双一模一样，再加上其他的诡异之处，让我觉得，这个摘星录 OL 的终极 Boss，非常可疑。

我深深吸了一口气："我觉得，这四个受害者的死，跟游戏里一个大 Boos 有关。"

梁警官显然也是做过功课："你是说墨鳞星君？"

我点了点头："没错，前两天晚上，我借用 Vicky 的账号去体验了一下打墨鱼，也就是墨鳞星君的过程。里面有很多蹊跷的地方，跟这四起恶灵杀人的案件莫名吻合。比如说，这个 Boss 的 AI 太过智能了，简直不像电脑，而像一个很有灵气的人，不，是一个神在操纵。比如，在打墨鱼的时候，如果被从天而降的黑色闪电劈中，玩家就会失去对角色的控制，角色可以反过来杀自己的队友。"

我突然想起一件事："对了，还有开打之前，墨鳞星君有一句台词，我总觉得在哪里听过。她说，呃，说的是吾将净化尔等。"

梁警官似乎被雷劈中了一般,呆了三秒,然后突然提高音量:"鬼叔,你说什么?"

我不知道他为什么这么大反应,挠头道:"我说,在墨鳞星君开打之前……"

梁警官急匆匆地打断:"最后一句,你刚说的最后一句!"

我狐疑着说:"呃,吾将净化尔等,也就是,我马上净化你们这群人,怎么了?"

梁警官先是摇了摇头,又猛地点头,然后他从身上掏出一个纸质笔记本,在上面翻查起来。我不明所以,反正审讯室也没别人,于是干脆站起来,走到梁警官身边,看他笔记本里的内容。

笔记本上,接连十几页,写的都是六个字的短句,由一些读音相似的词语,两两组合而成。比如"五张警花二等""吴江禁伐二天""吴将军发耳朵",诸如此类,读起来都没什么意义。

我皱着眉头:"这是……"

梁警官猛地翻到一页,指着上面其中一行字,如获至宝地喊:"这个,是这个!"

他手指下面,赫然用钢笔工工整整地写着六个字:"吾将净化尔等。"

我突然想到了什么,倒吸了一口凉气:"难道说,这是猴……"

梁警官"啪"一声合上笔记本,霍地站起身来,面对面盯着我的眼睛,一字一顿道:"这是侯小杰自杀时,说的那句话。"

我浑身起了鸡皮疙瘩,在刺眼的白炽灯光下,却仿佛回到了猴子那间昏暗的出租屋。在把肠子扯出腹腔的同时,他低头说了六个字,吾将净化尔等。这也是摘星录OL里面,那个两千万玩家求见一面而不得的终极Boss,墨鳞星君的开场白。

梁警官长长地舒了一口气,又重新坐回到椅子上,把笔记本重新打开,翻到了另一页。我低头看去,那上面写的,不是刚才的六字短语，而是另外的内容。等看清了上面的字后，我不由得感叹道，不愧是经验丰富的国际刑警，我本来想等下再说的，实际上，人家早就想到了。笔记本里写的是：

侯小杰，水果刀——金。

许乐诗，浴缸——水。

雅各布，酒精——火。

梁警官从西服的前兜里，取下随身带着的钢笔，在笔记本上写下了新的一行：王薇琪，晾衣竿——木。

他抬起头来，跟我视线交汇，我俩异口同声："下个是土。"

我深深地吸了一口气："没错，金木水火土，现在就只缺土了。"

梁警官低头看着那四行字，像是在问我，又像是在问四个受害者的亡灵："有什么看法？"

我沉吟了一下说："在摘星录OL这个游戏里，集齐金木水火土五行，组合成一个小团，是有团队加成的。如果恶灵再杀掉一个属土的，就等于把这个小团的玩家，团灭掉了。"

慢着，我突然想到了什么，加快语速道："我用Vicky的账号去打墨鱼的时候，因为是替身代打，所以不能用YY语音。当时团长埋怨了一句，说今天怎么那么多人不说话。当时我根本没往心里去，但现在想想，可能是……"

我被自己的想法吓到了，吞了一口口水："侯小杰、许乐诗、雅各布，他们跟王薇琪，都在同一个团里。"

梁警官皱眉道："鬼叔，你的意思是，因为这三个人都遇害了，所以根本不可能再发出声音。他们的角色，跟你替王薇琪玩一样，也是由别人代玩的？"

我摇了摇头："代玩没有错，但却不是由别人，而是由墨鳞星君。"

说完这句话，我跟梁警官都沉默了。现在破案的关键已经很明显了，所有线索都指向一点——摘星录OL里的最终Boss，墨鳞星君。这个 Boss，到底是由谁设计的？围绕在墨鳞星君身边的诡异剧情任务、随玩家不同而变化的脸、湖底的貔貅塑像、神似平行空间虫洞的隧道、长着马头的骑马牧民，还有"吾将净化尔等"。

玩家在游戏里看见的 Boss，背后包括策划、程序、美术等设计者，这些人都可以说是"墨鳞星君"的设计者。把这些设计者都罗列出来，逐个击破，就能够找出恶灵的秘密，起码，可以接近案件的真相。所以，接下来我们会这么做。

梁警官跟同事会从外部展开调查，而我，就从摘星录 OL 的项目组内部，把实际参与墨鳞星君设计的人员，一个不漏地记录下来，汇报给上线。

梁警官重新打开钢笔笔帽，在王薇琪下面，新写了一行：××，××——土。

我卧底行动的国际刑警上线，抬起头来看着我："鬼叔，早点找出墨鳞星君背后的设计者，找出恶灵，阻止他，不能再出现受害者了。"

然后，他低下头，把新写的一行字，狠狠划掉。

当我和坦爷走出公安局大门时，天已经蒙蒙亮了。我们能够那么快就被释放，当然与梁警官脱不了干系。不过，这一切都对坦爷隐瞒起来了，包括国际刑警，包括恶灵跟墨鳞星君的联系，包括 Vicky 和其他摘星录 OL 的受害人。

按照梁警官的说法，作为摘星录 OL 的制作人，坦爷跟这一起连环杀人案必然有着非常紧要的联系。为免打草惊蛇，惊动了其他的设计者，警方就暂时把 Vicky 的死，处理成一件独立的、突发的案件，不要让坦爷把这一件事跟摘星录 OL 联系起来。

除此之外，坦爷还得到另一项指示——为了破案的需要，不要对包括公司同事在内的任何人，提起 Vicky 的死讯。所有的后续，都由警方来处理。

在春天的清晨，南山区公安局门口，两个刚被释放出来的男人，彼此沉默着。虽然最近气温回升,但是早晚温差比较大,现在被风那么一吹,还是有点冷。

坦爷经历了 Vicky 家里恐怖的一幕,又被梁警官的同事审讯了一晚,还被要求保守秘密。这时候,他的脸色煞白,形容憔悴,像是一夜老了十岁。不过也不用笑话人家,估计他看我的感觉,也是一样的。

我有点担心地问:"坦爷,你还能开车吗?要不要叫个代驾?"

他的 SLS AMG 还停在 Vicky 家楼下,从公安局走路过去,五分钟的距离。

坦爷却一直看着手机,心不在焉地回答:"啊,什么?"

我又重复了一遍,他摆手答道:"代驾,不用了,我得抓紧回家,一晚没回去,Moota 生气了。"

我不禁有些无语,经历了一晚上那么多事情之后,他最担心的却是"河东狮吼"。

坦爷把手机放回口袋,对我勉强一笑:"不好意思,鬼叔,我就不送你回去了。"

我连连说不要紧,在门口叫个车就好了。心里想着,唐双看起来可比 Moota 殿厉害多了,要是真跟她在一起,说不好以后,我也会沦落到坦爷这个地步。

坦爷双手插在外套里,吸了一口气,迟疑地说:"那,周一见?"

我点了点头:"嗯,周一见。"

他估计是害怕老婆生气,跟我道别,急匆匆就朝 Vicky 住的小区走去。确切地说,是 Vicky 生前住的小区。坦爷没走几步,开始小跑起来,我看着渐渐发白的天色中,越来越远的红色背影,心情不由得复杂起来。我没有跟坦爷说,Vicky 暗恋他,昨晚是为了庆祝生日才让我去约他出来。坦爷倒也没有问,似乎 Vicky 的死,对他的影响并不太大。

相比之下，Vicky遇害这件事，让我身体里交织的各种情绪，澎湃着，汹涌着，马上就要爆炸——愤怒、恐惧、悔恨、懊恼、惋惜，还有说不出的一些情绪。这么一个爱笑爱闹的妹子，有喜欢的工作，有暗恋的人，虽然讲起黄段子来大大咧咧的，办公桌的架子上放的，却都是些小清新的书。

这样一个活生生的妹子，我跟她才认识了半个月，以后，再也见不到了。在前三个受害者里，许乐诗略等于不认识，雅各布是完全不认识，猴子虽然是认识的，毕竟面都没有见过，更别说相处了，而且，我也没有亲眼看见猴子遇害的现场。

而这一次，每当看到我旁边空出来的办公位，我都会想起Vicky惨烈的被杀现场，那拱成烤虾一样的身体。恶灵。我深深吸了一口气，我，鬼叔，2017号平行空间的饭桶蔡必贵，一定会把你揪出来的。

## 第十章
## 另有其人

按照梁警官的指示,周一我正常上班,然后尽快列出所有实际参与墨鳞星君设计的人员名单。他还告诉我,公司里的另一名卧底,也接到了同样的任务,来保证人员名单没有疏漏。在这一条隐秘战线里,还有一个跟我并肩作战的战友,只是到了现在,梁警官还不肯告诉我这个人是谁。

星期天凌晨,在公安局的审讯室里,梁警官似笑非笑地说:"放弃吧,鬼叔,你猜不出是谁的。"

确实,我猜不出是谁。之前我还怀疑过Vicky,不过她却用自己的死,来证明她不可能是卧底。不光不是卧底,从今往后,她也没办法像我一样,像身边这些年轻而充满活力的同事一样,来TIT上班,坐在我隔壁的工位上了。

梁警官请精于网络的同事,用Vicky的邮箱发送了请假邮件,又用各种社交软件,营造了Vicky"生病请假"的假象。一个上午,除了叫大炮的男同事因为进度的问题,跟我抱怨了几句,就没有人再提起过她。毕竟,在一个两百多人的项目组里,每个人都只是小齿轮而已。

我打算从知道得比较多、口风又比较松动的肥羊下手,没料到,想请他吃午饭的时候，他却说没空。肥羊还是顶着喜羊羊一样的发型，认真地对我说："鬼叔，下午开会，有个很重磅的消息要宣布。"

肥羊没有吹牛，下午发布的消息，不光重磅，简直是重磅炸弹。我本来是在隐秘的战壕里猫腰前进，这个突然引爆的炸弹，却把我整个炸上了天。

下午三点，我们摘星录 OL 项目组的两百多个员工，全部被叫到公司三楼的大会议室里。整个 TIT 的其他员工，都在内部 OA 的视频上看直播，发布会的内容经过剪辑后，还会被发布到外网上，让所有摘星录 OL 的玩家都可以看到。

会议一开始，先是 TIT 的董事长上来讲话，主要是目前公司遇到的危机，纳斯达克的股票下跌了 15%，摘星录 OL 的活跃用户数也在下滑，危机迫在眉睫，大家都要努力。然后是 TIT 的 CEO 发言，他唱的是红脸，告诉大家困难都是暂时的，目前，公司高层已经想出了应对的措施，很快可以渡过难关，回到正常的轨道。

具体的措施内容，是由摘星录 OL 的制作人，坦爷来详细发布的。坦爷从第一排起身，我看见他还是扎着标志性的小辫子，今天穿得更是别出心裁，似乎是花笙记的一件修身唐装。普通人里能把花笙记穿得好看的人很少，坦爷算是一个。

从侧面看去，他的脸色有点苍白，想来是凶案现场、同事的死、连夜审讯、公司的股票下跌这一连串的事情，给他带来了不小的压力。有个女人轻轻拍了一下他的肩膀，像是在安慰他，鼓励他，光从女人那优雅的姿势，就知道她是坦爷的老婆，Moota 殿。

坦爷上了台，面对着会议室里的两百多号人，面对着显示器前的另外一千名 TIT 员工，面对着几天后将从视频里看见他的几百上千万摘星录 OL 的玩家。

他的开场白很有互联网公司的腔调："大家下午好，现在轮到我发言了，我说的不一定对，大家有不同意见的，可以随时提出来。"

坦爷往听众席看去，我知道他眼神落下的地方，正是 Moota 殿坐的位置。然后，他仿佛是汲取到了什么力量，整个人都振奋起来，继续说道："在座的各位同事，摘星录 OL 的小伙伴们，有些是从组建团队就进来的，有些是陆续加入的，无论是哪一种，相信你们都跟我一样，深深热爱着摘星录 OL，对吗？"

会议室里响起雷鸣般的呼声："对！"震得我耳朵都快聋了，不由自主也跟着喊："对！"

坦爷点了点头："大家同样知道，我们摘星录 OL 最近遇到了一点问题，包括月活跃用户数量下降、同时在线人数下降、新注册用户增幅放缓、用户付费的频率跟总额都轻微下滑，等等。由于摘星录 OL 是 TIT 公司的主要收入来源，所以我们游戏的数据下降，直接造成了公司的股票在三星期内下跌了 20%。"

我旁边坐的策划组的同事大炮，这时候对我小声嘟囔道："就是坦爷说公司股票不会跌，我才又买了一万股的，现在好了，老婆本都亏光了。"

我对此表示同情，台上的坦爷继续说道："根据我们判断，造成数据下滑的原因有很多，但最重要的只有一个，那就是我们的竞争对手，在这里就不点名了，反正大家都知道的。"

台下响起了稀稀拉拉的笑声。

坦爷也笑了一下："他们拼产品质量拼不赢，拼运营拼不赢，拼制作人的颜值——更是差得远了。"

台下这下笑得厉害了，我却皱起了眉头，从上次的访谈视频，还有平时跟坦爷的接触，都能看出他是个不善言谈的人，今天的讲话却是流畅又幽默，还能跟台下的同事们互动，笑点抓得很到位，看上去，并不像他自己能想出来的。

再看 Moota 殿对他的鼓励，还有他在台上看向 Moota 殿的目光，我突然觉得，今天的讲稿很可能是 Moota 殿为他准备，然后在

家里一遍遍排练过的。看来坦爷之所以那么怕老婆，江湖上的那些传言都是扯淡，真相是，Moota殿隐藏在美貌跟轻浮下的智慧，对坦爷的事业大有裨益。Moota殿，这个前Showgirl，有可能是坦爷幕后的军师。

可能是因为笑声的鼓励，坦爷的表情更放松了："明的斗不过，他们只好出阴招了，当然他们以前也做过，但只有这一次，是最接近成功的。他们做了一个视频，不得不说，制作还是很精良的，我来做个调查，在座的各位小伙伴，有多少人看过那个视频？"

台下齐刷刷地升起一片小树林，连我旁边的大炮都举手了，我心里一惊，难道坦爷说的，是猴子自杀的那个视频？

坦爷满意地点点头："看来大家还是很关注游戏的情况的，这样我就放心了。"

他向后转身，按下了手中拿着的一个开关，在投影幕布的画面上，出现了一台电脑，还有一个坐着的人。

"猴子！"我差点要从椅子上跳起来，这时才发现，是自己太紧张，先入为主，所以看错了。

视频上的人是背对着观众的，身材、坐姿、发型都跟猴子完全不同，电脑显示器也要比猴子的大很多。更明显的是房间的环境，不同于猴子自杀视频里昏暗的出租屋，这个视频拍摄的地方，是一个明亮、宽敞的大房间，除了被拍摄的这个人外，房间里还有许多同样造型的电脑。看上去，这里是一家装修得不错的网吧。

坦爷又按了一下遥控器，视频开始播放起来，还配着拍摄者的画外音。这个视频是以偷拍的形式录制的，或者说，视频的制作者想让人觉得这个是在偷拍。视频的内容，是坐在电脑前的这个人，正在操纵墨鳞星君！

台下响起了一片嘘声，即使是来公司没多久的我，也看出了其中的一些端倪，比如拍摄者跟被拍摄者刻意的问答，比如显示器里操控墨鳞星君的界面，比如可以看出被 PS 过的一些细节，种种迹象显示，这个视频是有意伪造的。而伪造视频的人，自然就是坦爷所说的竞争对手。

视频播完后，坦爷转过身来，重新面对大家，侃侃而谈："大家都看出来了，我们的老对头这次是下了血本，这个特效肯定不止五块钱。"

台下又是哄堂大笑，坦爷却严肃了起来："但是，对于广大不明真相的群众，这个视频还是有很大的杀伤力的。他们在竞争对手青睐的水军的引导下，认为我们引以为傲的 AI 系统，其实是由公司雇人在背后操纵。正因为如此，我们才把下龙渊地宫，挑战墨鳞星君的门槛设置得那么高，把同时在这个副本里的玩家团队的数量，控制在 10 以内，因为 TIT 公司请不起那么多的员工来陪玩。"

坦爷笑了一下："当然了，我们知道这种说法很荒谬，可惜玩家们不知道，他们认为是被 TIT 公司骗了，被我这个游戏制作人骗了，感情受到了伤害，所以玩家迅速流失，数据急剧下降。为了挽回这种局面，为了挫败竞争对手的阴谋，狠狠地打他们的脸，我跟董事长、CEO，还有各个组的负责人开了无数的会，最终决定——"

在所有人期盼的眼神中，坦爷用力地挥了一下手："开放龙渊地宫，让 3000 万玩家，都能见墨鳞星君一面！"

接下来的会议，员工的欢呼声快要掀翻屋顶，我也头痛得快要掀翻天灵盖了。在一片喧闹里，我失魂落魄地低着头，摊开自己的双手。左边手掌，托着墨鳞星君，右边手掌，则是至少两百万，一拥而入来体验墨鳞星君的、狂欢的、快乐的全球玩家。

虽然摘星录 OL 号称有 3000 万玩家，按照 Vicky 的说法，实际上是 2000 万多点。这 2000 万人不可能全部同时上线，如果十分之一的人在星期六上线，200 万人，是一个比较保守的估计。

按照我跟梁警官之前的推测，会遭受恶灵残杀的玩家，都是曾

经在摘星录 OL 里挑战过墨鳞星君的。所以,到目前为止只有 100 个团队,即 4000 个玩家见过墨鳞星君,最恶劣的估计,就算所有人都遇害,也不过是 4000 个人而已。

虽然也是骇人听闻的大事件了,起码,我们感觉一切都还在掌握中。虽然会耗费极大的人力物力,但是到了紧要关头,把这 4000 人都找到,并且保护起来,比如用绳捆成粽子,避免他们自杀,还是有可能做到的。

但现在,至少 200 万分布在全球各地、各个年龄、各种职业的玩家,都成了恶灵潜在的受害者,情况就完全失控了。我合上双手,用力一拍。不行,必须要阻止这件事的发生。虽然不知道用什么方法。

刚才在会议室的欢呼胜利声中,我好不容易听见坦爷说,这一次的体验,只开放 48 小时。并且,玩家无法体验进入龙渊地宫的过程,而是将在野外随机放置无数个召唤石,等级差别在 10 级以内的玩家,只要组成 40 人团,就可以召唤出相同等级的墨鳞星君,由此来体验这个 Boss 身上的超级 AI。

两百万玩家,40 个人一团,对应的就是超过 5 万个墨鳞星君。用脚指头想想就知道,TIT 公司再怎么财大气粗,也不可能雇佣 5 万个经过专业训练的员工,来操纵游戏角色,陪玩家一起玩。这样一来,竞争对手的脸简直要被打肿,谣言不攻自破了。

坦爷还说,因为进行宣传预热、服务器扩容、容灾测试等需要,这一次的体验墨鳞星君的运营活动,会在下个周六 20:00 上线。我深深吸了一口气,数了一下,我还有 13 天时间。无论如何,一定要阻止这次活动。原定的计划要加紧实施,没有时间可以浪费了。

散会之后,趁着大家都乱哄哄的,我偷偷溜出了公司,走到离办公楼两个路口的树下,赶紧打电话给梁警官,跟他汇报这一紧急情况。梁警官的回应,却大大出乎我的意料,他淡淡地说:"好的,鬼叔,我知道了。"

至于接下来他说的话,对我而言,又是一个大大的炸弹。不,如果刚才坦爷的讲话是一个重磅炸弹,那么接下来梁警官说的,就是相当于 1000 万吨 TNT 当量的核炸弹了。基本上,我整个人被炸成了灰。

梁警官说话竟然有些犹豫:"鬼叔,你还记得另一个卧底吗?"

听见卧底这个词,虽然已经离公司两个路口那么远,我还是紧张地左右望了望。另一个卧底,我一直没能猜出来的同志。

我一下紧张了起来:"当然记得,我怎么都猜不出来的卧底,怎么了?他被发现了?还是说……"我倒吸了一口冷气,"也被恶灵盯上了?"

TIT 公司内部员工,几乎 100% 都是摘星录 OL 的玩家,如果另一个卧底也因此体验了游戏,并且被恶灵杀害了,那这算是以身殉职吗?

听我这么讲,梁警官却笑了一下:"鬼叔,你先别紧张,他没事。其实,他……"

我不由得急了起来,大声对着手机喊:"到底怎么了,你倒是说啊!"

梁警官终于决定要跟我坦白:"鬼叔,另一个卧底,已经搞清楚了墨鳞星君背后的设计者。"

听到了这个消息,我一时竟说不出话来。

梁警官一口气接着说:"他给的答案,我们已经确认过了,没有问题,会尽快采取行动。所以鬼叔,你的卧底行动顺利结束了,想辞职的话随时都可以走,或者保险起见,你可以待两个月再走,反正给你开的工资那么高……"

他在手机里长篇大论,我每一个字都听见了,却不太理解每一句话的意思。卧底行动顺利结束?辞职?不对啊,这个情节发展,跟我想象的不一样啊。我真的想问一句,梁警官你是拿错剧本了吗?

我想尽办法，不惜跟女朋友决裂，跑进 TIT 公司当卧底，付出了那么大的代价，终于确认杀死了四个玩家的恶灵跟游戏里墨鳞星君的设计者有直接联系。按道理，当然是由我来一个个列出设计者，然后帮助上线梁警官，把真凶揪出来，绳之以法，为那四个受害者报仇。

而隐秘战线里的另一个同志，不过是提供一些猜测"谁是卧底"的乐趣，或者是出了什么危险，让我救他一把，充其量是个支线任务。谁知道，到头来，原来人家是主线剧情，我才是个支线任务。感情上真的接受不了啊。

手机里传来梁警官不无担心地呼喊："鬼叔，鬼叔，你没事吧？"

我脸色肯定不太好看，但仍然勉强笑着说："嘿嘿，没事，能有什么事。"

梁警官像是放心了："那就好，我看你还是赶紧辞职，然后跟唐双和好吧，要不然……"

我却突然想到了什么："梁警官，我只有最后一个问题。"

他这小子估计是看到案子有眉目了，心情很好地开起玩笑："爱过。"

我愤愤道："爱过你妹，梁超伟，你告诉我，墨鳞星君的设计者，到底是谁？"

梁警官在电话那边沉默了一会儿，然后说："鬼叔，按照纪律是不应该透露给你的。"

我皱眉道："怕什么，我又不会去通知他们。"

梁警官笑了一下："倒不是担心这个，而是这个消息如果传播出去，会影响到整个 TIT 公司。好吧，鬼叔，你千万要保密，我告诉你，摘星录 OL 最关键的核心技术，墨鳞星君的整个 AI 系统，以及美术、音效所有资源，都是外包的。"

我吃了一惊："外包？你是说墨鳞星君不是 TIT 自己做的，是外面的公司做的？哪个公司有那么厉害？"

梁警官这次很果断地拒绝回答:"鬼叔,这个就真的不能透露了,不然抓捕行动有什么错漏,你跟我都要负责任的。"

我想想也是这个道理,就没有再追问下去:"好吧。"

他还想安慰我几句,我来不及听,已经下意识地挂掉了电话。

一切,就这么结束了。就这么结束了吗?

回到公司,我坐在工位上,发了一下午的呆。已经快到下午六点,正常下班的时间,这个年轻的游戏公司,却像是刚刚焕发了一整天的活力。同事们兴高采烈的交谈声,写代码或者策划的员工噼里啪啦地敲键盘声,所有工位上的人都在为下午坦爷的讲话,热火朝天地工作着,亢奋得像在准备"第三次世界大战"。

只有两个工位静悄悄的。我的和隔壁Vicky的。我把脸埋进双手里,陷入了苦苦的思索。

在请Vicky吃日料,想让她借账号的那天,她跟我充满崇拜地提起过她偶像坦爷的事情。Vicky说,摘星录OL的策划案,是坦爷一个人写出来的。我特别在意的是其中一句话,她是这么说的:"你都想象不出他有多厉害,每次拿出来的新方案,都像是三年前他就想好了一样的。"

按照她的说法,墨鳞星君这个方案,当然也是坦爷想出来的,而不会是什么外包公司。但是,梁警官刚才在电话里,却说得无比确定,外包公司设计了整个墨鳞星君,而且,听他的意思,他们连抓捕行动都准备好了。

我能理解他刚才轻松的语气,抓走几个外包公司的人,掩盖"墨鳞星君是外包公司设计"这个事实,切断外包公司跟TIT的联系。这样一来,就不会影响到TIT的股价,那个能量大到足够向国际刑警施压的神秘大股东,当然也不至于生气了。

可是,真相真的有这么简单吗?我放下双手,慢慢地摇了摇头。

不，我不这么认为。

星期一下午，我跟 Bryan 请了假，说是家里有事。

整个公司处于战备状态，大家都在准备两周后的运营活动，按照道理来说，所有人都不准请假。但一来我是个什么都帮不上的试用期员工，二来 Bryan 本来就对我有意见，巴不得我工作消极，好让我过不了试用期直接滚蛋，所以，他压根都没有考虑，马上批准了我的请假条。

我足足在家里躺了两天。无论白天还是黑夜，躺在床上，盯着天花板，或者翻来覆去。总之，根本睡不着。

现在，已经是星期三了。三个多星期前，也是躺在这张床上，我第一次听到了猴子的死讯。两个星期前，我进入了 TIT 公司，成为一名光荣的卧底。大前天晚上，一个千辛万苦终于约到了男神，正准备赴约的女同事，惨死在自己的住处。同时，那天也是她的 25 岁生日。

我所经历的和受害者所经历的，都没有得到妥当的解释。还有……我闭上眼睛，脑子里浮现出我用 Vicky 那个狐妖的账号，体验龙渊地宫的古怪经历。吸走湖水的红色虫洞、湖底的貔貅入口、无头牧民，还有最诡异的，长着跟唐双一样面孔的墨鳞星君。

我无法相信，这一切都是偶然的巧合。黑暗中，我似乎看见一双手，躲在幕布后面操纵着这一切。但我却看不清，这双手到底是谁的。我从床上坐起身来，睁开眼睛，叹了口气。

如果我还能用 Vicky 的账号，再去体验一遍龙渊地宫那就好了。可惜那晚在她输入密码的时候，我正在倒酒，而且手机动态验证、U 盘令牌我也不可能搞得到。

我深深吸了口气，无论如何，还是要去龙渊地宫里，再体验一次。要不然，就到 5173 上碰碰运气，看有没有能打龙渊地宫的顶级账号可以买。或许因为下周要开放体验，见到墨鳞星君的机会变得没那么稀缺，就有人愿意卖账号了呢？

这么想着，我慢吞吞地走下楼，坐到电脑桌前。刚要去按主机电源的时候，突然，显示器却自己亮了。我吓了一跳，看着显示器里的画面，竟然是摘星录OL的游戏界面！

这是在选择角色的登录界面，而且，这个穿着一身雪白，头上顶着两个狐狸耳朵的狐妖角色，正是Vicky借给我用的那个薇奇！这个角色的脸，是Vicky认认真真捏的，跟她本人长得很像。

因为没有玩家输入的操作，所以在静止状态下，薇奇正在向玩家展示各种可爱的姿态，弯腰做鬼脸，捶背，坐在地上又突然蹦起来。迷迷糊糊地，我似乎看见了Vicky本人，她在对我做这些动作。好像还听见有人喊我"鬼叔"，难道是我听错了？

仔细想想，Vicky还是蛮可爱的，虽然平时爱讲些黄段子。喀喀，虽然她喜欢的是坦爷，但坦爷都结婚了对吧，Vicky，你害我跟女朋友都要分手了，我就不说你了，直接赔我一个就好。对啊，用你自己来赔。

突然，我惊出了一身冷汗。我猛地站起身来，向后退了两步，差点被电脑椅绊倒。我无法理解，刚才为什么会有这些奇怪的想法。Vicky已经死了啊！而且死得那么惨，是我跟坦爷亲眼看见的。为什么在刚才那一刹那，我却像忘记了Vicky已经死了的事实，还觉得她跟我是同在一个世界，可以跟我聊天、开玩笑，甚至谈恋爱呢？

还有，更重要的是，那天晚上打完Boss之后，虽然我们喝了酒，虽然唐双突然出现搞得我心神大乱，但是我非常清晰地记得，Vicky是退出了游戏的。因为，这个账号对她来说非常重要。然后，她顺手也把电脑关掉了。

为什么，我刚才这一坐下来，显示器会自动打开，并且是登陆了摘星录OL的状态？我腋下都被汗湿透了，站在三米之外，看见显示器里的小狐妖，还在对我不停搔首弄姿。不由得，我就想起了

猴子。他死在出租屋里的时候,也是跟我现在一样,独自在家,面对着一台电脑。

我心里突然升腾起一个可怕的想法。难道说,恶灵就是通过这种方式来魅惑玩家,做出那些极端残忍、类似宗教仪式的自杀行为?或者,等下这个 Vicky 就会像贞子一样,从显示器里爬出来,然后用可怕的手段杀掉我?

总而言之,可以确定的是,我内心的恐惧不断被放大,双手止不住地颤抖,我被恶灵盯上了。这符合一切规则,因为,我虽然是借用 Vicky 的账号,但是,我真真切切地操纵着游戏角色,下了龙渊地宫,跟墨鳞星君交手了。

使我的恐惧到达极点的,是接下来发生的事情。在没有输入任何指令的情况下,屏幕里的光标,突然自己移动了起来。我睁大了眼睛,瞪着电脑桌上的鼠标,它正好好地躺在那里,一动不动,底部也没有发出光电鼠标移动时的红光。

可是,屏幕里的光标,还是在动,真真切切地在动。摘星录 OL 里的光标,被做成了一把短匕首的造型。光标停在"确定"按钮上,点击了一下,然后又在弹出的对话框里,选择了"进入游戏"。接下来,就是游戏的加载页面了。

我站在原地,心脏"突突突"快要跳出喉咙,不知道接下来会发生什么。心里有一百种想法,夺门而出、关掉显示器、拔掉电源,甚至去找出铁锤把整台电脑敲碎……但是最终,我还是站在原地,什么都没有做。因为我知道,这些一点用都没有。

脖子后似乎有一阵冷气,我想要回头,但强忍着没有回头。因为我清楚地知道,空调没有开,身后也不是空调风口的位置。我不敢回头,更因为,万一回头的时候,屏幕里有什么东西爬出来呢?

我死死盯着电脑显示器,游戏加载完了,切换到进入游戏画面的黑屏,这一瞬间,电脑就好像关机了一般。梁警官跟我说过,猴子发 QQ 消息给我的时候，他的尸体正躺在出租屋里，而尸体旁边，就是一台关机了的、连电源都没有插的电脑。

一秒钟之后，显示器重新亮起。这个 Vicky 生前使用的，叫作薇奇的狐妖角色，正站在画面中间，在她周围，光线并不很充足，似乎它正在一栋建筑物的内部。跟刚才一样，我完全没有进行操作，但是游戏里的薇奇却自己在动，就好像，好像有了生命一样。

只见她正站在原地——跟屏幕外的我一样——不住地四处张望，像是来到了一个陌生的地方，要先了解下环境。画面的角度，也随着她身体的转动而转动起来，于是画里画外，我跟着薇奇一起发现，这原来是一个古代的雕龙画凤、美轮美奂的厅堂。

厅堂里没有点灯，四周有光线照进来，说明外面是白天。但是屋子里仍然稍显昏暗，就好像以前的老房子采光不足的情况。与此同时，整个厅堂里鸦雀无声，没有任何动作的声音，也没有背景音乐，不由得让人感到压抑。

在厅堂四周，有各种各样的摆饰，字画、玉雕、花瓶、奇石，几张桌子上还放着石榴等水果。而在厅堂的最后面，离薇奇两丈远的地方，立着一扇巨大的木头屏风，屏风前摆着一把交椅。

我不禁皱起眉头。这种椅子在现代生活中非常平常，但是放在古代，却是有身份的人才能坐的，所以才会有"第一把交椅"的说法。但是，古代的交椅跟现代的交椅不一样，是可以折叠起来的，所以一般是带到户外使用，比如围猎、打仗。在一个那么华丽、沉稳的厅堂里面，主人坐的位置，放的却是一把交椅，除了格格不入，还有一点诡异。

游戏里的薇奇似乎跟我一样，也对这一把交椅感到好奇。她先是又左右张望了一下，似乎在确认厅堂里除了她没有别人，然后，便慢慢地朝那交椅走过去。

我站在电脑椅后，看着显示器里的薇奇，也走到了交椅前，弯腰，

伸手去摸交椅那弯曲的扶手，随着视角越来越接近，我甚至能看到扶手上流水般的木头纹理。

突然，"嗡"的一声，显示器里一片黑暗。我皱起眉头，就这样完了？我举起双手十指，在自己眼前弯曲、伸直、收放自如。没问题，我的身体还是自己说了算，并没有受到恶灵的控制。那刚才这一出，又是什么意思？

我挠着头，刚想要坐回电脑椅上，突然之间，屏幕又亮了起来！这一次的亮，是真正意义的亮。显示器里先是满满的白光，光芒渐渐消退，才露出了刚才被白光包裹的人和物。

小狐妖薇奇出现在画面里，但是她的四周，不再是稍显昏暗的厅堂室内，而是光线充足的户外。游戏里的角色，就好像真正有意识一般，甚至做出了一个用手臂挡着眼睛的动作。而在画面外的我，却可以清晰地看见这一切。

这里是一片乱石滩，离薇奇不到五米远的地方，是一大片蓝色的湖泊。刚才厅堂里鸦雀无声，现在却是满耳呼啸的风声。而在湖跟薇奇中间，是刚才厅堂里那一把交椅。刚才富丽堂皇的厅堂，变成了乱石滩，只剩下交椅跟薇奇还在，给我的感觉，就像在聊斋志异里，狐狸变出来的房子突然消失，变回荒郊野外。

不，除了薇奇跟交椅，画面上还有别的什么。交椅上，坐着个一袭白衣、长发飘飘的女人。我倒吸了一口冷气——唐双！不，在摘星录 OL 里出现的，应该说是墨鳞星君。

墨鳞星君那张跟唐双一模一样的脸，正侧向一边，鼻梁挺拔，眼睛闭着，表情很恬静，像是在欣赏高山流水的古筝曲。下一秒，她却突然站起身来，手上不知怎么的，多了一把闪着白光的剑。

墨鳞星君微微一笑，举起长剑，轻轻一刺，似乎毫不费力般，就刺穿了刚放下手来的薇奇。杀人者的脸跟唐双一样，被杀者的脸跟 Vicky 一样，这个场景在我看来，就好像是唐双用剑刺死了 Vicky。

唐双脸上仍然笑着,轻轻说了一句话,却盖过了呼呼的风声。她说的是:"吾将净化尔等。"

我一个踉跄,不由得往后退了两步,就在抬头的一刻,却发现画面上异变又起。唐双的脸跟Vicky的脸交换了。现在画面上,是身穿一袭白衣、长发飘飘的Vicky,手持长剑,刺穿了唐双的身体。鲜血从唐双的背后流出,顺着剑尖滴到了乱石滩上。

唐双回过头来,嘴唇轻轻翕动。我听不见任何声音,从口型看出,她说的是两个字"救我"。画面里,杀人者面带笑意,而正在向我求救的唐双,却面无表情。

在目睹了游戏里的杀人场景后,我看着电脑显示器又一寸寸地暗下去,最后归于沉寂。这一次,电脑似乎是真被关掉了。我愣了三秒,突然意识到事情的严重性。

唐双!

从上周二晚上,在我家门口意外出现又消失后,到现在我都没能联系上唐双,掐指一算,已经过了八天。

其实我一直都想着怎么跟她道歉,怎么跟她解释,尤其是在周一梁警官告诉我卧底行动提前取消之后。在冷战开始之前,唐双跟我约定好,只要等我结束了卧底TIT的行动,就可以去找她。

当然,这是在她看见我跟一个穿着热裤的陌生妹子,孤男寡女在家,喝着她送给我的红酒之前。

总之,这两天来,我一个人宅在家里,除了想恶灵的事情之外,其他的时间,就是想唐双想到要发狂。说起来不怕被人笑话,我甚至拿着唐双留下的电动牙刷,盯着看了两三个小时。

但是,我一直联系不上她,除了掐断所有的直接联系方式外,她也交代了司机大只佬Tommy,还有助理Stacy,不要告诉我任何关于她的消息。

这次不一样了。我盯着黑漆漆的显示器,回想起刚才的一幕。

在念出那一句"吾将净化尔等"的诡异台词后,墨鳞星君的脸,突然变成了已经死去的 Vicky。

虽然不明白具体是怎么回事,但是,毫无疑问,已经杀死了猴子、许乐诗、雅各布、Vicky 这四个人的凶手,正在通过这种方式,向我发出杀人预告。

而这一次恶灵要加害的,是我的女朋友唐双!无论如何,我一定要保护好她!

## 第十一章
### 不成功便成仁

我急得团团转,四处找手机,一分钟后才想起,手机一直就在我睡衣的口袋里。

我拿出手机,深吸了一口气,拨下助理 Stacy 的电话,口中念念有词:"要接啊,要接啊,一定要接啊……"

幸好,Stacy 把电话接了起来,她是一个快四十岁的大姐,地道的香港人,此刻说着一口地道的中英夹杂港式普通话:"喂,Uncle Gui?"

我顾不上跟她寒暄,着急地问道:"Stacy 姐,是我,唐双呢?"

Stacy 吞吞吐吐地说:"Shawn 她……"

我的汗毛都竖起来了:"唐双怎么了?"

Stacy 的声音包含了疑问:"怎么这么问?"

我松了一口气,她会这么问,起码证明唐双现在是安全的。

我吞了一口口水,换了一个问题:"唐双在哪儿?快告诉我!她有生命危险!"

这下换 Stacy 吓了一跳,弃用了半生不熟的普通话,改用广东话跟我说:"鬼叔,你说什么?生命危险是什么意思?你慢慢说……"

我急得在原地跺脚:"没时间慢慢说了,你快告诉我唐双在哪里,

我马上……"

突然之间,手机里传来另一个女人声音,她似乎站在 Stacy 身后,音量不大,但还是一贯的清亮动听:"Stacy,是他?"

Stacy 回答唐双道:"对,是 Uncle Gui。"

我大喊:"唐双,快让唐双听电话!"

电话那边却沉默了,我用耳朵死死贴着屏幕,却一点声音都听不到,我心里一惊,再看一眼屏幕,幸好,通话还在进行中。看起来,是 Stacy 捂着手机,正在跟唐双商量。这么想着,我赶紧又把手机放在耳朵边,紧紧贴着。

终于,在一个世纪或者一分钟后,Stacy 的声音再次响起:"Uncle Gui,Shawn 让你过来。"

我愣了一下,半天才反应过来,兴奋地说:"她让你,不对,她让我过去?好好好,你们在哪里,快告诉我地址!"

Stacy 答道:"稍等,我用 WeChat 发个位置给你。"

在她挂电话之前,我又大嚷了一句:"让唐双留在那里等我,哪儿都别去!千万别碰电脑!让 Tommy 好好看着她,不要……"

电话被挂掉了。我神经质地赶紧打开微信,点开 Stacy 的聊天窗口,等着她发位置过来。本来唐双愿意见我,我应该是如获大赦的轻松感,可是,恶灵的杀人预告,却像是悬在我头顶上的利剑,让我不敢有片刻放松。

这一刻,我没出息地在想,如果唐双真出了什么事,我也不想活了。我一边等 Stacy 发来地址,一边快速地换衣服,找出港澳通行证,准备直接去香港找唐双。

准备下地库的时候,Stacy 终于把地址发给了我。出乎意料的是,唐双不在香港,而是在深圳。Stacy 发给我的地址,显示的是福田区的一家弓道馆。

弓道馆?我一边钻进车子,一边想,幸好不是剑道的道场,刚

170

才在游戏里，墨鳞星君就是用一把长剑，刺穿了唐双的身体。不过，我皱眉一想，游戏里的薇奇属性是神木，现实里 Vicky 是被一根属木的晾衣竿捅死的，而弓道馆，弓箭也是用木做的吧？

这么想着，我几乎是漂移着进了地库的坡道，一脚底板油，卡宴朝着地面的光亮轰鸣咆哮而去。赶到弓道馆，我停好车就往道场里跑。远远地却看见大只佬 Tommy 正站在道场门口。

我跑上前去，不由得有点生气："不是让你看着唐双吗？她在里面吧，没事吧？"

我一边质问大只佬 Tommy，一边往里面冲，却被他用一只铁臂拦腰截住。

我抬头看他，他却面无表情地说："请脱鞋。"

我差点急得骂娘，但是想想，打又打不过他，只好忍气吞声，把鞋子脱了，穿着袜子踏上了道场的木地板。好不容易进了道场，偌大的道场里却是空荡荡的，只在正中间看到一个穿着黑裤白衫道服的人，侧身对着我，正在搭弓射箭，另一个身着蒂梵尼蓝套装的女人，站在后面伺候着。看起来，这里是被包场了。

蒂梵尼蓝套装是助理 Stacy 的标志性服装，而那身穿道服的，一头利落的沙宣短发，身姿挺拔的人，自然就是我的霸道总裁女友，唐双了。看着她安全地站在这里，我不由得松了一口气，胸腔里舒服的感觉，就像是屁滚尿流地跑了个半程马拉松，终于能停了下来。太好了，真是太好了。

道场里安静得很，我也不好大声喧哗，只能慢慢朝唐双走去。一边走，一边见她抬起一支羽箭，搭在弓弦上，把一张弓拉成了满月，动作潇洒利落，英气十足，颇有大师风范，让我忍不住都想给她鼓掌。

唐双气定神闲地瞄准，我看着她俊美的五官，挺拔的鼻梁，想起的却是在显示器里看到的，墨鳞星君那张一模一样的脸。正在我恍惚之间，突然"嗖"的一声，羽箭离弦而去。我的视线粘在羽箭上飞了出去，只见白色的箭在道场的半空中优美地划出一道直线，然后——脱靶了。

我脸上的表情有点僵住了，姿势摆得那么好，原来是个花架子啊。不过也难怪，以前从没听说唐双会射箭，估计也是刚学没多久吧，技术烂点也能理解。不，不能让她看出我内心的轻视，我揉了揉脸，重新换上一个笑容，走上去打招呼道："唐双，好久不见。"

唐双又拈起一支羽箭，动作还是那么流畅，就好像刚才射脱靶的那个人不是她一样。有这么强大的心理素质，难怪能帮她父亲打理几千员工的物流公司。

她还是保持射箭的姿势，看都不看我，淡淡地说："好久不见。"唐双又冷笑了一声，"王牌大间谍，蔡必贵先生。"

听见她这么讽刺我，我反而松了一口气。怕就怕她对我完全无动于衷，只要还有情绪，就算生再大的气，都还有办法。不过，还是先把尝试挽回恋情的念头放一边，现在最要紧的，是警告唐双，她的生命正受到恶灵威胁。可是，千头万绪的，这下该从何说起呢？

我还没说话，唐双却突然发难道："那天晚上的女人是谁？"

我一下子有些紧张："那是Vicky，王薇琪，我的同事，啊不对，是前同事，因为她已经那个……"

唐双听到这里，终于垂下手中的弓和箭，转身面对着我："已经哪个？已经睡过了？"

我慌忙摇手道："没有，怎么可能，我是说……"

唐双冷哼了一声："为什么不可能？蔡必贵，孤男寡女共处一室，喝完我送给你的武当，然后不是滚床单又是什么？不过也很正常，间谍不就是这样吗，像007一样，风流、刺激，男人最喜欢这一套了，对不对，大间谍蔡必贵先生？"

我百口莫辩，龇牙咧嘴道："真不是这样，唐双，你听我说……"

她扭头问身后一直漠然看戏的助理："Stacy姐，你相信他们没发生什么吗?"

Stacy总算没有落井下石,只是笑着说:"我不知道呢。"她又打了个要走的手势,"Shawn,要不我先……"

唐双摇了摇头:"不用,我跟蔡必贵先生没什么好说的,很快就完了。"

我看着她冷若冰霜的脸,不由得挠头道:"唐双,我这次来不是说这个的,你要相信我。"

唐双冷冰冰地问道:"相信你什么?"

我深深吸了一口气:"相信我跟Vicky是清白的呀,她现在人都……"

唐双看着我,冷冷一笑:"相信别人,可不是一件容易的事,尤其对于天蝎座。"

我不禁有点挠头:"天蝎座?你以前不是不相信星座的吗?"

唐双不以为然地说:"人总是会变的,以前我还不喜欢男人呢。"

我想走近一步说话,她却拿起手中的一支羽箭,挡在我面前:"蔡必贵,你要我相信你,那么,你相信我吗?"

我盯着那一支箭,心中隐隐有不祥的预感,但也只能硬着头皮说:"我当然相信你了。"

唐双点头,笑了一下:"那好,你站到那边去。"

她朝着箭垛那边扬了一下下巴。我心里一惊,吞了一口口水,心里想着,不会那么俗套又狗血吧?

唐双像是看出了我的想法:"你猜对了,如果你相信我,相信我的箭术,就站到那边去,用头顶着苹果,给我当一回靶子。"

我心里暗道不好,我天,真的来这一套,我这是拿错了剧本,还是进错了摄影棚?头顶一个苹果当靶子,这是古装戏里才有的戏码好吗,我明明演的是时装戏呀喂!

我环顾四周,心存侥幸地说:"我没问题啊,可是,可是你看,

现在也没有苹果啊。"

唐双冷笑一声:"谁说没有。"她又转头对 Stacy 说,"Stacy 姐,手机借我一下。"

Stacy 毫不犹豫,从手包里拿出她的土豪金 iPhone7 Plus,交给唐双,还一边笑着说:"工作手机,所有资料都有备份的,Shawn 放心用。"

唐双跟 Stacy 道谢,然后转头把手机交给我:"喏,苹果。"

我没有办法,只好接过手机,可怜兮兮地问:"唐双,你是说真的?"

唐双严肃地点头:"我为人一直认真,你是知道的。"

我无可奈何,勉强笑了一下:"那好吧。"

说完这句话,我拿着手机,慢慢踱向道场另一边的箭垛,一边仔细观察着箭垛跟地上、墙上的箭。从已经射出的这些箭看,她的水平很不稳定,既有射中箭垛上的靶心的,也有射到墙上甚至隔壁箭垛的,还有掉到地上的。

我吞了一口口水,刚才唐双要我相信她,这个"相信"的选项里,包含了两个条件。首先,我要相信她的箭术;其次,我要相信她对我没有杀心。

越靠近箭垛,我的心跳得就越快。按照目前的形势判断,唐双应该不至于想一箭射死我;可是问题在于,她的箭术那么不靠谱,要是一不小心,射中我身体某个部位……

我这时已经走到了放箭垛的地方,前面再也没路可以走,身后传来唐双的声音:"蔡必贵,现在后悔还来得及。"

对于这种幼稚的激将法,像叔这种成熟男人,当然是——照单全收了。什么后悔!我蔡必贵这么愣的人,怎么会后悔!

我深深吸了一口气,猛地转过身来,面对着道场另一边的唐双。然后,我移动到两个箭垛中间,往后退了半步,后背紧紧贴住墙壁,再把手机放到头上。

苹果手机不是真的苹果,光放头上肯定放不稳,我只能把手机底部搁在头顶,手机顶部斜靠在墙上。我忙活了好一阵,尽量让手机直立着放,这样唐双在射箭时,目标的面积就会稍微大些。

唐双远远地喊:"蔡必贵,准备好了吗?"

我跟这个女人之间,隔了整个道场那么远,她脸上的表情,我一点都看不见。以前看武侠小说,英雄或者土匪大难临头时,总会这么说,砍头不过碗大个疤,现在我的情况是,如果被箭射死,疤比碗还要小得多。总之,我想说的是,我他妈的也豁出去了。

我深吸了一口气,憋足了劲,大喊道:"我准备好了!"

我远远看见唐双拉起了弓,然后又放下,过了几秒,Stacy 却向我走了过来,然后把脖子上的黑色丝巾,绑在了我的眼睛上。

走回唐双身边之前,Stacy 声音凝重地说了一句:"Good luck, Uncle Gui。"

这下好了,我什么都看不见了,丝巾虽然透光,但我能看见的,也不过是些许白花花的光亮。我尽量平缓呼吸,但心跳却止不住地越来越快。

唐双的那一支箭,要多久才会射过来?奇怪了,怎么还没射过来?是在瞄准吗?还是说这只是她的恶作剧,把我眼睛蒙上,然后就偷偷跑了?要不然我先……

"呀!"突然爆发的是 Stacy 的尖叫,我的心脏也跟着要爆炸了。肾上腺素狂飙的同时,时间似乎变慢了。在肾上腺素的作用下,我的头脑十倍加速转动,第一个想法是,唐双一定是射偏了,箭飞行的方向是我的要害,所以 Stacy 才会吓得尖叫起来。

第二个想法是,虽然眼睛被蒙住了,什么都看不见,不过我仍然可以往旁边跳去,躲过这一箭。但是,在经过三分之一秒的极速思考后,我做出了决定——站着不动。

　　几乎就是在这个念头落下，脑海里的想法化成生物电正要往神经传送的一瞬间，耳边响起"嗖"的风声，然后头皮一紧，脑袋上有什么东西被带走了。

　　两秒之后我才反应过来，这是我脑袋上顶着的苹果手机，被精准地射中了。我一把扯下眼睛上的丝巾，惊魂未定，看见的却是慢慢向我走来的唐双。没看错的话，她脸上竟有点缓和的笑意。

　　我往前走了两步，再回头一看，果然，唐双射出的箭贯穿了整部iPhone，并且稳稳地把手机钉到了墙壁上。唐双的这一箭，射得又准又狠，若非极高的箭术水准，根本不可能做到。我心里不禁暗自侥幸，果然刚才在电光石火之间所做出的判断，跟唐双的这一箭一样，精准无误。

　　首先，如果Stacy尖叫的时候，箭已经离我很近了，那么我想躲也来不及了。还存在一种可能性，我不动反而没事，乱动的话受到的伤害会更大。其次，如果Stacy是在箭刚离弦的时候就叫，那么可能这一箭误差的幅度很大，就更不可能射中我了。最后，不能排除的一种可能性就是，Stacy是经过唐双授意，故意大喊来吓我，以此来考验我对唐双的信任，呃，或者应该说忠心。总之，无论这是一个什么样的考验——我抹了一把额头的冷汗——我都算是侥幸通过了。

　　这时候唐双已经走到我面前，Stacy上前来解下我眼睛上的丝巾，赞许道："Uncle Gui，你很勇敢。"

　　我勉强笑道："一般啦。"

　　Stacy笑道："Shawn从来不会做没把握的事，她的箭术其实超好的。"

　　我虽然心里早已猜到，这时候还是配合着演，故意惊诧道："什么？你们是在吓我？那这地上的箭，还有我刚来时她射偏的那一发……"

唐双白了我一眼："鬼，你少装了，难道你没猜出来我是故意射偏给你看的？"

我嘿嘿笑着，一边挠头，一边心里乐开了花。她对我的称呼，从"蔡必贵"变回了"鬼"，说明她对我的愤怒指数，已经下降了几个等级。看起来，这场旷日持久的蔡唐第一次冷战，马上就要结束了。

我不由得松了一口气，刚才被当成箭靶子的紧张，还有连日来被唐双冷处理的难过，在这一刻都烟消云散，全身肌肉仿佛都松弛下来。

突然间，我又想起了这次来找唐双的目的，忙说道："那天晚上你在我家里见到的女孩子，Vicky，她已经……"

"她已经遇害了，恶灵的第四个受害者。"

我大吃一惊："啊？你怎么知道的？"

唐双一边把手里的弓交给 Stacy，一边不以为意地说："Uncle Gui，你忘了我有个真正该叫 Uncle 的，Uncle Hu，你被梁警官带回去协助调查……"

说到这里，唐双露出了一个"你就那么不让人省心"的眼神，才又继续说："当时，就是我找了胡叔叔，才把你带走的。他能给我关于许乐诗的资料，当然也能给我王薇琪的资料了。"

我挠了挠头："你这么一说，好像也是这个道理。那就好了，你已经知道 Vicky 遇害了，也知道恶灵选择受害人的条件了吧？金木水火土？"

唐双点了点头："知道，按照你们的分析，恶铁、水月、火云、神木，四个受害人依次被发现，下一个受害人应该是使用玄土，代表五行里'土'的玩家，是这样吗？"

我用力点了点头："是的，我跟梁警官第一时间就是这么考虑的，可是现在我发现，这有可能只是个幌子。因为在摘星录 OL 里，龙渊地宫是一个大型的 40 人副本，也就是说一个团里是 40 人。墨鳞星君,或者应该说是恶灵,要团灭掉整个团的 40 人,未必需要按照金木水火土来依次杀死,你懂我意思吗?所以我觉得,之前会连续死掉金、水、火、木四个玩家,可能只是个巧合,甚至是恶灵故意误导我们的方式而已。"

唐双皱起了眉头,两条剑眉也变弯了:"照你这么说,你是发现了恶灵杀人的真正规律?"

我点头如捣蒜:"没错,就是这样!在游戏里,墨鳞星君的脸是每一次都不一样的,我怀疑,每一次她变成谁的脸,就是,就是杀人预告……"

这句话说出来,我自己都吓了一跳。自从在电脑里看见那诡异的一幕后,我只想着唐双可能有危险,要赶过来通知她,但是恶灵的杀人预告这个清晰的想法,却是现在才刚刚形成的。

唐双看出了我的焦虑,安慰道:"鬼,不要着急。"她又对助理说,"Stacy 姐,我跟鬼叔单独聊一下。"

Stacy 早有准备,点了点头便出去了。

唐双对着我道:"我们坐下来慢慢说。"

在道场光可鉴人的木地板上,我和唐双席地而坐。我深深吸了一口气,又在脑子里酝酿了一下,便在这个空荡荡的道场里,把我下午在电脑里看见的诡异一幕,还有之前用 Vicky 的账号打墨鱼遇到的怪事,Vicky 那晚为什么会出现在我公寓里,以及星期六晚上事情的经过,还有其他纷杂混乱的想法,都跟唐双原原本本说了一遍。

听完我的叙述后,唐双也陷入了思考。毕竟刚得知自己可能是恶灵的下一个目标,即使是霸道冷酷如唐双,也难免会受到些影响。

我故意嘿嘿一笑,调节气氛道:"所以呢,我跟 Vicky 真的是清白的,而且我这个编外卧底,已经被梁警官开除了,卧底行动当然也结束了,所以你也不要再生我气啦。"

唐双听我这么说,反而抬起头来,高深莫测地微微一笑:"那倒未必。"

我瞪大了眼睛:"难道你还在生我的气?"

唐双摇了摇头:"傻瓜,我不是指这个。"

我觍着脸打断道:"你叫我傻瓜,我听了心里好酥啊,要不你再叫一遍?"

唐双嗔道:"别闹,我说的未必,指的是你结束卧底的这件事情。"

我不禁奇怪道:"哈?你又不相信我了吗?不是我主动放弃,是梁警官把我开除的,他说另一个卧底,已经找到了墨鳞星君的设计者,是一个外包公司……"

唐双摇了摇头:"说你傻瓜,你还不认。"

我一脸幸福道:"认,认,必须认。"

唐双没有搭理我,继续分析道:"你想想,超乎寻常的 AI 系统,是整个摘星录 OL 的核心,也是对外宣传的要点,这么重要的东西,怎么可能由名不见经传的外包公司来设计呢?在我看来,这个卧底要么是被误导了,要么根本就是个双面间谍,给梁警官的信息是假的。"

我挠了挠头:"不可能吧?"

唐双不和我争辩,只是淡淡地说道:"别忘了我亲生父母的职业,在这一方面,我有着天生的直觉。"

她说到这里,扶着膝盖站起身来:"不信你等着吧,梁警官是周一跟你说的吗?三天了,要我猜,很快他就会告诉你……"

唐双的话音还未落,我口袋里的手机就响了起来。

我一边拿手机,一边嘀咕着:"不会这么巧吧?"

掏出来一看,上面显示的号码赫然就是梁警官的秘密联系电话。

我睁大了眼睛,抬头看着唐双:"你这也太厉害了吧。"

唐双淡淡一笑:"只不过是凑巧,你快接吧。"

我深深吸了一口气,滑动屏幕,接起了电话。接下来,梁警官要跟我讲的,真的会跟唐双所预测的一样吗?在梁警官打给我的这

通电话里,剧情急转直下,发生了令人意想不到的变化。

不过,这个"令人意想不到"里的"人",要排除神机妙算的唐双。因为,梁警官跟我说的情况,基本都在她的预料之内。所以,我是一边讲电话,一边对着唐双,投以膜拜的眼神。

梁警官告诉我,在经过两天的侦察后,他们在今天早上出动两个小组把那家小公司里的三十几个人,包括两个负责人,全部堵在办公室里,就地进行审查。

按照他们原来的计划,只要能够找出证据,证明摘星录OL里面最终Boss的设计制作,是由这家小公司代工的,一旦坐实,就可以放出风声,一天之内,各种消息就会在所有媒体上传播个遍。这样一来,TIT公司必然受到各界的质疑,原本定在下周六20:00上线的运营活动,自然也会宣告取消。

可是,让带队的梁警官大失所望的是,花了半天时间,对公司员工进行彻底审问,把电脑里的资料、各种合同都查了个透,愣是没发现任何证据。梁警官得到的最终结论是:这家虽然挂着"网络科技有限公司"的牌子,本质上,却只是一家平面设计公司,根本不具备制作网络游戏的人才跟技术。

简单来说,就是以梁警官为代表的国际刑警,被假情报骗了。觉察到这一点之后,梁警官马上联系到了潜伏在TIT公司的另一个卧底,那个大概我永远都不会知道身份的,隐秘战线里的另一个战友,要求他再次确认情报。到底是公司名有误,还是彻底被骗了。

半个小时后,另一位卧底回复梁警官,提供情报的那名TIT元老,失踪了。无论是公司内部的RTX、微信,还是拨打手机,都无法联系到这个人。整个公司正在热火朝天地准备下星期的运营活动,没人知道,也没人关注他的下落。

听梁警官说到这里,我提出了一个疑问。既然知道下周六进行的运营活动,有可能对百万级别的玩家造成影响,让他们变成恶灵潜在的受害者，那么，为什么国际刑警不直接抓走 TIT 公司的负责人？关掉他们的服务器，暂停游戏运营，不就好了吗？

梁警官这时候苦笑了一声："鬼叔，你忘了我跟你说过的吗？TIT 是一个上市公司，有着各种各样的大小股东。这其中，某些大人物的影响力，甚至可以覆盖到国际刑警组织。"

我倒吸了一口冷气："你的意思是说，为了这些人的经济利益，就算有可能让几百万玩家受到生命威胁，国际刑警也不敢行动？你们不是警察吗，怎么比我们小老百姓还……？"

梁警官的声音低了下去："鬼叔，我们都不愿意承认，但现实就是这么残酷。在人类社会的天平上，占有大量资源的大人物，就是能压死我们这些人啊。"

可能是我脸上的表情已经出离愤怒，唐双轻轻地抚摩我的手背，让我冷静下来。我深深吸了一口气，试图换位思考，体谅梁警官的无奈。最后，我们在电话里达成协议，我尽快回到 TIT 公司上班，竭尽全力，去取得可以暂时停止摘星录 OL 运营的确凿证据。

梁警官反复强调，一定得是"确凿"证据，可以立得住脚的，这样一来，国际刑警才可以名正言顺地出动，才能真正地关停摘星录 OL。如果只是一些捕风捉影的消息，那个持有 TIT 公司股票的大人物，可以轻而易举地封锁消息，处理这些散布"谣言"的人。

更重要的是，如果一次尝试失败，接下来要再停止摘星录 OL 的运营，就会难上加难了。所以，不成功便成仁。

按照我们的分析，这个持有大量 TIT 股票的大人物，对于摘星录 OL 导致玩家意外身亡的案件，绝非没有了解，更不缺乏对于风险的评估。

但是，他的打算在于，当玩家们体验了终极 Boss 的运营活动后，TIT 股票大涨，最多一周时间，他就能把手里的 TIT 股票全部出售，套现。这样一来，就算之后玩家陆续身亡，TIT 股价崩盘，对他也没有任何影响了。

这么一来，我的压力感就要爆炸了。原本，我的计划只是当一个编外卧底，体验一下潜伏在游戏公司的感觉。万万没想到，在不知不觉间，对抗冷血无情的大人物、拯救百万玩家的生命于水火间这么艰巨的任务，就落到了我一个人头上。

不过，在我得到了唐双的准许，可以重新回到卧底岗位上之后，我也跟梁警官达成了协议。现在是星期三下午，距离下周六的运营活动，还有整整十天时间。我会用接下来的八天去尝试，如果到了星期五晚上 12 点，仍然没有进展，那么梁警官将会带领国际刑警出面，强制关停摘星录 OL 的服务器，以保证玩家们的生命安全。如果因此打破了大人物的如意算盘，让他雷霆震怒，这一个雷，梁警官也只能硬着头皮扛了。

挂了电话，我的心情久久不能平静。蜘蛛侠临死前说，能力越大，责任越大；我蔡必贵只是个一无所长、毫无实力的小角色，战斗力为五的渣滓，现在，却要肩负起拯救几百万玩家的责任。这比击杀摘星录 OL 的终极 Boss 墨鳞星君，完成世界首杀，都还要更难吧。

在这样一个不可能的任务面前，用 QQ 群里"00"后的话来说就是，我有点方。幸好，在这个时候，唐双握住了我的手。我抬起头来，看见的是她意义复杂的眼神。

在经过了射苹果的考验，以及明白了事态严重性之后，本来强烈反对我去当卧底的唐双，现在却反过来支持我了。我暗自庆幸，我的女朋友并不是个普通妹子，而是一个识大局、大气的女人。

我紧紧地抓住她的手，试图从她身上汲取力量。有了深爱的人支持，小角色，也可以移山海。然后，我深深地吸了一口气。说不定，我真的能完成不可能的任务呢？像汤姆克鲁斯一样，拯救万民于水火，再微微一笑，深藏功与名。

我怀着下定决心、排除万难的革命精神，一天都没有拖延，星期三晚上就回到了公司，跟 Bryan 提前销假，回来上班。Bryan 倒是没有说什么，只是"哦"了一声。

为了迎接下周六的运营活动，这一天晚上，整个 TIT 的十几层办公楼里，都是灯火通明，一群年轻人热火朝天地，像是打了鸡血。

我是一个格格不入的局外人，一边殷勤地装着帮忙，一边想着要怎么样才能探听到梁警官所说的"确凿"的证据，好一举毁掉他们的劳动成果，让整个公司为之奋斗的运营活动，成为一个实现不了的目标。

可是，我的间谍活动，收效甚微。因为大家都在为了一个共同目标而奋斗，闲聊这件事情本身，已经太不合时宜了。于是，星期三的晚上，就在我的徒劳无功之中，缓慢而又快速地度过了。星期四是这样。星期五，也还是这样。随着我的焦灼感越来越强，距离体验龙渊地宫的运营活动的 Deadline，也越来越近了。

Deadline 这个单词，翻译成中文是"最后期限"，这是对我而言；如果纯粹按照字面意思，则应该翻译成"死亡线"，下周六，很可能就是摘星录 OL 百万玩家的"死亡线"。

而那一个杀死了猴子、许乐诗、雅各布、Vicky 的恶灵，正站在这条线后面，脸上带着阴森诡异的微笑，看着满心期待、不断靠近这条线的玩家们。

三天过去了，如果说我有任何进展的话，那么就是大概弄明白了，那个给了另一个卧底假消息的 TIT 元老，到底是谁。是程序员老蛇，徐云峰。就是我在第一天入职的时候，那个说自己是 1988 年出生，却长得像四十岁大叔的老蛇。

老蛇失踪了。一开始我并不能确认这件事，因为他平时存在感就很低；但是，好几次经过他工位都没见到人，再一问别的开发同事，果然，都说从周一开始，就再没一个人见过老蛇。

结合梁警官之前说的——给出假情报的 TIT 元老失踪了——再联系老蛇之前在公司的履历，我百分百可以确定，就是老蛇给了另一个卧底假情报。只不过，知道了这个也是徒劳，并不能帮助我猜出另一个卧底是谁，更不能得到有用的线索，来叫停下一周的运营活动。

到了周六，距离 Deadline 还有整整一周的日子，21∶00，我从仍然灯火通明的 TIT 公司写字楼出来，去做了另一件重要的事情。Vicky 的头七。

三天在家里无所事事，三天在公司里一事无成之后，那么快的，Vicky 就已经去世七天了。现在的我，站在 Vicky 曾经租住的公寓门口。

她的室友早就搬走了，房门上贴着封条。走廊上放着一个专门烧纸钱用的带孔的铁桶，里面已经有一些灰烬，估计是公寓里另外的住客烧的。我慢慢地拆着带过来的纸钱，往铁桶里扔去。

七天前，差不多是这个时候，我跟她的男神坦爷破门而入，然后，见到了一具死相惨烈的尸体。我深深吸了一口气，闭上眼睛。Vicky 死去后紧闭着双眼的脸，和在我答应帮她约坦爷后兴奋的脸，在我的黑色的眼帘上交替出现。我睁开眼睛，叹了口气。

一星期前我满腔愤怒，却又豪情万丈，发誓一定要揪出恶灵，告慰 Vicky 的在天之灵。一星期后的我，别说揪出恶灵了，连他的毛都没有摸到一根。更可怕的是，之前只死了四个玩家，潜在的受害者也控制在最顶尖的 2000 名玩家内，到了下周六，却将有数以百万计的玩家，会受到恶灵的死亡威胁。而我，无可奈何。

我又叹了口气，把最后一捆纸钱扔到了铁桶里。这时候，我发现了一个严重的问题。我没有打火机。我在自己身上摸来摸去，心里却知道是徒劳，因为我没有抽烟的习惯，身上当然不可能有打火机。

之前我在 5173 上买来的账号，是个火云道士，拥有许多跟火有关的招式，捏个手诀，就可以变出一团大火球。但是，现实里的我，却不可能做到。也幸好做不到，不然晚上睡觉时不小心弄个火球出来，还不得把自己烧死。

我想起楼下不远就有便利店，正想要下去买个打火机，突然之间，"啪"——一团火焰在我眼前亮起。我差点吓尿了，盯着那一小团火焰，视线往下转移到火焰下的手，再往上转移到火背后的那张脸。

是他。

## 第十二章
## 来自未来的策划案

原来我刚才太投入在想事情,楼道的灯又暗,竟然没发觉到他走到了我面前。

那人手里捏着一个银光闪闪的 Zippo(芝宝)打火机:"鬼叔,我有火。"

我耸了耸肩膀:"你也来了。"

那人蹲下去,从铁桶里抽出一张纸钱,小心翼翼地点燃,然后又放回铁桶里。没几秒钟,火焰在铁桶里蔓延开来。火光映照着他的脸,在寂静幽暗的楼道里。那人蹲在地上,我抱手站在一旁,两个男人默默无语,只有纸钱被火焰吞没的声音。

过了好一会儿,逐渐暗下去的火光里,那人艰难地说了一句:"鬼叔,你说 Vicky 的死,会不会跟我有关系?"

我冷哼了一声:"你说呢,坦爷?"

没错,这个在 Vicky 头七的晚上,跑回案发现场来烧纸钱的,不是别人,正是 Vicky 的男神,那晚目睹她惨死的摘星录 OL 的制作人——这个已经害死了四个玩家,接下去更可能会祸害几百万玩家的—— Tristan,坦爷。

坦爷手扶着膝盖,艰难地站起身来,弯着腰,用像是被火烧过一样的声音说:"我知道,Vicky 是被我害死的。"

我皱着眉头,看起来,坦爷对于摘星录 OL 的可怕之处,并不是一无所知。

他深深吸了一口气:"除了 Vicky,还有另外三个玩家,第一个在广州,第二个在澳大利亚墨尔本,第三个在德国慕尼黑,对吗,鬼叔?"

我挠了挠头,这些都是国际刑警的机密,不知道坦爷是如何得知的。不过,现在要在意的,并不是这件事。我轻轻踢了一下烧纸钱的铁桶,由于新鲜空气的混入,原本已经快要熄灭的火焰,突然又扑腾了一下。

然后我抬起头来,看着坦爷痛苦纠结的脸,点头道:"没错,跟 Vicky 一样,他们都是被你害死的。"

我停了半秒,接着道:"不,应该说是被你制作的游戏,摘星录 OL 害死的。"

他双手猛然下垂,身体摇摇晃晃的,像是要倒在地上。

我赶忙扶住坦爷,他低垂着头,颓然道:"没想到,真是这样。"

堂堂一个国民游戏的制作人,平时光环加身,威风八面,现在却是一副面如死灰,差点就要痛哭流涕的样子,反差实在太大了。不过,这一切都是他咎由自取。

我突然想到,之前我跟梁警官决定的方案,要组织下周六的运营活动,都是考虑以外力的方式来达到。比如说,找出 TIT 公司的负面新闻,比如说,强制关掉摘星录 OL 的服务器。但是实际上,事情还有另一种解决方案——从内部出发。只要能说服眼前这位游戏制作人,让他主动放弃这一个运营活动,这样一来兵不血刃,就可以大功告成了。

想到这里,我深吸了一口气,酝酿了一下,开口道:"坦爷,你知道吗,这四个玩家都是下过龙渊地宫的,所以我们怀疑……"

坦爷听到这里,却抬起头来问道:"你说的我们,指的是……所以你真的是别的公司派来的卧底吗?"

我嘿嘿干笑道:"卧底没错,不过不是别的公司,是……国际刑警。"

坦爷眼睛睁大了一下,马上又恢复了原状:"国际刑警,哦,也对,应该是国际刑警。"

这时他情绪似乎恢复了一点,站直了身子,我则接着刚才的思路,继续往下说:"我们怀疑,不,我们确定,玩家会被杀,跟龙渊地宫里的终极 Boss,墨鱼,墨鳞星君,有非常大的关系。"

坦爷若有所思地点点头。我看到了一丝希望,更加卖力地解说:"我们判断,玩家被害的必要条件,就是在龙渊地宫的副本里,跟墨鳞星君打过照面,交过手,反过来说,只要是没有下过龙渊地宫的玩家,就目前来看,都是安全的。"

我深吸了一口气,认真地看着坦爷的眼睛:"所以坦爷,赶紧停止下周的运营活动,几百万玩家的小命,就在你手里攥着呢。"

坦爷点了点头,在我以为大功告成的时候,他又叹了口气,重重地摇了摇头。

我着急地说:"坦爷,你别摇头啊,赶紧决定停止运营活动就行了。"

我转念一想,皱眉道:"难道说……"

坦爷苦笑道:"鬼叔,你猜得没错,这个让普通玩家体验龙渊地宫的运营活动,根本不是我能取消的。确切地说,本来这个运营活动,就不是我提出来的,而是……"

我皱着眉头,能指示游戏制作人提出至关重要的运营活动的角色,会是……脑海中突然闪现出几个画面,最初在访谈视频上提到的坊间传闻,第一次吃饭时他紧张盯着手机屏幕的表情,还有这周一 TIT 公司内部演讲时,他不断望下台下某个固定位置的眼神……

答案已经呼之欲出了。我脱口而出："是你老婆，Moota 殿！"

坦爷脸上的肌肉抽动了一下，不知道是在笑还是在哭。他一句话都没讲，等于默认了我的说法。我皱起了眉头，回想起刚进公司时，同事们讲的关于坦爷、Moota 殿、幕后金主的八卦。梁警官顾忌的那个持有大量 TIT 公司股票，能对国际刑警施加影响力的大人物，跟 Moota 殿背后的金主，会不会就是同一个人？

我倒吸了一口冷气："难道真像他们说的，坦爷你这个游戏制作人，是 Moota 殿帮你当上的？"

坦爷抬起头来看了我一眼，脸上无比惊诧："连这个都查出来了吗？不愧是国际刑警啊！"

我脑子一时没反应过来，这些只是我无意间从同事那里听到的，那么容易就能获得的信息，还用得着国际刑警来调查？接下去，坦爷说出来的话，大大出乎我的意料。

他叹了一口气，像是陷入了某一段回忆，然后用低得几乎听不到的声音说："对啊，要不是 Moota 给我策划案，我怎么能当上摘星录 OL 的制作人？如果没有那份策划案，就不会有摘星录 OL，更不会有这些麻烦，Vicky 也不会死了。"

听到这个颠覆性的消息，我头皮一紧，连说话都不利索了："你说什……什么？摘星录的策划案，是 Moota 殿给你的？"

坦爷奇怪地看了我一眼："怎么？你们不是都查出来了吗？"

我吞了一下口水，心想，我可没要说这个，是你自己不打自招，爆了那么大一个料。不过，即使是作为国际刑警编外卧底的我，一个非常不专业的民间特工，也知道在这种情况下，当然不要戳穿他，而是顺水推舟，让坦爷说出更多的信息。

这么一想，我便点头道："啊当然，我们当然查出来了，不过没想到你能信任我，亲口跟我说，所以有点，呃，有点感动。"

坦爷勉强笑了一下，看上去，并没有怀疑我的说法。这也难怪，

一个人处于极大的情绪波动的时候，采集外部信息的能力就下降了，所以我这么明显的谎话也没能看出来。

看起来，Vicky 的惨死，对坦爷也造成了不小的震动，他之前若无其事的样子，可能只是装出来的而已，经过一星期的煎熬，现在终于要崩溃了。看着眼前坦爷这副样子，我的想法是要安慰他一下，顺便套出更多的信息。

我本来想问，Moota 殿以前不过是个动漫模特，从来没有当过游戏策划或者类似的工作经验，怎么可能写出摘星录 OL 那么复杂的策划案。话到嘴边，我突然想到，坦爷只是说 Moota 殿把策划案交给了他，并没有说是 Moota 殿自己写的，如果随便乱问，分分钟露出马脚。

想到这里，我沉吟了一会儿，换了个问法，试探着说："唉，也不能怪 Moota 殿，她都是为了你……"

听我这么说，坦爷的情绪突然激动了起来："当然不会怪她，我怎么可能怪她？不可能怪她的。要不是她给了我这份策划案，我现在还不知道在干什么呢，也不可能有现在的地位……"

我若有所思道："所以你一直对 Moota 殿那么好，甚至大家觉得你怕老婆，不是因为她帮你找了投资人，也不是你跟别的妹子滚床单被抓，是因为她给了你摘星录 OL 的策划案啊。"

确实，就如同坦爷说的，没有这份策划案，就不会有摘星录 OL，也不会成就他这个明星游戏制作人了。这样一来，坦爷的海景豪宅，剪刀门跑车，还有游戏圈里的大神地位，千万摘星录 OL 玩家的崇拜景仰，也就如同梦幻泡影了。我皱着眉头，心里不由得更好奇了。这么一份神奇的游戏策划案，会是谁写的呢？

坦爷闭上眼睛，表情里有种说不出的疲倦："是啊，都是因为那份策划案。"

我避重就轻地说："坦爷，不怕实话告诉你，我在国际刑警的同事，对于你说的这一份策划案，知道得也不是特别具体。如果你不介意的话……"

坦爷睁开眼睛，突然振作起来似的："不介意，你想知道什么，我都告诉你。"他自嘲地笑了一下，"五年多了，这件事我对谁都不敢说，憋得好难受啊。"

我心里大喜，脸上却不敢表现出来，假装淡定道："嗯，坦爷，你慢慢说。不过……"我望了下四周黑漆漆的楼道，"我们就在这里讲吗，还是另找个地方？"

坦爷看了下表："现在九点多，刚好，我们去上周见面的JUICY吧，鬼叔，你还欠我一次酒呢。"

我不好意思地说："好吧，那我们走。"

上周的这个时候，正是我跟坦爷在欢乐海岸的JUICY酒吧见面，然后从那里赶到Vicky住所的时间。也就是在这个时候，我拨通了Vicky的电话，听到她那一声惨叫。我望向被封条贴着的房门，隔着一扇门就是她被害的现场，如今肯定是黑漆漆、空荡荡。

一阵风穿过长长的楼道，把铁桶里的纸灰吹了出来，在我们身边飞舞。突然之间，就有了鬼片的气氛。再想起Vicky之前的恐怖死状，我不由得打了个寒战，拍拍坦爷的肩膀："我们快走吧。"

他勉强笑了一下，跟我并肩走着，却不住地回头望。从坦爷的眼神里，我没有看出丝毫的恐惧，更多的是，心痛。

周六晚上的欢乐海岸，是个吵吵闹闹，人多眼杂的地方。但是这样一来，反而没有人会注意到坐在角落里的两个男人，正在低声透露着什么秘密。

说起来，一周之前，Vicky本来是想在这里，跟男神坦爷一起庆祝她的25岁生日的。不过7天时间，伊人已随风而逝，陪着她男神的，换成了我。往深里想，还是有点怪怪的。

这种年轻人来的酒吧并没有太多威士忌的选择，所以我要了杯麦卡伦 12 年，坦爷喝的是伏特加。都是烈酒，适合今晚的气氛。

一开始，坦爷不怎么说话，偶尔几句也是显得很拘谨，很犹豫。我很能理解他的情绪，那么多话被压在心底，过了 5 年的时间，一下子想要说出来，需要时间来酝酿，也需要烈酒来催化。

果然，几杯伏特加下肚，坦爷的话匣子打开了，开始讲他这 5 年里，围绕那一份诡异的策划案，围绕摘星录 OL 的一段金牌制作人经历。

一开始，他的语速很慢，随着血液里酒精浓度的增高，他说得越来越快，而且想到哪里讲到哪里，不太考虑时间顺序。幸好我是个业余编故事的，一边听他讲，一边就在脑海里把他的故事黏合起来，成了完整的一个。

时间要回到 2010 年年初，坦爷因为连做了两个游戏数据都不好，于是决定从"鹅厂"辞职。本来说好了要让他过去当合伙人的小游戏公司却突然变了卦，导致坦爷暂时失业，待在家里。

那时候，Moota 殿跟坦爷已经谈了半年恋爱，但是还没有住到一起。她也试着用游戏圈里的资源，帮坦爷联系了几家公司，但面试过后都没有下文。

一个男人，无业，待在家里，看着自己的女朋友每天在外面花枝招展，心情当然好不到哪里去。在失业的压力下，坦爷开始酗酒，暴饮暴食，三个月内体重暴增。

说到这里，坦爷笑了一下："鬼叔，你一定不知道我最胖的时候有多少斤。"

坦爷身高不过 175，我看着他瘦得酷似 T-bag 的脸，挠了挠头，猜测道："150？"

坦爷摇头一笑："180，猜不到吧？"

我完全想象不出 180 斤的坦爷会是个什么样子，于是瞪大眼睛道："那你是怎么瘦下来的？"

坦爷的表情多少有点得意："上班之后开始跑步，半年就瘦回原来的重量了。"

他抬起酒杯，一口喝光了杯里的伏特加："失业那段时间，我每天都要喝半瓶酒，直到有一天晚上。"坦爷放下酒杯，吐了口气，"那天晚上，Moota来找我时，抱着厚厚一沓A4纸。"

我皱起了眉头："A4纸？不会就是摘星录OL的策划案吧？"

在我的想象里，摘星录OL那么高大上的游戏，策划案也必须高大上，起码得是用PPT做的，投映到幕布上，然后由一个穿着西装、油头粉面的小哥来负责讲解。怎么会是一沓A4纸呢？

但是坦爷点了点头："你说得没错，就是摘星录OL的策划案。不过当时我已经喝多了，所以根本没看，第二天中午起床时，才在茶几上看到了那么厚一沓A4纸，有那么厚……"

坦爷张开右手拇指跟食指，示意当时那沓A4纸的厚度，然后接着说："一开始，我还以为是没用的什么资料，但看了几页之后，就被吓到了。"

他皱起眉头，似乎在回忆当时的场景："那天我什么都没有做，连饭都没有吃，光坐在沙发上看策划案了，我记得很清楚，那沓策划纸一共是三百二十七张。我从中午开始一直看，一直看，看完时已经到了第二天凌晨。"

我倒吸了一口冷气："三百多张，都是摘星录OL的策划案吗？"

坦爷摇了摇头："不，不是的。"他表情奇怪地说道，"那一沓A4纸，严格来说，不能算是策划案。"

我有点被他搞糊涂了，从刚才在Vicky家门口，坦爷就说Moota殿给了他一份摘星录OL的策划案，到现在，他又说那不是策划案。难道说，刚才喝下去的几杯伏特加，就让坦爷醉了？刚这么想着，坦爷就打了个响指，让酒保再来杯双份的伏特加。

我正不知要不要阻止他，坦爷却看着我笑着说："放心吧鬼叔，

伏特加,我有一斤的量。"

我不好意思地挠头笑道:"嘿嘿,那就好。"

坦爷等着酒保把伏特加送来,一抬手喝掉一半,闭着眼睛等酒通过咽喉,这才从酒精里借来一些胆量似的,继续他自己都觉得难以置信的经历:"鬼叔,我刚才说那不是策划案,因为,严格来讲,那是一份案例分析。"

我不由得皱起眉头,重复道:"案例分析?"

坦爷点了点头,一字一顿道:"没错,案例分析。"

策划案,案例分析,虽然都有个"案"字,但是却有本质的区别。策划案是一个项目在进行之前,预先做的规划工作,案例分析却是在一个项目完结,起码是阶段完结之后,对项目的表现来进行分析。而且,一个会被作为案例进行分析的项目,一般来说,要不特别成功,要不特别失败,总之都具有代表性。

我想了一会儿,说:"坦爷,所以你的意思是,那是一份别的游戏的案例分析,然后,你把它改成了摘星录OL的策划案?"

坦爷摇了摇头:"不对,不是这样。我当时看的那沓A4纸,就是摘星录OL的案例分析报告。"

我吃惊道:"当时根本就没有摘星录OL,你都还没开始做呢,哪里来的案例分析?"

坦爷表情诡异地一笑:"对啊,我也一直没想明白,是哪里来的案例分析。"

我先是被他的表情吓到了,再想想他说的话,心里更是起了一阵寒意。我倒吸一口冷气,总结道:"坦爷,你是在说,当时你还没有做出摘星录OL,Moota殿却给你一份摘星录的案例分析,就像,呃,就像是有人穿越到了未来,然后带着一份资料回到2010年?"

坦爷赞赏地看了我一眼:"鬼叔,你不愧是写小说的啊,总结得那么到位。没错!我当时的想法就是这样的,太诡异了,我看的是一份穿越回来的报告啊！"

  我也把杯子里的威士忌喝了个精光，然后放下杯子道："坦爷，这一沓 A4 纸上的东西，你能不能再具体描述下。"

  看起来，坦爷对于那沓 A4 纸的内容，至今还是记忆犹新，他不假思索道："那是一份特别详细的竞品分析，有文字，有美术图形，还有各种表格。这一份竞品的案例分析里，不光介绍了摘星录 OL 的世界观、技能、关卡、剧情，还有各种美术设计和原画，包括角色、武器、环境、怪物体系。如果光这样也就算了，可以当成是哪个公司泄露出来的游戏设计，但更诡异的在后面。"

  我吞了一口口水："后面是什么？"

  坦爷深深吸了一口气："在这份报告里，后面一百多页的内容，是从 2013 年到 2015 年，摘星录 OL 上线之后的各种运营活动，还有玩家、流水各种数据。"

  我不由得拍了一下桌子："这不可能！"

  坦爷摇了摇头："对，不可能。我当时是这样想的，现在也还这样想，但是，事情就这么发生了。摘星录 OL 的策划案，运营活动的细节、效果，对应着每一个日期，都仔细、清楚地写在那一沓 A4 纸上。"

  他喝光杯子里的伏特加，又打了个响指："鬼叔，这的确是一沓来自未来的 A4 纸。"

  我倒吸了一口冷气，突然回想起 Vicky 生前跟我说的话。Vicky 说，她特别佩服坦爷，因为他不光能把游戏里的每个细节都想得巨细无遗，就好像他几年前就规划好了每一个地方该怎么做，更重要的是，坦爷每次都能正确预估到游戏数据的走向，并且做出相应的运营活动。摘星录 OL 能有今时今日的地位，完全是因为坦爷。现在看来，把摘星录 OL 的成就归功于坦爷也没错，但更重要的，要归功于坦爷手上那一沓预知未来的 A4 纸。

我让酒保送来一杯双份的麦卡伦，然后对坦爷提出了一点疑问："你的意思是，关于摘星录 OL 未来的所有细节，都写在那沓 A4 纸上了吗？跟你真正做出来的游戏，一点差别都没有？"

坦爷摇了摇头："不，不是一点差别都没有，具体实现的美术形象，某一季度的数据、某个运营活动的效果，都会有些差别，但是，大同小异。就好像，好像我做出来的摘星录 OL，跟那份报告里描述的摘星录 OL，是，嗯……"

我插嘴道："是不同时空里的同一个游戏。"

坦爷惊喜道："没错，鬼叔你说得没错，就是这样。"

我背后传来一股凉意，心里的疑团也越来越大了。坦爷刚才跟我所说的经历，我当然是第一次听，但很多地方却又似曾相识。突如其来的礼物、预知未来的能力、平行空间……半年前，我曾经遇见过一个自称是高维生物的神秘"邻居"，那一段经历的开头，也是如此。

我摇了摇头，自嘲地笑了一下。在那个故事里，伪装成高维生物的人其实是个"时间囚徒"，在故事的结尾，她掉进了无限循环的时间囚笼里，跟我所处的这个平行世界，不可能再发生任何关系。所以，完全是不相关的两件事，没必要硬扯在一起。

"鬼叔，你是不是觉得我在编故事？"

坦爷的话打断了我的思考，我愣了一下，意识到他是把我自嘲的笑，当成是不信任他的嘲笑，于是我连忙摆手道："不不，不是这样的。你说的我全都信，真的，不过，还有一个问题。"

坦爷认真地看着我的脸："你说。"

我皱着眉头说："我不是有意冒犯啊，但如果那一份策划案，不，案例分析写得那么详细、那么具体的话，摘星录 OL 这个游戏，怎么还会遇上现在的困境？你知道，我说的是……"

坦爷高举手中的玻璃杯，一仰头，才发现里面的酒早就喝光了。

从这个动作看,他内心的紧张一览无遗。

他放下杯子,却还在手里紧紧握着,然后低下头,像是对着空空如也的杯底讲话:"鬼叔,你说的是玩家怀疑墨鳞星君背后,其实是 TIT 公司雇人来操纵的,并没有什么我们研发的超级 AI,对吧?这种说法不断发酵,就在短短的两个月时间里,游戏的所有数据都开始下降。"

坦爷把手中的杯子握得更紧:"坦白说,这个问题挺让我措手不及的,之所以会有这样的情况,是因为 Moota 给我的那一份分析报告,写到两个月前,就停止了。"

我张大了嘴巴,恍然大悟——原来如此!Moota 殿交给坦爷的那一份案例分析,只"更新"到了两个月前,那时候还没有玩家开始质疑墨鳞星君的事情,所以,坦爷自然也就没去预防。

也就是说,在长达四五年的时间里,坦爷手上一直拿着一本天书,上面有关于摘星录 OL 的策划、运营所有详细内容,巨细无遗。如果拿着天书的不是坦爷,换了别的人,比如说我,只要照着这本天书做,就可以成为一个金光闪闪的金牌游戏制作人。或者说,那一份诡异的天书,才是真正的"金牌游戏制作人",任何拿着这本天书的人,都不过是照本宣科的傀儡而已。

这种情况,一直持续到两个月前,天书不再"更新"了。对于坦爷来说,接下来的时间,摘星录 OL 才终于不是一个已经发生了的案例,而是一个充满未知、需要他自己去引导的游戏。至此,天书已经失去了指导意义,坦爷只能依靠自己的能力,来管理摘星录 OL 这款游戏。

像是为了考验他一般,两个月内,就出现了这样大的岔子——墨鳞星君被质疑其实是由 TIT 员工操纵,整个游戏的各种数据开始下跌——这样一来,坦爷承受的压力,可想而知。

## 第十三章
## ——— 3217号蔡必贵上线 ———

坦爷说完这一段经历,像是把攒了几年的心事,一次性都掏空了,所以现在整个人放空,一句话都不说。我又重新要了两杯酒,抿了一口,试图抓住问题的核心。

想了一会儿,我开口问道:"坦爷,你说案例分析是Moota殿带给你的,但这个东西,不可能是她自己写的吧?"

坦爷先是一愣,然后看了我一眼:"当然不是。"

我皱着眉头道:"那这份案例分析,是谁给Moota殿的?"

坦爷摇了摇头:"我不知道。"

我挠了挠头:"五年了,你没问过她?"

坦爷叹了一口气:"当然问过,问过好几次,可是她都不说,还反问我要知道来干吗。"

他双手抱着头,手肘撑在桌面上:"等到摘星录OL上线,数据又那么好,我就没有再问过这个问题。我怕把这件事情搞得太清楚了,它就会像是阳光下的一个五颜六色的泡泡,'砰'一声炸掉,我就什么也没有了。"

坦爷的声音里充满了自责:"都怪我,我为了自己的事业,就照着这个来路不明的案例分析,把摘星录OL做出来了。如果不是这样，Vicky 就不会死，还有你说的那几个玩家，他们也不会死。都是我，都是我害的。"

坦爷的脸已经完全埋进了双手里，像一只逃避危险的鸵鸟。再回想起刚才离开 Vicky 的生前住处时，坦爷回头看的眼神，要我猜，他们俩的关系并不是那么简单。

我举起杯子喝了一口，但是没有往喉咙里吞。酒液在口腔里盘旋，如同想法在脑子里盘旋。不，抛开坦爷跟 Vicky 的八卦，回到重点上来。问题的关键，就在于那一份神秘的案例分析。

5 年前，Moota 殿不知从哪里得到了这样一份案例分析，交给了当时还只是男朋友的坦爷。坦爷拿到案例分析后，应该是自己整理成一份策划案，以这份策划案为基础，拉投资人，组团队，开始做摘星录 OL。

在短短 5 年时间里，摘星录 OL 获得了空前的成功，坦爷也成为业内无人不知的金牌游戏制作人。与此同时，Moota 殿也成了坦爷背后的女人，不用再做吃青春饭的 Showgirl，而是当起了富太太。而且，由于这一个秘密，5 年里坦爷对 Moota 殿是毕恭毕敬，以至于圈里圈外，都把坦爷当成了怕老婆的典型。

事情到了这里，谁都能看出来，问题的关键在于那一份案例分析，那一份 Moota 殿带回来的，像是穿越回 5 年前的，记载着摘星录 OL 所有细节的案例分析。一定要从 Moota 殿那里搞明白这份案例分析是谁给她的。

我一口气喝完杯子里的酒，拍了拍坦爷的肩膀。还没等我开口，他已经知道了我要说什么似的，一边掏手机，一边说："我来问她，现在就问。"

我松了一口气，趁着坦爷打电话的时候，我也拿出手机，发短信给梁警官，汇报目前的情况。只要 Moota 殿明白了事情的严重性，交代出给她那一份案例分析的人是谁，再让梁警官来接手，自然就

可以顺藤摸瓜,找出整件事情的幕后主使,说不定,还能把杀了四个无辜玩家的恶灵捉拿归案。这样一来,我的卧底工作,也就大功告成了。

短信还没写完,却听到坦爷狐疑的一声:"咦,怎么没接电话?"

我心里一惊。如果我们知道 Moota 殿是解开所有问题的关键所在,恶灵肯定也知道。站在它的角度,只要杀死 Moota 殿,就可以阻止我们知道真相。Moota 殿有危险!更不祥的一点是,时间回到一星期之前,我们也是在同样的酒吧里,我打电话给 Vicky,她没有接,然后……

我紧张地看着坦爷,他刚放下手机,也看了我一眼。我的表情一定很吓人,坦爷马上就领悟到了我心里想的,在一秒之后,同样的表情也爬上了他的脸。下一秒后,两人同时开了口。

我说的是:"要糟。"

他说的是:"老婆。"

他唰地一下站起来就往外走,我手忙脚乱地掏钱包,从里面随便抽了七八张粉红色的钞票,压在酒杯下,也跟着坦爷往外冲。

我们上了一辆出租车。我问:"坦爷,我们现在去哪里?你家吗?"

坦爷先跟司机报了一个地址,然后回答我:"不,不回家,Moota 不在家里。今天周六,她正在上瑜伽课。"

我看着车窗前不断切换的景物,脑子不停地转:"瑜伽课,那比一个人在家好,安全一些。Vicky 死的时候是自己一个人在,还有猴子跟许乐诗也是。"

我还没讲完,自己就住了嘴。从之前的受害者来分析,跟很多人在一起也没用,那个德国小伙子,就是在跟朋友们烧烤的时候,突然就把自己烧死了。

我脑海中也是一亮,突然想起另一个问题:"坦爷,Moota 殿有玩摘星录 OL 吗?"

坦爷不假思索道："当然啊，老公做的游戏，肯定要体验的。"

我心里一凉："她玩的是什么职业？土系吗？"

按照我跟梁警官之前的分析，已经受害的四个玩家，分别是金、水、火、木，五行里面还缺一个土。正好，摘星录 OL 里面也有金木水火土的划分，并且一个五人小队，如果集齐这五种元素，就会有一个特定的加成。如果恶灵是按照这个规律来杀人的，那么下一个受害者，就应该是一个土系的玩家。

我曾经跟梁警官说过，那天晚上在用 Vicky 的狐妖账号下龙渊地宫的时候，Vicky 特意交代我不要出声，然后跟团里请假，说是嗓子坏了，不能用语音聊天。我记得当时团长说了一句，大意是，今晚怎么那么多嗓子坏了的。

现在回想起来，团里另几个没有出声的，很可能，就是之前已经遇害的猴子、许乐诗、雅各布三人。因为他们的肉体都被毁灭了，自然，也就没办法发出声音。但是，在游戏里的角色，却是可以被别人，不，甚至是直接被恶灵、被墨鳞星君操纵的。

在借用 Vicky 的账号没几天之后，Vicky 也遇害了。所以，我有了一个猜想，恶灵要杀死的下一个对象，不光要满足"土系"这一点，还应该是在 Vicky 的那个顶级开荒团里的成员。如果 Moota 殿的账号是土系的，又在那个团里，那基本就能确定，她是恶灵要谋害的下一个对象。

所以，问坦爷这个问题时，我内心是非常复杂、非常矛盾的。一方面，我希望 Moota 殿就是一个土系的高级玩家，并且跟 Vicky 在同一个开荒团，这样就能验证我的想法，验证一整套的逻辑。逻辑是对的，就能筛选出恶灵要加害的对象，让梁警官派人加以保护。

另一方面，作为 Moota 殿老公的朋友，好吧，起码是同事，我又希望事实并非如此，这样一来，她就可以逃过一劫。此刻，我就是怀着如此复杂的心情，看着坦爷的脸。

坦爷却想了好一会儿，才犹豫地说："土系？好像不是吧，我记得 Moota 用的是火系的，呃，一个火系的土地，盗贼，还把脸捏得特别丑。你知道她真人长得漂亮，所以游戏里反而喜欢糟践自己。"

我皱着眉头又问："那她有没有参加打墨鳞星君的开荒团？"

坦爷不禁哑然失笑："她？开荒团？当然没有了，Moota 玩游戏很烂的，最开始体验了一个月，后来就扔下没玩了，到现在角色都没满级呢。鬼叔，怎么了？"

我松了一口气，心里说不出是庆幸还是失落。五行，开荒团，这两个条件都落空了，按照我之前的分析，Moota 殿不会是恶灵下一个要杀害的对象。就算因为案例分析的事情，恶灵想要杀死 Moota 殿，但 Moota 殿连游戏里的墨鳞星君都没见过，恶灵是没办法操纵她的身体的。所以，Moota 殿应该就是在练瑜伽，电话放一边没看而已。希望是虚惊一场吧。

15 分钟后，我们到达了 Moota 殿练瑜伽的场所。Moota 殿练瑜伽的地方，非常高大上，是在华侨城里，一栋闹中取静的独栋别墅。一看这地方，就不像是对外开放的，只接受交了不少钱的会员。别墅门口的路边，停着几辆车，其中一辆是大红色的保时捷 Panamera。

坦爷咬着牙说："Moota 的车。"

出租车甫一停稳，我们两人便冲下了车。

别墅院子的拱门前，垂手站着一个身穿类似印度服装的小伙子，伸手拦住我们："先生有没有预……"

坦爷一把推开他的手："我老婆在里面！"

那小伙还想说什么，我赶紧编了个借口："两夫妻吵架，咱别掺和。"

说完，坦爷在前，我紧随其后，两人往别墅里冲了进去。别墅内部也装修成了印度风格，而且有浓浓的焚香的味道。一楼却并没有人，我跟坦爷一秒都没有停，直接冲上二楼。

楼梯左边的门虚掩着，飘出浓郁的香味和极富印度风格的音乐。坦爷推门而入，偌大的房间里，只有三个女人。房间里灯光昏暗，香薰缭绕，像是在进行什么秘密的宗教仪式。

我好不容易辨认出，坐在墙下，面对着门有个女人，不用问，肯定是瑜伽课的老师。而背对着我们的两个学员里，其中一个身材姣好，现在正转过头来的那个，正是坦爷的老婆，Moota 殿。看见 Moota 殿安然无恙，我跟坦爷都松了一口气。

Moota 殿有些惊讶，又有些生气："Tristan，鬼叔，你们怎么来了？"

瑜伽老师也发难了："两位先生，我们正在上课呢，你们不可以……"

坦爷根本无视瑜伽老师，朝着 Moota 殿走过去，一边走一边说："老婆你没事就好，没事就好，吓死我了……"

Moota 殿的注意力却不在坦爷身上，而是盯着我说："鬼叔，你的头……"

突然之间，"哐啷"一声巨响！房间里的五个人，都朝着巨响的方位看去。那是在房间左侧，原本落地窗的位置。落地窗现在已经不存在了，因为刚才那一声，正是玻璃窗被巨大的力量击得粉碎的声音。在窗外的月光下，碎玻璃反射着亮光，在房间里四处飞散，掉得到处都是。

一个人！

月光下，一个人沐浴着月光，毫不在乎地踩着满地的碎玻璃，从窗外走进房间。我吃惊地看着那个闯入者，他的身形有些熟悉，但是他背对着月光，房间内的灯光又那么昏暗，我看不清他的脸。房间里的三个女人，已经开始尖叫起来。

坦爷难以置信地说："是你，老……"

　　这是他今晚说的最后一句话，因为下一秒，那个闯入者就抓住他的肩膀，用一种不属于正常人类的、诡异的巨力，把坦爷整个举过头顶，扔向了房间另一边的墙壁。坦爷的身体撞到了墙上，闷哼一声掉到地上，再也不动了。

　　瑜伽老师跟另一个女学员一边尖叫一边跑出房间，我身子一闪让她们出门了。Moota 殿站起身来，朝着滚落在地板上的坦爷走去，却被闯入者一把拉住了手。我听见清脆的"啪啦"一声，然后是 Moota 殿痛苦的叫声，很明显，那个闯入者这么一拉，竟然就让 Moota 殿的右手关节脱臼了。

　　这个闯入者，不对劲。他完全不惧怕碎玻璃扎在身上的疼痛，表现出来的巨力，也不是源于生理上的原因，而是陷入了心理上的疯狂。就像是被催眠了。闯入者拉着 Moota 殿往窗边走，看那样子，竟然是要把 Moota 殿扔下楼。

　　从闯入者打碎窗玻璃，到拉着 Moota 殿往窗边走，一切不过是七八秒内的事情。这一切都发生得太快，别说身体了，连我的意识都还没跟上。

　　眼看着 Moota 殿就要被扔下楼，成为下一个受害者，在千钧一发之际，一记强有力的右勾拳，打在了闯入者的脸上，让已经陷入被催眠状态的这个人，止不住一个踉跄，差点倒地。

　　两个女人已经跑了，坦爷陷入了昏迷，Moota 殿的右手脱臼，正被闯入者拉着。所以，房间里的这个威力十足、正儿八经的右勾拳，只能是由我来施展的。而我，根本没学过拳击。

　　窗户边的我，低头看着月光下自己的右拳。指关节还保留着击打在闯入者颌骨的实感，有些痛，又有些爽。Moota 殿趁机挣脱了闯入者的手，朝坦爷那边跑去。

　　我想起她刚才说的话，下意识地扯下两根头发，月光下，我的头发是银白色的。这解释了，我为什么突然就学会了拳击。在遇到危难的时候,另一个平行空间里蔡必贵的特殊能力,突然就穿越到了我身上。我松开左手,两根头发掉到地板上的瞬间,我不由自主地念出一个数字。一个质数。

"3217。"

那个被我打了一拳的闯入者,慢慢直起身子,半张脸在月光下浮现,像是刚从坟墓里爬出来的尸体。他嘴角浮现出一个扭曲的笑,从紧闭的牙缝里挤出几个字:"吾将净……"

恶灵。这个打碎玻璃闯进房间里的人,果然是被恶灵附体了。跟之前的四个受害者一样,现在这人的身体是被恶灵操纵的,所以他才完全不畏惧痛苦,才有超越生理极限的力量。不过,跟之前不同的地方在于,那四个人是对自己下手,现在这个闯入者,却是要攻击其他人。

看来我之前的判断是正确的,必须是在摘星录OL里见过墨鳞星君的玩家,才会成为被恶灵附体的"合格"对象。Moota殿的账号等级很低,没有见过墨鳞星君,自然也就不会被控制。但是,恶灵的可怕之处在于,它可以通过控制"合格"的玩家,来杀死它想要杀死的人。就像现在。

最糟糕的预感被验证了,心里除了绝望,竟还有一种靴子落地后的踏实感。我脑子里知道,那句完整的台词会是:"吾将净化尔等。"但是,我的拳头却没有等他把台词念完,在我的意识反应过来之前,砰!

又一记凌厉的直拳,带着划破空气的声响,打在了闯入者的鼻梁上。这一击之后,我又敏捷地向后小跳了一步。我知道,在旁观者——可惜这房间里并没有——看来,我现在的一整套动作,完全就像一个职业的轻量级拳手。

看来,如同前两次——鹤璞岛上开飞机,Vicky门口开锁——那样,超越平行空间的通感,又一次在必要的时刻,发生在我身上。

刚才扯下来的两根白头发也可以说明这一点。

开飞机的蔡必贵编号是2063,江洋大盗蔡必贵编号1009,从我刚才不由自主念出的那个质数可以看出,这个精通拳击的蔡必贵,是来自编号3217的平行空间。这三次通感发生的时候,虽然得到的技能不同,但是整个体验过程是完全一致的。

首先,我的头发会在不知不觉中变白,效果比ASH(《拳皇》中的角色)的奶奶灰发蜡还要好,自己看不见,都是别人看见后告诉我的。其次,我获得的只是技能本身,大脑里没有任何学习、运用技能的记忆。

就好像现在,虽然我的动作是一个职业的拳击手,动作简洁、实用,拳拳到肉,一看就是经历过不少实战的,并不只是花架子而已。但是,我的大脑里根本不知道这些动作的名目,更没有训练或者实战的记忆,就好比是3217那个平行空间的蔡必贵,正在用他的大脑,来指挥我的身体。

这种感觉,还蛮奇妙的。不过,即使以我这个本尊所具备的贫瘠的拳击知识,也知道刚才那一记凌厉的直拳,在擂台上是能够把对方一击KO(拳击用语)的。然而,事实并非如此。

在吃了我一记,不,准确地说,是吃了3217号蔡必贵的一记直拳后,那个刚直起身子的闯入者,脑袋以不符合人体结构的角度向后仰,我听到了他颈椎发出"咔嚓"的一声。但是,他的身体却岿然不动。

三秒钟之后,他的脖子像是机械部件一般,从后仰慢慢恢复原状,正脸对着我。在惨白色的月光下,我看到了闯入者的鼻子,已经明显歪向一边,鼻血流到了下巴上。在他刚才打破玻璃窗闯入时,衣服也被划破了几个口子,鲜血汩汩流出,把原来米黄色的Polo衫染出了几块红色。

他却毫不在意,脸上没有任何表情。在血污之下,我认出了这张脸。其实坦爷在第一时间就认出了这个闯入者,但是还没来得及叫出他的名字,就被扔到墙上,晕掉了。而我因为对这个人并不是特别熟悉,房间里光线又昏暗,所以直到现在,我才认出来。

老蛇。徐云峰。就是我在第一天去 TIT 上班时,遇到的那个邋里邋遢却和蔼可亲的"大叔"程序员。他在给了另一个卧底关于外包公司的假消息后,就失踪了。实在没有想到会在这里遇见他。而且,会是这样的一幅诡异画面。本来亲切热情的程序员,变成了面目狰狞、恶灵附体、对同事施以暴力袭击的丧尸。

"咔嚓"——老蛇一只脚穿着运动鞋,另一只脚的鞋子已经不知道去了哪里,他却踩着满地的玻璃碎片,毫不犹疑地向我走了一步。我深深吸了一口气,左右手不由自主地放在眼前,摆出了一副专业的防御姿态。

可以说,现在的情况是,我们俩都被附体了。不同的是,老蛇的身体被恶灵掌控,不再具有个人意识,而他得到的能力是——超越生理极限的巨力,以及无惧疼痛的肉体。

而我仍然拥有自己的意识,只是在肢体的运用上,具备了 3217 号蔡必贵的拳击能力。劣势在于,我的大脑仍然会恐惧,身体仍然会感到疼痛。比如说,刚才连续两拳击中老蛇,尤其第二拳正中他鼻骨,令我的指关节磨破了皮,痛得我吸了好几口凉气。

看来,3217 号蔡必贵的高超拳击技巧,跟我这一副没有经过训练的娇气皮囊,并不能够完全匹配。也就是说,受到我肌肉发达程度、耐打击程度的制约,我估计只能发挥另一个蔡必贵的六成实力。

"咔嚓""咔嚓"——老蛇连续向我走了两步,污血横流的脸上,看不出任何表情。我"咕嘟"吞了一口口水,看来这一场两个被附体者之间的打斗,会相当惨烈。

房间里灯光昏暗,打碎的玻璃窗外刮进来的风,吹散了刚才的印度熏香。Moota 殿在墙边着急地呼唤着坦爷,看起来,他还没有

醒过来。两个男人正在对峙。

被恶灵附身的老蛇，无论对多年同事坦爷还是对一个手无缚鸡之力的女人 Moota 殿，都完全没有怜悯之心，可以痛下毒手，毫不留情。对我更是如此。

在这一方面我就完全处于劣势了，尤其在知道对方是老蛇之后，我的目标就变成了在尽量不伤害他的前提下将他制伏，让他丧失攻击力。毕竟是自己同事啊，怎么打得下去？

实际上，我已经为了刚才那么狠的两拳，感到有些后悔了。投鼠忌器，是这么说的吧。就在我犹豫的这几秒，老蛇已经快步走上前来，右手划出极端僵硬的直线，一巴掌往我脸上刮来。

我下意识地用右拳去格挡，他的巴掌打在我手腕上，我感受到了一股极为强劲的怪力！砰的一下！老蛇一巴掌打在我手上，纵然我早有防备，拳头还是被怪力带动，向内打到了自己的太阳穴上，顿时嗡地一阵眩晕。我下意识地摇了一下头，想要清醒起来，一块黑漆漆的物体却飞速向面部袭来！

在千钧一发之际，我头部快速后仰，同时往后跳，躲过了要命的攻击。再定睛一看，刚才那个物体，是老蛇的头部。原来，他在给了我一巴掌之后，就弯下身子，然后猛地一弹，准备用天灵盖来撞我的脸。正常人不会用这么两败俱伤的招式，所以即使是实战经验丰富的 3217 号蔡必贵，也险些没防到这一手。

我心脏一通狂跳，暗自庆幸，如果刚才被他撞到，估计现在我已经陷入昏迷了。深呼吸了一下之后，我自己还没反应过来，身体却已经小步向前挪动，几记漂亮的组合拳，击打在老蛇的脸、胸、腰各个部位，最后还移动到他身侧，右脚扫中他的膝盖窝。

如果是正常人的话，在这么一系列的打击之下，就算不被放倒，起码也得缓个几分钟，暂时丧失进攻能力。可是，被恶灵附体的老蛇，明显不是正常人。他面无表情，左脚在地上拖动着，一瘸一拐地向我走了过来。

我不禁有些慌了,刚才的那一轮打击,已经接近了临界点,如果再狠一些,就会对老蛇的身体带来永久性的损伤。在现在的情况下,即使我拥有一身高超的格斗技巧,却仍然无计可施。

如果战,使尽全力把老蛇击倒,会伤害到他;不使尽全力,自己会被老蛇弄死。如果逃,自己转身就跑当然容易,可是坦爷跟Moota殿就遭殃了,就算能带着他们俩安全逃离,被恶灵附体的老蛇也肯定会做出自残甚至自杀的举动。我已经被逼到了绝路,完全无计可施。

就在我考虑这些的时候,老蛇已经走到了我面前,那张鼻子变形、惨白的、布满污血的脸,跟我相隔不到三十厘米,就是你的脸到电脑屏幕的距离。我吓了个半死,下意识地就要挥拳。

突然之间,老蛇原本面无表情的脸,流露出一丝痛苦的神色。他伸出双手,却不是攻击我,而是掐住了自己的脖子,用力之大,像是要把自己提高得离开地面。有人喜欢开玩笑说生起气来连自己都打,被恶灵附身之后,原来是连自己都会掐。

老蛇死死地掐住自己脖子,就好像自己跟自己在殊死搏斗,紧咬的牙关里,却挤出两个字:"快逃!"

我倒吸了一口冷气,看起来,是老蛇的意识暂时战胜了恶灵,夺回了身体的部分控制权,对我们发出逃命的警告。

我倒吸了一口冷气:"老蛇,你……"

老蛇的表情突然又平静下来,两手慢慢下垂,再次抬起头来时,脸上露出的是一个熟悉的笑容。

"吾将净化尔等。"

说完这句话,他突然就向我冲了过来,那个架势,是要置我于死地。这一系列的人格切换,搞得我根本反应不过来,刚刚摆出一个防御的姿势,突然之间,老蛇硬生生停了下来,弯下腰,发出一

声痛苦的叫唤。只见他一个转身跑到被打碎的窗户边,在我还没反应过来的时候,翻身就要往下跳!

我的身体赶在意识之前,跑过一地的玻璃碴,跑到窗台边,一把抓住了老蛇的右手:"别啊!"

"放开我!"

老蛇挣扎着要往下跳,虽然没有回头,但我能感受到他的痛苦与挣扎。他身体往外一用力,我整个人被带着,上半身也探出了窗台外。

这时候我才看见,在窗下正是这栋别墅花园的假山,老蛇如果跳下去的话,虽然二楼不高,但掉到嶙峋尖锐的石块上,也是能够注销身份证的。

心里如闪电掠过,突然想起了什么——猴子是金,许乐诗是水,雅各布是火,Vicky是木,老蛇杀死自己的方式,是土。五行,果然齐了。我一定要阻止恶灵!

我倒吸了一口冷气,大喊道:"我不会放手的!老蛇!有什么话上来再说!都可以解决的!"

老蛇的声音听起来像在哭:"解决个球!你懂个球,我被登录了,没有办法了,我被登录了!"

我听得一头雾水:"什么被登录了?"

老蛇嘻嘻笑了起来,笑声里充满了绝望:"登录啊,你不懂吗?我们玩游戏是登录角色,它……它在玩我们,登录了我们的身体啊。现在网络不好,它掉线了,等下次再回来登录的话,它会把你们全部弄死,最后再弄死我自己啊!"

我心里一惊,确实恶灵"附体"到玩家身上,换个理解方式,也可以说是恶灵"登录"了玩家,操纵玩家的身体。

"早知道,早知道……"老蛇歇斯底里地大喊,"我就不写墨鳞星君的代码啦!"

210

说完，他双手双脚一起用力，整个人跃出窗台，连带着我也脚尖离地，眼看要两个人一起掉下去了。

"咻！"惨白的月光中，有什么利器划破空气，朝即将坠楼的二人飞来。

"嗒！"一声清脆的金属入木声之后，是羽毛在空气中摇晃产生的嗡嗡声。

前两天在弓道道场里，唐双一箭射爆我头上的苹果手机时，我听过这个声音。

唐双！

我感觉到手里的老蛇轻了一些，仿佛下坠的力量受到了阻碍。

"咻！咻！咻！"

三发利箭刺破夜空，准确无误地擦过老蛇的四肢，钉在别墅外墙的木板上。此时，韧性极佳的箭杆，就如同登山时用的冰爪，提供了一个受力点，把老蛇的体重分散了。

我腰上发力，把老蛇往回拉，双脚终于能站回地面，不至于整个人悬在窗台上了。我深深吸了一口气，看着月光下的院子外，那个持弓而立的女人。

在打车来的路上，我发了短信给梁警官，报告了我们将要去的方位，顺便也发给了唐双一份，因为我答应过她，从事任何危险的行动前，都要先跟她报备。

没想到，她比梁警官还要先赶到，而且用这四发箭，救了我跟老蛇两条小命。话说，那个身为国际刑警的梁警官呢……

"坚持住！"

正这么想着，一阵喧闹的脚步声传来，我的身后伸出两三双手，把老蛇拉了回来。我松开手时，才发现肩膀关节都快脱臼了。梁警官扶着我，他的同事抬着老蛇，放到没有玻璃碴的地面上。

这时候，他似乎陷入昏迷中，刚才在体内正来夺取他意识的恶灵

跟本人的意识，现在似乎都抛弃了这一具肉身，消散在无尽的虚空里。在另一边的墙角下，坦爷似乎也醒来了，Moota 殿正发出一声欣喜的惊呼。

我深深吸了一口气，摸着剧痛的肩膀关节。无论如何，我没让恶灵得逞。多亏了 3217 的蔡必贵、唐双，还有永远姗姗来迟的警察，今天晚上我、老蛇、坦爷、Moota 殿，虽然都不同程度挂了彩，但是都无大碍。这样一来，五行里的"土"没被集齐，这一个团，还没有被团灭。

而我，这一个虽属编外，但运气值爆表的卧底，终将洞察恶灵、摘星录 OL、神秘的策划案和诡异的代码，这后面所有的谜题。

## 第十四章
## 果然是她

在医院的病床前,坦爷熟睡之后,Moota 殿对我跟梁警官,补完了那一份策划案,不,是案例分析的来龙去脉。按照 Moota 殿的说法,这一份案例分析,确实不是她自己写的。

在她说完这句话以后,我跟梁警官都无比期待地看着她。只要 Moota 殿交代出资料是谁给的,顺藤摸瓜,就一定能把恶灵的真身找出来。

可是,说到这里,Moota 殿却深深叹了一口气,又苦笑了一下:"我说出来,你们会相信吗?"

我猛地点头:"当然信!"心里话其实是,"你长得那么好看,说什么我都信。"

梁警官更加按捺不住,隐晦地问,是不是那个拥有大量 TIT 股票的金主,给了她这一份案例分析?

Moota 殿却愣了一下,然后否认了这一点。她说,这个许叔叔,只是经她介绍,后期追加投资的一个大老板。不过,她倒是承认,"无论如何都要让摘星录 OL 的数据恢复,配合宣传,一个月内 TIT 股票至少要涨 50%"这个要求是许叔叔提的,在这种压力下,坦爷跟运营经理一起想出了下周六的活动,而这周一下午发布会上的稿子,

确实是 Moota 殿帮坦爷写的。

讲到这里，Moota 殿仿佛自嘲地笑着说："所以鬼叔，我也是个文学爱好者呢，才会当你的真爱粉呀。"

如果是平时，听一个那么美艳的女人说是自己的真爱粉，我会像杨戬买到了三个装的美瞳一样开心。不过现在，还是正事要紧。

Moota 殿深深吸了一口气，又看了熟睡的坦爷一眼，毕竟她将要讲的这件事，在过去的五年里，可以说决定了他们夫妻俩的命运。她说，那一份案例分析，是她在咖啡厅捡到的。

"你说什么，咖啡厅？"我难以置信。

梁警官也无法相信自己的耳朵："捡到的？"

我跟梁警官对视了一眼，表示无法理解。

Moota 殿郑重地点了一下头："我刚才就说，怕你们不相信我，但是……"

她伸出右手三根好看的手指头，对着病房的天花板："我发誓，如果我骗人，就会变得又老又丑，穷得连上美容院的钱都没有。"

对于 Moota 殿这样爱美如命的人来说，这一个誓，估计是她能想出来的最毒的了。我皱着眉头，又看了梁警官一眼，从他的眼神里，我读到了同样的意思，我们都选择相信 Moota 殿。

接下来，Moota 殿详细讲述了她是怎么在 2010 年 3 月份的一天，在南山的一家"星爸爸"里，捡到一沓厚厚的打印 A4 纸的经历。

Moota 殿说，还记得那一天她要了杯拿铁，店里人不多，所以她坐在室内的一张沙发上。坐下来后，她发现对面的另一张沙发上放着厚厚一沓 A4 纸，没有夹子夹着，也没有袋子装着，随便一碰就会散掉的样子。她当时想，肯定是刚才喝咖啡的人忘掉的。

如果是平时，她是不会去碰的，但那一份 A4 纸上，初号字体写着的《竞品分析：摘星录 OL—2015》，吸引了她的注意。2015？那是五年后的事情。鬼使神差地，Moota 殿拿起来看了看，又想起最近失业在家的 Tristan，心中一动。

在问了店员是谁留下这一份资料，却得不到任何信息之后，Moota 殿也没有多想，就把这沓 A4 纸带上了车，又带到了 Tristan 的住处。那天 Tristan 又是喝多了瘫倒在沙发上，所以她把那沓 A4 纸往茶几上一撂，也就开车回家了。

至于后来发生的事情，就完全出乎她的意料了。

说到这里，Moota 殿轻轻笑了一下，笑容里分明有一丝苦涩："这五年里，我曾经问过自己好多次，如果一开始就知道这个什么鬼案例分析，会带给我跟 Tristan 这么多，我还会不会把它带走。"

我皱眉道："答案呢？"

Moota 殿摇了摇头，下巴美得惊人："没有答案。"

梁警官听完 Moota 殿说的经历，不死心地追问道："这几年来，你没有试过去弄清楚，这份东西是谁留下来的吗？"

Moota 殿却看着我说："鬼叔，这个是不是很重要？"

我点了点头："很重要，关系到坦爷的……声誉，更关系到几百万玩家的生命安全。"

Moota 殿看了我一眼，又看了梁警官一眼。虽然具体的案情不能告诉她，但梁警官之前还是跟她讲了，今晚被恶灵附体的老蛇，不是第一个受害者，却是第一个活了下来的受害者。从 Moota 殿的表情可以看出，她充分理解事情的严重性。

这时，她开始回忆道："其实我有，就在 Tristan 告诉我这份案例分析他要拿来做游戏时，我有回去过那间'星爸爸'，详细询问了当天值班的所有店员，但是，没有任何人有任何的印象。不过……"

她停顿了几秒，皱起眉头，声音里充满了不确定："我自己倒是记得，当时在'星爸爸'里，翻着那一份案例分析时，有个长得很好看的妹子，从玻璃门外走过，停下来看了我一眼。"

连 Moota 殿这么好看的妹子，也会形容其为"长得很好看的妹子",看起来那个妹子,应该确实很好看。

梁警官很专业地追问道:"那个女孩子有什么样貌特征吗?她穿的是什么衣服?"

Moota 殿艰难地回忆道:"样貌特征啊,我只记得是长发,很漂亮,衣服我倒有点印象,嗯,很有特点的搭配,是一条白色的裙子,配一件紫得妖艳的上衣。"

紫色的上衣。我浑身冒起了鸡皮疙瘩。喜欢紫色的、长发的、长得很好看的女人,我认识并且只认识一个。就是之前曾经怀疑过的,我在去年遇到的那个时间囚徒——Marilyn。

第二天是星期天,离百万玩家体验打墨鱼的运营活动只差六天时间了。

虽然作为游戏制作人的坦爷此时仍然躺在医院的病床上,但是在 TIT 公司里,已经安排下去的工作,却不会因此而停滞。这就像一列巨大的火车,当它开始高速运行时,并不是列车长说停就可以停下来的。如果在这六天里,我跟梁警官还是找不到突破口的话,那他就只能顶着被上级怪罪的风险,采用强制停止服务器的那招了。所以,在星期天的一大早,我跟梁警官就又赶到了医院。

我们首先去了老蛇的加护病房,昨天晚上在跳窗的时候,他跟我说是自己写了墨鳞星君的代码。昨晚案例分析的那条线已经断了,现在,我们急需一个清醒过来的老蛇,把代码的事情跟我们讲清楚。可是,老蛇仍然没有醒来。

医生说,病人的脑部 CT 结果完全正常,没有受到任何损害,所以对于病人为什么醒不过来,他也没有确切的答案。医生安慰我们说,这种情况下,时间就是最好的治疗,再多等几天看看。可是,我们现在最缺的,就是时间。

我们去了另一间外科普通病房,坦爷坐在病床上,Moota 殿正给他喂早餐。窗外有明亮的阳光洒进来，女的美，男的帅，如此温馨有爱的画面被我们粗暴地打断了。坦爷看见我进来，先是欠起身，诚恳地感谢我的救命之恩。

他充满感激地说："鬼叔，我听Moota讲，昨晚我昏过去之后，情况吓死人了，你完全可以扔下我们就逃的，但是你没有。"说到这里，他对着空气挥出两拳，"Moota还跟我说，鬼叔的拳击超级帅的！没想到你还会这个，跟谁学的，教我好不好？"

我挠着头不好意思地笑了，幸好他感激归感激，没说要送我个"见义勇为"的锦旗。至于拳击技巧，3217号平行空间的蔡必贵什么的，太过于复杂，暂时不提为好。

梁警官首先提起了那个问题，关于墨鳞星君的代码。关系着能不能暂停摘星录OL运营，关系到几百万玩家生命安全，关系到我卧底生涯以成功还是失败为句号的，神秘代码。之前，就是老蛇放风给另一个卧底，说代码是由一家公司外包的，结果害梁警官跟同事们扑了个空。

昨天晚上，老蛇在恶灵"掉线"后的片刻清醒中，跳楼的间隙，跟我坦白了那个代码是他自己写的。然后，他就极不负责任地昏迷至今。不过，我跟梁警官一致认为，作为游戏的制作人，坦爷当然不可能不知道这一份代码的由来。但是，结果让我跟梁警官大失所望。

据坦爷说，那一份神奇的案例分析，确实讲到了所有的剧情、运营要素，甚至包括一部分的美术设计，但是关于代码，尤其是墨鳞星君的代码要怎么写，却是只字未提。

这也很好理解，因为从目前的情况来分析，这是一份时间囚徒Marilyn从2015年带回到2010年的案例分析，写这一份分析的，是某个竞争公司的项目，所以标题才是《竞品分析：摘星录OL—2015》。

作为一个竞争公司，当然无法拿到摘星录OL里的代码。所以，

当坦爷把游戏做到龙渊地宫这一部分时,他是很头痛的。案例里甚至说,这份代码的技术难度是超时代的,即使在 2015 年再往回看,也具有非常高的难度,正常来说应该在 2018 年才能实现得了。

坦爷在制作游戏的时候,也确实遇到了这个问题。无论他怎么让开发的同事尝试优化,都完全无法做到案例分析里提到的效果。于是,他遭受了所有开发同事的吐槽,因为所有人都认为,坦爷提的需求不合理,这样一个超级 AI,是根本不可能写得出来的。

当时坦爷被卡在这里,都快要崩溃了,直到一个名不见经传的年轻开发对他伸出了援手。这个"年轻"开发,就是老蛇。老蛇是最早加入摘星录 OL 开发组的同事,但是技术水平却并没有多突出,尤其是一身典型程序员的造型,让这个人非常缺乏存在感。

但是所谓不鸣则已,一鸣惊人,老蛇这次一出手,就差点把坦爷,以及所有开发的同事都吓尿了。

在又一次的开发进度会上,坦爷正在跟程序组长吵,坐在角落里的老蛇,突然慢悠悠地说了一句:"这样吧,我自己来写。"

坦爷只是看了他一眼,没当回事,又继续跟程序组长吵。

墨鳞星君的代码复杂到这种程度,就算确定了开发方向,10 个程序员也要写一个月的,更何况现在头绪都没有,就凭老蛇一个人来写,到 2020 年都写不好。

没有人想到,老蛇是认真的。他从会议桌旁站了起来,走到坦爷和开发组长中间,对着所有人立下军令状:一个月内把代码写好,如果写不好,那他不要工资,主动辞职。条件只有一个,就是这个月他不来上班。

坦爷啼笑皆非,最后还是答应了他的条件,结果老蛇会没开完就走了,收拾东西直接下班。老蛇走了以后,坦爷他们还是焦头烂额地开会,没有人把老蛇的话当真,坦爷认为他是逃避问题,找了个借口出去玩一个月而已。

一个月之后，摘星录 OL 项目组的人都忘记了老蛇这回事。墨鳞星君的代码仍然没有写出来，坦爷已经打算放弃这个方案，改用别的解决方式了。比如说，雇几十个人经过培训后，操纵墨鳞星君陪玩家对打，这个方案当时是真的有考虑过的。因为在那一份案例分析中，也写到了能打到墨鳞星君的玩家团队，数量很少。

没有人会想到，在一个月期限的最后一天，老蛇回来了。老蛇一身晒得黑漆漆的，让人怀疑这一个月他根本没写代码，而是跑到海边晒太阳了。他一进公司，谁都不找，直接冲进坦爷办公室，"啪"一声往桌上放了件东西——一个 U 盘。

让无数玩家为之着迷，让 TIT 公司股票上涨了 120%，把坦爷捧上金牌游戏制作人，同时，也夺去了好几个玩家的生命，甚至差点包括老蛇自己的代码，此时就在这个毫不起眼的 U 盘里。坦爷半信半疑，当场把开发同事都叫了过来进行测试。

老蛇写的代码体量很大，一共有几万行，这是一个让人吃惊的数字。而且，开发组长检查了前面的几段，认为这个代码水平很低，很多冗余跟溢出，根本不可能跑得起来。所有围观的人，都抱着看笑话的心态，等着老蛇出洋相。

把代码放入了整个游戏的系统内之后，奇迹出现了。墨鳞星君，活了。坦爷马上组织了内部员工，组团来挑战墨鳞星君进行测试。测试结果证明，这个墨鳞星君完全达到了坦爷的构想。

这是一个在国内，不，全球游戏史上，从来没有出现过的超级智能 AI。对于这个结果，老蛇却好像早已料到一样，他神态自若地提出了两个要求，希望坦爷全盘答应，否则的话，他就要收回这段代码。

第一个要求，就是把老蛇写的这几万行代码，全部封存起来，设置最高级的权限，设置一个只有他本人知道的密码，无论是谁，都不准看，更不准修改。这第个要求，坦爷毫不犹豫地答应了。

第二个要求，开发组长以为老蛇是要让他退位，都准备收东西

走人了。谁知道,老蛇只是要从此以后,没人管他的考勤,也不要分配活给他干,他喜欢写什么代码,他自己会去申请。还有就是,老蛇提条件的时候有点不好意思,年薪翻个一倍吧。坦爷满口答应了。对于刚提交了一段奇迹代码的程序员来说,老蛇的这个条件,简直是太没有野心了。

听完坦爷的叙述,我跟梁警官不由得皱起了眉头。Moota 殿的那一份案例分析,是来自一个无法追溯的源头。老蛇写的这一段代码,坦爷也不相信是他自己写的,很有可能也跟 Moota 殿的案例分析一样,是老蛇通过某种途径得到的。

而这两份东西的源头,很有可能是同一个——那个喜欢紫色,在无限次的时间轮回中,掌握了种种非凡技能的时间囚徒 Marilyn。只不过,如果真的是 Marilyn 做的,那么她的目的又是什么呢?

想到这里,我试探着问:"坦爷,如果要看老蛇写的代码,有办法做到吗?"

案例分析的那一条线索断了之后,我们把全部的希望都放在了这一份代码上。从蛛丝马迹里找出代码的真正作者恶灵,或者跟恶灵强相关的人予以逮捕。就算不行的话,删掉代码在服务端的部分,让墨鳞星君在游戏里无法正常运转,这样一来,下周六的运营活动自然也就取消了。

只是,作为辛辛苦苦把摘星录 OL 做出来的制作人,坦爷会不会配合我们,去删掉这一段代码?梁警官对此的预测比较悲观,所以,他也已经想好了被坦爷拒绝之后的几个方案。

可是,令我们没有料到的是,坦爷听了我们的提议后,并没有回答我的问题,而是对着 Moota 殿说:"老婆,医生说什么时候能出院?"

Moota 殿下意识地说:"哪有这么快。"

但她不愧是个颜值跟情商都高的女人,看了我跟梁警官一眼,又看了坦爷一眼,领悟到什么似的,笑着说:"你想走就走吧,医院这边我来解决。"

坦爷松了口气,摸着 Moota 殿的右手:"老婆,谢谢你理解我。"

Moota 殿假嗔道:"那么多年了,说这个干吗。"

她的左手叠到坦爷的手背上:"再说了,总得给玩家们一个交代。"

坦爷没有说话,只是点了点头。虽然这两人当众秀恩爱,让我跟梁警官多少有点不自在,但这种敢于面对自己造成的烂摊子,积极配合收拾的态度,必须要给这对伉俪点 32 个赞。

半小时后,我开车,梁警官跟坦爷坐在后座,三个想法各异的男人,朝着 TIT 公司的写字楼,一同驶去。

此时此刻,我们正坐在坦爷的办公室,他专用的外星人台式电脑前。他的办公桌很大,所以我跟梁警官从外面推进来办公椅,一左一右地坐在坦爷旁边,看着他操作电脑。

房门,当然已经锁了起来。

虽然是周日,但是为了迎战下周六的运营活动,TIT 公司还是挤满了加班的年轻人,跟正常工作日并无区别。为了不增加麻烦,刚才坦爷带我们乘货梯上来,然后偷偷从消防通道跑进了办公室。

办公室里,只有坦爷噼里啪啦敲着键盘的声音。不愧是一个金牌游戏制作人,回到他的战场上,整个人的状态都提了起来,像个威风凛凛的大将,一点都看不出是刚从医院里出来的。

我心底有个小疑虑,路上没问,这时忍不住说了出来:"坦爷,你不是说当时老蛇提了个条件,在这段代码上设置了密码,除了他谁也不能看吗?"

坦爷表情复杂地一笑:"是这么说的,但是关系到几百号人吃饭的事情,两年多时间了,怎么可能解不开呢。"

坦爷一边调出那一段代码,一边嘀咕道:"其实老蛇也就是说说,自从提交了代码以后,他从来就没过问了。不过密码我倒是没有改

他的,免得有一天他真的跑过来查。"

他低头输入密码,语带不解地说:"他这个密码,也不知道含义在哪儿。"

我低头看着他的手指,在键盘的数字区间快速游动,偶尔记下几个数字,心里却是一惊。这么一长串的数字里,出现了两个我熟悉的质数——1009、3217。

这两个数字,分别是江洋大盗的蔡必贵,以及前天晚上用令人惊艳的拳击技巧,事实上救下了我们三个的专业拳手蔡必贵,他们所在的平行空间的代号。

虽然觉得这不会光是巧合,但毕竟我是在偷看一个密码,光明正大地提出来,似乎也不太合适。于是,我先压下心底的疑问,继续看坦爷操作。

这时候,坦爷已经输完了密码,把关于墨鳞星君的代码,都展示给我们看。他滑动着鼠标滚轮:"喏,从这里,到这里……一共30多万行,都是老蛇写的代码。"

我看着屏幕里满满的各种字符,不禁有些头晕。毕竟我没有任何的编程相关知识,现在这份神秘的代码是看见了,可是,却什么信息都看不出来。

梁警官的情况估计也好不了多少,他皱着眉头,直截了当地问:"坦爷,这份代码有什么特别的地方吗?"

坦爷深深吸了一口气:"特别的地方啊,有,简直太有了。你们看,稍等啊,你们看这一段,还有这一段,有没有什么眼熟的?"

我跟梁警官面面相觑,我老老实实承认:"我对代码一窍不通,看不出来。"

坦爷抱歉地"哦"了一声:"对不起,我来解释一下,我是说,我们现在看到的这些代码,根本不是老蛇原创的。"

我不禁奇怪道:"坦爷你的意思是,老蛇抄袭了别人的代码?"

坦爷点了点头："比抄袭还离谱，这些代码，根本不是游戏代码，而是……网上下载的开源代码，而且是很多个软件的代码，你们看，这是个杀毒软件，这是个文档处理器，这里更荒谬，是个女性月经提醒的小软件……"

我瞪大了眼睛："这是什么意思？"

梁警官总算比我懂得多一点："坦爷，靠这些东拼西凑的代码，不可能跑得起游戏里的墨鳞星君吧？"

坦爷再次点了点头："没错，我断断续续研究了两年，发现老蛇提交的代码里，有 99.99% 的内容都是无用的，对接到游戏程序里时也根本没用到，我判断是老蛇加进来，掩人耳目而已。这个代码真正有用的部分，你们看……哪，这里。"

我跟梁警官凑近屏幕，看见坦爷调试出一段不超过 10 行的代码，奇怪的是所有代码都是由"011010101001"这样的二进制数字组成，只有在居中的位置，留下了十几个字符的空格。

我不禁挠头道："这又是什么东西？"

坦爷深深吸了一口气："刚才我跟你们说了，老蛇的代码里 99.99% 都是没用的，真正管用的就是这一段。可是，这是根本不可能的事情。墨鳞星君的超级 AI，在游戏中体现出那么丰富的特性，根本不是这短短的 9 行代码里可以描述得完的。但是，我研究来研究去，确确实实，跟游戏主程序互动，表达墨鳞星君的超级 AI 的，就是这一段代码。"

梁警官补充道："也就是说，关于墨鳞星君的所有秘密，就隐藏在这几行代码里。"

坦爷叹了一口气："没错，这里就像是秘密中心的秘密，可惜，我研究了两年，包括问了最有经验的程序员，都说没见过这种代码。怎么说呢？这短短几行代码，已经完全超过了我们的认知，字符极少，但信息量极大，这是完全不匹配的，就像，呃，就像……"

我补充道:"就像是天文学里的黑洞,体积极小,但质量极大,完全超出了人类的认知,所有的物理法则,在黑洞里都失去了意义。"

坦爷敲着桌子:"没错,鬼叔你说得很对,就是这样。"

梁警官懊恼地说:"什么黑洞,我看这就是个死胡同,走到这里,又走投无路了。"

我却伸出手来,指着屏幕里"011010101001"中间的空白处:"这又是什么?"

坦爷神色凝重地说:"我也不知道,但是我猜,这是一个输密码的地方。"

我皱着眉头问:"又是老蛇设的密码?能破解吗?"

坦爷摇了摇头:"不,这个密码不是老蛇设的,而是原来就有的。按照我的猜测,老蛇从那个谁,就是鬼叔你所说的时间囚徒那里,得到的就是这短短的几行代码,原状就是如此。这个密码他没有解开,所以代码里面是什么,他也不清楚,只知道把这段代码接入游戏主程序后,它就能运行墨鳞星君的超级AI。但是,这样一段代码完全是超现实的,放在任何一个程序员眼里看,就好像在大白天里见到鬼一样。"

我恍然大悟地点点头:"活见鬼,这段代码是活见鬼,所以他才下载了那么多开源代码,放在一段活见鬼代码旁边,又自己设置了一个密码,不准你们来查看。这样一来,他才能掩盖这一段活见鬼代码的真相,装作是他自己写的,然后放到游戏里去用。"

梁警官补充道:"这么说的话,在老蛇自告奋勇,用一个月时间来写这段代码时,他就已经从时间囚徒那里得到了这段代码,并且偷偷测试过,验证可用。然后他才跟坦爷你请假,实际上是用这一个月去旅游了,对吧?"

坦爷点点头说:"没错,鬼叔,梁警官,你们跟我想的一模一样。"

我的注意力,却放在那由"011010101001"组成的9行代码里。

我皱着眉头问:"坦爷你看,二进制的数字是可以替换成普通字符的,对吧,这9行二进制数字,你有没有试过替换成字符,看看是什么意思?"

坦爷笑了一下:"当然试过,可是都是无意义的字符,我反复拼了很多次,什么含义都没有。还有你们看,这个不是单纯的二进制,每隔一小段,就会出现空格。"

我深深吸了一口气,不对,这些0跟1肯定包含着信息,如果不是二进制数字的话,那会是什么呢?

身边的梁警官突然说:"摩斯密码。"

我愣了一下,一秒钟之后,也兴奋地喊道:"对,试试摩斯密码!"

坦爷有点没跟上节奏:"摩斯密码?怎么弄?"

我用手指头敲着显示器,急促地解释道:"摩斯密码是由长、短组成的一套密码,坦爷你看,我们把01当成长,10当成短,空格就是一个字母的间隔,这里是长、短、短、短,那就是,就是,呃,我要上网查一下。"

这时候,梁警官充分体现了他作为一个国际刑警的一点点用处:"不用查,这个是字母B。"

我兴奋地握紧拳头:"坦爷,笔!纸和笔,我们把所有字母记下来!"

五分钟后,在一个摊开的记事本上,写下了我们记录下来的、通过屏幕上的二进制数字转化而来的内容:BAWEIPINYINSIWEISHUZI。这是一个提示。

坦爷迟疑地读:"把,委聘,隐私,尾数,字,这是什么东西?"

我摇了摇头:"你断句断错了,是……"

梁警官也加入进来,跟我异口同声地念出来:"八位拼音,四位数字!"

我大口大口地喘着气,看着9行二进制数字中间,空出来的那个地方。1、2、3、4……果然,是12个空格。八个拼音,加四个数字,

刚好是十二个。

坦爷这才回过神来："密码！说的是这里的密码！"

梁警官反应快很多，他掏出手机就要打电话："我让处理这一块的同事来支援……"

我一手摁住他的手机："不，先不用。"

梁警官奇怪地问："为什么，难道你……"

我深深吸了一口气，陷入了沉思。在我的脑海里，有三个形象一同出现。摘星录 OL 的最终 Boss，两千万玩家朝圣的对象，深居龙渊地宫的墨鳞星君。

通过控制玩家身体的方式，害死了猴子、Vicky，还想控制老蛇杀掉 Moota 殿再自杀的恶灵。最后一个，是哄骗我一步步走入她的圈套，成为她继任者的时间囚徒 Marilyn。

渐渐地，三个形象在我脑海中重叠到了一起。三位一体。墨鳞星君、恶灵、Marilyn，这三个人，到头来，其实是同一个。

想起面对时间囚徒 Marilyn 时遇到的种种危险，还有最后勉强逃过一劫的侥幸，我的心跳不由得开始加速，腋下也被汗湿了。

原以为在浴室里，我已经把 Marilyn 摆脱了，现在来看，可能并非如此。她跟我还没有完。时间囚徒 Marilyn，来找我复仇了。

我深深吸了一口气，试图冷静下来。如果真是这样的话，假设，Marilyn，也就是墨鳞星君、恶灵，真的是冲我来的，她之前设置的种种谜题，都是为了引我入局，那么回到现在，这一个八位字母，四位数字的密码，也必定是跟我有关。

那就好猜了。八位字母，是一个拼音——CAIBIGUI，蔡必贵。四位数字，是我所在的平行空间代号，2017。

我闭上眼睛吸了口气，再睁开眼睛，尽量用平缓的语气，复述了一遍密码："坦爷，你试一下，CAIBIGUI2017。"

坦爷半信半疑地看了我一眼："什么密码啊，你瞎猜的吗？"

手上却没闲着，把我讲的密码输了进去，然后，按下回车键。

没有任何反应。坦爷摇了摇头："密码不对，你再想想。"

我心里失望的同时，却也松了口气，看来是我多虑了，根本不是什么时间囚徒来找我复仇。突然之间，毫无征兆地，办公室里的灯全灭掉了。刚才怕泄密，所以我们连办公室的窗帘都拉上了，这时灯灭掉了，办公室就突然暗了下去。

"怎么回事这是？"

三个人你看看我，我看看你，屏幕的荧光映在我们脸上，显得分外诡异，很有恐怖片的质感。

坦爷耸了耸肩膀，就要站起来："保险丝断了吧，我去看看。"

梁警官却指着显示器说："停电的话，怎么电脑会没有关？USP吗？"

我突然感到阵阵寒意，脖子背后的汗毛都竖了起来。一台停电了之后，都仍然运转的电脑。

回到我当卧底之前，一切刚发生的那天早上，已经死去的猴子，就是用一台已经关机的电脑，给我的QQ发了一条信息。而在前几天，我在自己家里，也见识过游戏里Vicky生前用的账号，在我完全没有输入的情况下，像是自己有生命一般动了起来。

我倒吸了一口冷气，坦爷的这台外星人电脑，跟前面的那两台电脑一样，被什么东西控制了。果不其然，坦爷都还没来得及离开电脑椅，更奇怪的事情就发生了。

屏幕上的"011010101001"组成的那9行代码，开始动了起来。这些符号，也像是有了生命一般，围绕着我们刚才输入的密码——CAIBIGUI2017，转起了圈圈。然后，就像被一个巨型旋涡吸入般，这些符号全都掉进了那一行密码里，消失不见了。

这时候，密码本身的字体发生了一些变化，先是慢慢模糊，然后又逐渐清晰了起来，却变成了另一行文字。一行汉字——"蔡

必贵,好久不见。"落款是:你的邻居。

我吓得尿都快出来了!那个时间囚徒,在一开始出场的时候,就是以"你的邻居"来称呼自己的。

这一行字出现以后,屏幕开始闪烁起来。本来是白底黑字的屏幕,突然变成黑底白字,然后再变回来。在一个昏暗的房间里,这种强烈的对比变化,简直要把人的眼睛晃瞎。

坦爷跟梁警官看着屏幕上的异样,都诧异得说不出话来。

半晌,还是梁警官先开口:"这是木马程序?"

坦爷摇了摇头:"从来没听说过这种木马,不过安全起见……"

他扑上去拿着鼠标,想要关电脑,在调试代码的窗口毫无反应之后,他又尝试用键盘关机,再一次失败后,急忙去关主机上的电源。

我却是抱着手,在一旁冷眼看着。我抱着手,一方面是因为我知道,别说关主机电源了,就算拔掉插头都没有用;另一方面,是因为我觉得冷。我害怕得发冷。

自从那次识破了 Marilyn 的诡计,把她送回永无止境循环的时间囚笼以后,我以为这辈子都不会跟她再有交集。再也不用面对这么可怕的对手,无论是智商、情商、技巧还是财富,任何方面,都碾压我的女人。可是现在,她又来了。

我的心沉到了谷底。时间囚徒 Marilyn,她不会放过我的。

就在坦爷关不了电脑,手足无措的时候,屏幕终于停止了晃动,变回白底黑字。不过,刚才那行问候语,却又变了"又见面了,你开心吗?"

我下意识地喃喃道:"开心个毛啊!"

一个似曾相识的女声响起:"你这样说,人家会难过的哟。"

房间里的三个男人都吓了一跳,左右张望,最后把目光都投向了主机上接着的音箱。女人的声音,确切来说,是时间囚徒

Marilyn 的声音，正从音箱里面传来。

坦爷已经快要抓狂了："这是怎么回事？"

我吐了一口气，虽然自己也怕得要死，还是拍了拍他的肩膀，安慰道："别怕，是时间囚徒。"

坦爷更糊涂了："时间囚徒又是什么鬼？"

我愣了一下，看来，虽然 Moota 殿很喜欢我的小说，但坦爷其实并没有看过，不然的话，他肯定会对《时间囚徒》里出现的那个 Marilyn，留下深刻印象。

我于是换了个说法："呃，是墨鳞星君。"

坦爷听完我说的，更是吓了一跳，字面意义上的，从办公室的地毯上跳了起来，大喊道："见鬼！墨鳞星君活过来了！"

相比坦爷，作为国际刑警的梁警官，就要淡定得多了。他严肃地看着电脑音箱，一本正经地问道："Marilyn，是你吧？"

虽然整个办公室里的气氛阴森恐怖，但梁警官一本正经地跟音箱聊天的画面，还是让我瞬间笑场了。

接着，音箱，不，Marilyn 回话了："梁警官，梁超伟，你……"

我以为她要寒暄一下说"你好"，结果，她接下去的话却是："你属金。"

办公室里的三个活人，彼此交换了一下眼神，属金？这是什么鬼？不管这是什么鬼，冤有头，债有主，我惹下的祸，不能连累梁警官。

这么想着，我深深吸了一口气，鼓足勇气，尽量用最镇定的语气说："Marilyn，我知道是你。"

音箱里传出来的声音，似乎带着温暖的笑意："真好，鬼叔，你没有忘记我。"

这个温暖动听的声音，在我听起来，却如坠冰窟。时间囚徒啊，就是这么一个在无限的时间循环中，掌握了所有技能的、超越正常人的存在，"演技"这一项技能，当然早被她点亮了。在音箱的另一边,我能想象出她的表情——如果她现在还有人类的脸的话——咬牙切齿,想要弄死我。

我勉强排除心底的恐惧,朝着办公室里的虚空,对话道:"你想要怎么样?"

Marilyn 轻声笑了起来:"没有呀,哪里有怎么样。只是想你了,想见你。"

我看了梁警官一眼,他眼神里充满鼓励,是让我继续聊下去,这样能得到更多的信息。

我想了一会儿,接下去说道:"见我,怎么见?你不是回到了那个四维空间里的时间囚笼,无限的时间循环里去了吗?"

Marilyn 的声音依然暖暖的:"对呀,鬼叔,说起来还要感谢你把我送回去呢。四维空间里的囚笼坍缩了,为了这个,哎呀,我可是吃了不少苦。"

我无法想象一个四维空间里的时间囚笼,在坍缩之后,里面囚禁着的那个人会变成怎样,被时空撕裂成粉末,还是被极大的质量压成二维,甚至一维?我只知道,这是极大的痛苦,而 Marilyn 受的苦越多,她对我的恨意就越强。

我深深吸了一口气,眼珠子骨碌碌地转:"你现在不是出来了吗?而且……而且把一份 2015 年的摘星录 OL 案例分析,给了坦爷老婆 Moota 殿,对吧?老蛇的代码,也是你给他的?"

Marilyn 笑了起来:"呵呵,对呀,是在同一间星巴克里哟。鬼叔,你很聪明。我一直都觉得你很聪明。"

我摇了摇头:"不聪明,我很笨,太笨了。Marilyn,我知道你恨我,你想杀了我……"

Marilyn 又笑了,语调有些夸张地说:"杀了你?怎么可能。"

她的声音很暖,就像是一个颜值很高的妹子,坐在温暖的阳光下,假装生气地捶你的肩膀。然而,接下来的半句话,却急转直下:

"杀了你哪里够，杀了你也体会不到我千分之一的痛苦。"

我瞬间整个人都不好了，看来 Marilyn 是准备了很多新鲜玩法，要把我弄死一千遍啊！而且，根据我对她的了解，这绝对不仅仅是空口无凭的威胁，她威胁的效力，不光从意愿上能保证，从能力上也能保证。

我仍然强自镇定心神："好，好，你要，要对我怎么样都行，千刀万剐也可以，但是你为什么要在幕后布局这一切，包括让坦爷、老蛇配合，做摘星录 OL 这样一个游戏，还包括……"

说到这里，我胸中突然涌起一股愤怒，言辞也变得激烈起来："还包括杀死侯小杰、Vicky、许乐诗、雅各布？你还想杀死老蛇！"

Marilyn 又轻轻地笑了，即使到了这个时候，她的笑声依然那么好听："你呀，一直都那么心急呢，冲动会制约智商哟。"

我心里的怒意难平："告诉我，你这么做都是为了什么？"

旁边传来急促的呼吸声，看起来，被 Marilyn 当成傀儡，愚弄了 5 年，按照她的旨意做了摘星录 OL 的金牌制作人的坦爷，以及为了无辜受害玩家的案件，被折腾得够呛的国际刑警梁警官，他们俩跟我一样，都急切地想要知道答案。

可是，这个让人捉摸不透的时间囚徒，会好到告诉我们真相，告诉我们她所做一切的动机吗？我很怀疑。

谁知道，等 Marilyn 好听的笑声落下后，接下来她说的却是："好呀，鬼叔，你想知道，我就全部讲给你听。"

在我还没反应过来的时候，Marilyn 已经开始讲述她的故事，关于时间囚笼，关于她自己，关于高维生物，关于摘星录 OL，还有她杀死前面四个游戏玩家的原因。

Marilyn 好听的声音，继续从音箱里传出来："鬼叔，在让你来当我的继任者时，我告诉过你，时间囚徒会永远被囚禁在不断循环的同一个月份里，直到你学会了所有东西，找到下一个继任者为止，

你还记得吧?"

我点点头:"当然记得。"

Marilyn 又笑了,笑声里充满得意:"鬼叔,我是骗你的。"

我还没来得及反应,她接下去说道:"时间囚笼是真的有啦,我也是真的在里面循环了一千多次,但是我之所以这么着急要你来继任,是因为呀,时间囚笼马上要坍缩了。"

我之前也想过这个问题,虽然不能确认,但也有这一方面的猜测,所以并不吃惊。

Marilyn 继续道:"我在每一个能遇到你的循环里,都用尽所有办法跟你接触,你知道吗,蔡必贵,我跟你谈过 13 次恋爱,13 次。"

我不由得说道:"13 次?没算上我吧。"

Marilyn 又笑了:"你看你,又急了。当然啦,你不算,我没有在这次循环里跟你恋爱,但是,你是我在时间囚笼坍缩前,能抓住的最后一次机会。所以,我倾尽全力,演了最好的一出戏,想要让你来当我的继任者……"

我心里暗自骂娘,你一开始就是想我当替死鬼啊,我幸好没上当,我还没恨你呢,你倒恨上我来了。

Marilyn 的声音突然充满幽怨:"可惜啊,可惜。蔡必贵,真的,在每一个循环里,你都是那么自私无情,那么爱耍小聪明。每一次,每一次!无论我如何哀求、讨好、威胁,用尽所有手段,你没有一次愿意为我牺牲,成为时间囚徒的继任者。"

听着她怨恨的语气,我心里反而有点得意,其他循环里的蔡必贵,你们都是好样的,聪明!没给我丢人啊!再看看旁边,我发现坦爷跟梁警官都在盯着我看,就像是看一个渣男。

我连忙摆手:"别看我啊,不关我事,不是我做的,是蔡必……唉,我解释不清了,你们还是去看我写的《时间囚徒》吧。"

我深吸了一口气,思绪重新回到 Marilyn 的话上来。这么一想,我倒容易理解她为什么那么恨我，一定要置我于死地了。原来，她是把在前面13次恋爱，还有那些没谈恋爱但同样没能成功的次数，全算到我头上来了。也就是说，其他循环里的蔡必贵欠下的账，要由我一个人来还。唉。刚才还夸他们聪明，现在想想，都什么浑蛋玩意儿。

Marilyn的声音还在继续："鬼叔，你知道我最恨你什么吗？对，我恨你不肯中我精心布置的陷阱，但是，我更恨你在发觉真相以后，反过来戏弄我。鬼叔，你不应该这么做的，不应该给了我希望，在最后一刻，又让我绝望。你太残忍了。"

我挠了挠头，心里想的是，她这个强盗逻辑，怎么听起来那么耳熟呢。

Marilyn停顿了一下，似乎即使是她，回忆那一段可怕的经历，也需要勇气："重新回到时间囚笼里以后，只经历了7次循环，而且都是你这个合格的继任者没有出现的循环，时间囚笼就整个坍缩了。你们无法想象那一种痛苦，鬼叔，你说千刀万剐，千刀万剐的痛苦，跟被关在一个坍缩的时间囚笼里的痛苦相比，就是蚊子咬而已。"

我不禁吞了一口口水，蚊子咬我都觉得挺痛苦的，照她这么说，那是真的很痛苦，特别痛苦了。反正这种可怕的痛苦，地球历史上有过的人类里，估计只有她一个人体验过，所以没有任何人可以否定她。

Marilyn说完前面的，突然轻声笑了一下，声音又开始甜美起来："还好呀，还好，我遇见了他。"

我皱着眉头，跟两个小伙伴交换了下眼神。Marilyn说的是他，她，还是它？能在时间囚笼里遇见的，我倾向于是一个"它"——高维生物。

果然，接下来她说道："它把我从时间囚笼里释放出来，带我到了你所在的这个时空。它真慷慨啊！赐予了我两段时间，让我能以人类的形象，投影到你们的世界……"

坦爷这时有点错乱了："什么囚笼，什么投影，这都什么鬼？"

我简单地解释道："她是说，那个高维生物给了她一个肉身，但是有时间限制，估计她就是利用这两个时机，分别把案例分析给了Moota殿，把代码给了老蛇。"

也不知道他听懂没，Marilyn这边还在继续："然后我就回到了混沌的状态，直到有一天，我醒来的时候，成为生命的另一种状态，一种纯意识的状态。Tristan，谢谢你，还要谢谢那个程序员，你们真的按照我的想法，把游戏做了出来，我才能摆脱人类的躯壳，以更美、更强的形态重生。"

我深深吸了一口气，试图整理她的意思："你是说，高维生物把你从时间囚笼里放出来之后，是它在幕后安排，你出面来引导坦爷跟老蛇，让他们做了摘星录OL这个游戏，做了墨鳞星君这个最终Boss，然后，你就脱离了人类的躯壳，仅剩意识，活在摘星录OL这个虚拟世界里？"

Marilyn的声音听起来很轻快："是的，就是这样，鬼叔，你的归纳能力一直都那么好。"

我不禁挠头道："可是高维生物这么做是为了什么呢？它让你重生在摘星录OL里，然后又给了我跟其他平行空间的自己沟通的能力，它是要干什么？指定我跟你作为它在这个世界的代理人，然后自相残杀吗？"

Marilyn轻声笑道："高维生物呀，它的所作所为，用我们可怜的人类，不，我已经不是人了……"

说到这里，她的声音稍微有点哀怨，但马上又抬了上去："用你们可怜的人类的逻辑，是不可能理解的。就像一群绵羊，不可能理解农夫的思维一样。高维生物没有善恶之分，更不受人类可笑的道德约束。不过，鬼叔，我要提醒你哟，我背后的高维生物，跟你背后的高维生物，不是同一个。这么说吧，我们所在的这个三维空间，是另外一个高维生物创建的，而我们身后的高维生物，都只是观测者而已。"

我皱起了眉头，Marilyn 说的这一番话，连我这身在其中的人都不太好理解，更别提坦爷跟梁警官了。果然，我看了他们一眼，脸上都是便秘了七天的表情。我摇了摇头，既然高维生物是不可理解的，Marilyn 也是猜的而已，在这里讨论没有意义。

这么想着，我引出了下一个话题："我明白了，你以墨鳞星君的形态，生活在虚拟世界。可是，你为什么要杀死侯小杰他们？"

Marilyn 的答案出乎意料地直接："因为他们想要杀了我啊。"

我一时反应不过来："杀了你，他们怎么能……"

坦爷打断我道："她说的是在游戏里。"

我恍然大悟道："哦，Marilyn，难道在游戏里杀了你，你也会死？"

心里突然蹿起了一个念头，如果真是这样，我可以在游戏里把她杀掉。

Marilyn 咻咻笑道："会死呢，不光会死，还会痛哟。所以我有多讨厌他们，你能理解吧，鬼叔？"

坦爷这时候插话道："有能力挑战你的玩家，有一百个团，接近四千人。为什么要挑他们四个来杀？"

Marilyn 赞赏道："这个问题提得好，因为呀，他们四个人还有老蛇，都是在同一个开荒团里。这个开荒团研究出了一个战术，虽然还没有成功过，但是已经出现了端倪，有可能最终杀掉我。我当然要先下手为强啦。"

我不禁恍然大悟，原来是这样！难怪以前猴子在 QQ 粉丝群里神神道道地提到过，他最近在钻研一个很厉害的战法，有可能达成一个世界纪录。我们只是当他胡说八道，根本没有往心里去。

不过，我还有一点想不通，索性问道："不对啊，如果你就是墨

鳞星君，你的意识只有一个，但有时会有好几个玩家团队挑战你……"

Marilyn轻哼了一声："你们人类的时间是线性的，在我这里可不是。"

梁警官摆摆手，示意我不要纠结技术性的问题，而把问题集中到重点："Marilyn，你承认自己杀死了四个受害人，我想知道的是，通过什么样的方式？"

我点了点头，没错，这才是我们最关心的问题。侯小杰、许乐诗、雅各布、Vicky，还有差点挂了的老蛇，他们都被恶灵，也就是Marilyn控制了身体，可以做出超出生理极限、无视痛楚的举止。

一个被放逐，或者说囚禁在虚拟世界里的意识，再厉害也无非是储存在硬盘、网络上的数据，那么，Marilyn是通过什么样的方式，跳出虚拟世界，进入我们生活的物理世界，控制受害者的身体的呢？之前我们做过种种猜测，催眠、暗示什么的，现在看起来，都完全不靠谱。

那么关键的问题，Marilyn也有恃无恐似的，完全不忌讳告诉我们："这个呀，是它赐予我……"

在秘密即将揭晓的关键时刻，音箱突然安静了下来。我着急得跺脚："赐予你什么，你倒是说呀！"

坦爷更是过去拍着音箱，仿佛是它接触不良般。

幸好，音箱再次响起，Marilyn好听的声音又传了出来："鬼叔，能再跟你聊天真好，让我想起了我们美好的时光呢。不过，这一次我可不光是为了叙旧，时间快不够了，我直接跟你讲吧。"

虽然仍然被她的杀人方式困扰着，但对于一个无影无形、虚无缥缈的意识来说，还真没有办法捉住她来逼供。所以，我们三个人也只好静了下来，听Marilyn说的所谓正事。

Marilyn的声音带着点慵懒，似乎在谈论一次阳光温暖的下午茶："下周六，我就能跟可爱的玩家们见面啦。坦爷，你猜有多少玩家呢？一百万？两百万？我敢打赌，一定超过三百万呢。"

听到这里，坦爷懊恼地握起拳头，在音箱上捶了一下。

Marilyn 轻轻笑道："下周六以后，这三百万玩家，我可以一个一个，全部杀死哟。"

她的语调还是那么轻松，仿佛在说她要吃光下午茶里的甜点。而正是这种把人命当点心，一点都不在乎的态度，更让我们相信，她真的会这么做。也更让我们心里升腾起一股凉意。

梁警官最先反应过来，态度强硬地说："Marilyn，你别做梦了。有必要的话，我们会把服务器关掉的。"

坦爷也用力点头道："梁警官，我全力配合你。"

我松了一口气，对哦，刚才都被她吓到了。认真想一想，就算你在虚拟的游戏世界里再厉害，我们把服务器关掉，你也就没辙了吧？

音箱里，却传来 Marilyn 银铃般的笑声。她的笑声那么动听，那么天真无邪，就像是一个不谙世事的十七岁少女。我被她笑得莫名其妙，心里一阵阵发毛。

等铃铛一样的笑都落到了地上，Marilyn 才用一种戏谑的口吻说："梁警官，到现在你还以为，我就是硬盘上的一堆数据而已？"

梁警官明显也有点发毛，但仍然假装镇定道："不然呢？"

我也在心里安慰自己，虚张声势，她只是在虚张声势，打心理战而已。Marilyn 最会这一招了。音箱里安静了五秒，在我们刚以为她已经跑掉的时候，突然间，办公室外传来一阵喧闹。

"怎么了？"

"电脑疯了！"

"木马？"

"快叫维修部的小哥来啊。"

坦爷一个箭步冲到窗前，掀开百叶窗一角，我跟梁警官紧随

其后,看见外面的大办公区里,所有人都乱成了一团。我倒吸了一口凉气,因为我意识到,这些都是 Marilyn 干的,是她在显示实力,向我们示威!

Marilyn 的声音,恰到好处地再次响起:"能够瞬间操纵 TIT 公司的所有电脑,能够在关掉电的电脑上运行,能够用'猴塞雷'的 QQ 发信息给你。鬼叔,你来告诉他们,我能不能被删掉,能不能被关掉?"

我吞了一口口水:"好,就算你有操纵网络的能力,但你一定还是在服务器的某一处吧,我们物理关停,再不行把服务器的主机全砸了,一把火烧了,不信治不了你。"

Marilyn 又笑了起来,这一次没有笑太久:"你呀,还是太天真了。让我来告诉你们吧,我不是摘星录 OL 里的一个形象,也不是现在讲话的这一把声音,我更不依赖于服务器的物理存在而存在,我的意识分布在整个网络里,摘星录 OL 是我的延伸,甚至整个网络,都是我肢体的延伸。要怎么帮助你理解呢?"Marilyn 冷冷道,"我再也不是那个少女了,鬼叔,我是一个盘踞在网络上,没有本体,只有无数触角的妖怪呀。"

我听得浑身起了鸡皮疙瘩,想象着一个曾经活色生香的女人,生活在细细的、长长的网线里,生活在摸不到却又事实存在的 WiFi 信号里的样子,不由得不寒而栗。

坦爷抗议道:"荒谬,我才不信你,我等下就去把服务器关掉!"

Marilyn 哼了一声:"蠢货,你尽可一试。"

这时候,外面的大办公区已经恢复了正常,大家都回到座位上工作了。坦爷放下百叶窗,使劲踢了一下墙壁,不忿道:"你别得意!好,你关不掉是吧,我等下就找运营经理!找 TIT 的公关部,找媒体!警告所有玩家,周六不要玩游戏!看你还能害谁?"

Marilyn 嘲讽道:"哦?Tristan,金牌制作人,这么做的话,将是你这 5 年里，最妙的一次策划呢。我相信到时候来的人呀，三百万都打不住。"

听完这话，坦爷双手无力地下垂，脸上一阵青一阵白。他知道，Marilyn 说的是对的，我跟梁警官同样也知道，Marilyn 不是在吓我们。

确实，如果公布了玩游戏会带来生命危险，反而等于是一个逆向营销。这么做的话，可能会吓退原来的一部分玩家，但会带来更多的原本不关心运营活动的玩家，甚至以前从来没玩过摘星录 OL 的年轻人。人的好奇心一旦被激起，就没有什么可以阻挡。在周六的晚上，他们会一拥而入。

我按住坦爷的肩膀，尽量平静地说："Marilyn，我相信你，我相信你是关不掉的。"

Marilyn 轻轻笑道："你当然要相信我。"

我深深吸了一口气："你到底想怎么样？"

Marilyn 却像是没听见我的问题，自顾自地开始说话。不，不是说话，是在念一张名单。

"梁超伟，属金，恶铁剑客，凡人。"

我皱着眉头，隐约猜到了 Marilyn 的意图，要真是这样……

"Tristan，属木，神木药师，狐妖。"

我心里"咯噔"一下，这个职业跟种族，和 Vicky 的账号是一模一样的。

"Moota 殿，水月琴师，魔族。"

我看了坦爷一眼，他脸色一变，果然，他老婆也被拖下水了。

"当然少不了你啦，蔡必贵，火云道士，谪仙。"

这个我心里早有准备，倒不觉得吃惊。还剩最后一个土，应该是老蛇了吧？在摘星录 OL 里，金、木、水、火、土，五行齐全，组成一个团，另有加成。这一个团里，都是 Marilyn 想要灭掉的人。

她要团灭我们。

果然，Marilyn 接下来念道："最后一个，玄土弓士……"

我一个冷战，呼吸都不顺畅了。

Marilyn 的声音仍然那么轻盈，缥缈如仙乐："谪仙，唐双。"

我失声叫道："不行，不能是她！"

Marilyn 的语气里，带着猫戏老鼠的愉悦："为什么呀？鬼叔，你不是答应她，危险的事情一定要告诉她吗？她那么爱你，一定会跟你并肩作战的呢，所以我都帮你安排好啦。"

我深深吸了一口气，尝试说服 Marilyn："唐双跟这件事没有关系，我也没有那么爱她，实际上，我们马上就要分手了……"

Marilyn 啧啧称赞道："还说不爱唐双，为了保护她，连说谎都学会啦？鬼叔，可惜了，说谎不是你的强项哟。"

我恼羞成怒道："她跟你有什么仇什么怨！"

Marilyn 嘻嘻笑道："喂，鬼叔，她是我前男友的现任女友呀，作为前任，我恨她，想杀了她，难道不是应该的吗？世界上所有前任都是这么想的啦，只是她们不像我，没有能力这么做。"

我还想说什么，Marilyn 却已经开始了最后宣判："你们五个人的角色，我已经在服务器上做好了，从五官、发型、身高，都是按照现实世界里的你们来做的，捏得一模一样哟。星期五 20：00，你们五个人，一起到龙渊地宫来找我。"

梁警官追问道："然后呢？"

Marilyn 轻轻笑着说："然后呀，如果你们可以杀死我，就可以把我关掉啦。"

我皱着眉头问："我凭什么相信你？"

Marilyn 的语气里，又是那种猫捉老鼠的戏谑："你可以不相信，但是，你还有别的选择吗？"

她停了一下，似乎依依不舍道："好啦，时间到了，我要走了。"

我低下头,才发现自己的双拳已经紧紧握住,像两块坚硬的石头。

Marilyn 却像突然想起了什么:"哦对了,关于我是怎么杀死那四个人的,你们可以问程序员哥哥啦。"

我不由得咦了一声:"你是说老蛇?他不是还在昏迷吗?"

音箱里传来最后两句话,像是仙乐的余韵:"我来的时候,他就醒啦。嘻嘻,傻瓜。"

## 第十五章
## "登录"身体

距离 Marilyn 在坦爷的办公室"显灵"已经过去了 5 天,现在是星期五的下午,我坐在医院的一间普通病房里,阳光透过窗户,照在病床前坐着的我身上,也照在盘腿坐在床上的那人身上,都有点发烫。毕竟,夏天快到了啊,窗外甚至听见蝉鸣了。我打了个哈欠,5 天没日没夜的特训,不是开玩笑的。

病床上的人先说话了:"约架是几点来着?"

听他把那么严肃、关系到两三百万玩家生命的,跟最终 Boss 墨鳞星君,同时也是恶灵、时间囚徒、Marilyn 的决战,轻描淡写说成"约架",我心里是又好气又好笑。捅下这个大娄子的,有你一份啊。更何况,今天晚上跟我一起去送死,不,去决斗的玩家,代表五行里的土,应该是你才对。

想到这里,我没好气地说:"今天 20:00,准时开团。老蛇,别耽误了,你赶紧说完,我得回去休息下。"

老蛇却好像在神游太空:"说完,说个什么球?"

如果他不是个病人,我可能会气得想打他一顿了:"我刚才问你的问题啊,你不会忘了吧?"

不过,忘了也不奇怪,自从我跟唐双、梁警官合力,把老蛇从窗台拉回来之后，他就是这个德性了。一开始在加护病房睡了一整天，即使醒过来之后，也变得非常嗜睡，像是去了很远很远的地方旅游，累坏了一样。

医生说老蛇的身体没什么大碍，脑子呢，也检查不出什么问题。不过，医生在说这句话的时候，有点回避我的眼神，看来医生是有点心虚啊。他心里也觉得，这个病人，脑子坏掉了。反正 TIT 公司负责全部医药费，所以就在医院先休养呗，等好透了再出院。

阳光里，老蛇却扭过头来，笑嘻嘻地看着我："没忘，怎么会忘，你当我傻了啊。鬼叔，你问的是，是……"

他挠了挠头，"哦"了一声道："你问的是，墨鳞星君是通过什么方法，跳出虚拟空间，来到现实世界，操纵玩家的身体，对吧？"

我看他把我的问题完整复述了一遍，看来是真的没傻，于是开心地点了一下头。谁知道，接下来老蛇又开始犯傻了。他把右手放平，摊开，放在盘着腿的膝盖上。然后，他五指收缩，像是要抓住手里的阳光。

我刚想问他葫芦里卖的什么药，他却忽然开口了："鬼叔，你知道光的波粒二象性吗？"

什么鬼？我心里一百只水哥呼啸而过："知道啊，不过这跟我问你的问题，有个毛线关系啊？"

老蛇却没有理我，只是看着自己的手掌，忽然笑了一下，自顾自地往下说："光的波粒二象性呀，在双缝实验里很能体现。没人观测的时候，光子呢会呈现波的状态，可是一旦有人观察呀，光子又变成了粒子的状态。"

我简直快要抓狂了："你说的我都知道，不，我不知道你到底想说的是啥！老蛇，我时间有限……"

老蛇把手握成拳头，郑重地举到我眼前，就像他真的抓住了一些光子一样。在做这个奇怪的动作时，他继续配合着说些更奇怪的

243

话:"科学家一开始都疯啦,怎么会这样呢,又是波又是粒子的,矛盾啊,理解不了啊什么的。鬼叔,你说,他们为什么理解不了呢?"

我看着他那张天真无邪的脸,勉强止住了一头撞过去的冲动,耐着性子说:"因为人类在现实生活中,观察到的事物是有延续性的。比如我现在看到的是你,老蛇,然后我闭上眼睛,再睁开,看到的还是一模一样的你。所以我就知道,在我闭上眼睛的那段时间内,老蛇,你哪里都没去,而且没有变成小狗,你还是你……"

我忍住了最后的一句话——脑子坏掉了的你。

老蛇饶有兴致地点头:"然后呢?"

我深深吸了一口气:"然后,人们就无法理解,光子在你没有观测的时候,可能是波,也可能是粒子。"

老蛇收回自己的拳头,往上面吹了一口气,然后放开手。像一个拙劣的魔术。当然,手掌里什么都没有。

我正要发作,他的语气突然严肃了起来:"问题就在这里,鬼叔,你凭什么说,你闭上眼睛的时候,我就在这里,我没有变成一只狗呢?"

我愣了一下:"呃,这个,凭三十年来的生活经验啊。"

老蛇摇了摇头,眼睛望向窗外:"你有没有想过一个问题,人们喜欢玩游戏,在游戏里,会有代表玩家的角色。但是,人呢,不可能一星期7天,一天24小时,都在玩游戏,对吧?"

他低下头来,直视我的眼睛:"鬼叔,你有没有想过,玩家下线的时候,游戏里的角色,都在干什么呢?"

我被这个问题问住了,支吾道:"呃,干什么啊?就待在原处吧,等玩家再上线啊。"

老蛇笑了一下:"上线个球,你犯了跟科学家一样的错误。"

我更加摸不着头脑,他先扯到光子,又扯到游戏,离我一开始问的问题,已经差了十万八千里。他不会真的脑子坏掉了吧?

老蛇再次看向窗外,像是不经意地说:"搞不好,玩家没上线的时候,角色们才有自己的意识,到处跑来跑去,做了各种事,只是你一上线,它又回到了原处。"

我脑子像是被雷打到了,突然一震。

老蛇继续用拉家常的语气说:"在这个世界里,我们以为自己是玩家,是有自由意志的人,想干什么就干什么。其实,错了。说不好,对于更高级的存在来说,我们也是游戏角色而已。"

我倒吸了一口冷气。

老蛇嘿嘿笑道:"现在呢,你可以坐在这里听我瞎扯淡,我可以坐在这里瞎扯淡给你听,不过是因为……"他闭上了眼睛,"因为控制我们的玩家,没有上线而已。"

我脑子里乱成了一团。老蛇现在说的这个理论,跟我之前对高维度、对高维度生物的理解是互相吻合的,或者说,是另一个解释的角度。

无论是把三维世界的我们比喻成漫画书里的小人,或者是游戏里的角色,对于更高维度的生物来说,我们就是可以从头看到尾,可以随意影响、甚至操控的玩物。

我回想起来,那天在坦爷的办公室里,Marilyn 的说法也是这样的。她有一句没说完的话,是说"它"赐予了她什么。按照老蛇的说法,是赐予了 Marilyn "登录"人类身体的能力。

所以,我跟梁警官之前推测的什么催眠、什么附体,都是不正确的。真相,没有那么复杂。Marilyn,或者说恶灵,只是轻轻松松、理所当然地"登录"了我们的身体而已。

我们,本来就是高维生物制造出来的,就像我们制造了游戏角色。现在可以自由活动,只是因为高维生物玩家,没有在线。而一旦它们想要登录我们,就可以操纵我们的身体,按照它的意愿来运动。就像我们操纵游戏里的角色,按照我们的意愿来动一样。这个想法,

真让我不寒而栗。

"喂,鬼叔。"

老蛇的呼喊,把我拉回了现实里。在我发愣、没有观测他的这段时间内,他不知道什么时候已经躺回到床上,连被子都盖好了。

老蛇闭上眼睛:"我要睡觉了,你也回去休息吧。晚上加油。"

我"哦"了一声,像喝醉了酒一样,摇摇晃晃地站了起来。阳光在我身边浮动。

在我离开病房之前,老蛇又来了一句:"你女朋友救了我,替我说声谢谢。晚上,你要好好保护她。"

我深深吸了一口气,却感觉被阳光灼伤了呼吸道,声音突然沙哑了起来,我像是有无数的雄心壮志,最后说出口的,却只有三个字"必须的"。

最后决战的地点,在TIT写字楼的顶层,23楼。

23楼是一个秘密的所在,入口在地下车库负3层的一个隐蔽位置,要刷特别授权的TIT公司工卡才可以进入。然后,通过专用电梯,直达23层。

之所以要这么严密,搞得跟电影里的秘密实验室一样是因为,这就是一个秘密实验室。23楼的一整层,都是用来存放TIT公司秘密武器的。

星期一上午,坦爷第一次把我们带到23楼进行介绍的时候,一副春风得意的样子。他像一个急着展示新式武器的将军,扫视了我们一遍,引以为傲地笑道:"这几年里,除了那一份案例分析,我们也不是毫无建树的。"

他转过身去,右手一挥:"你们看,专为摘星录OL调试的虚拟现实VR操作系统,部分硬件是由硅谷的公司为我们的游戏专门制作,比市场上的主流产品超前两年。"

我、唐双、梁警官，还有 Moota 殿，都顺着坦爷的手势看去，看起来，就连 Moota 殿都对这里不太熟悉，所以这个 23 楼的秘密程度，并不是坦爷随便吹嘘的。

坦爷介绍，这一套 VR 操作系统的项目，是为了应对摘星录 OL 增长乏力的情况，从两年前就开始研发的。虽然这一套系统的价格不菲，真正买得起的玩家并不多，但是那么高大上、概念化的东西一出来，一定会成为新的亮点，带动公司股价上涨。

当然了，这个项目离真正市场化还有很长的路要走，所以一直以来，公司严格保密，只有少数高层、研发人员知情。

这一次，坦爷之所以决定动用 23 楼的秘密武器，是因为在周五的最后决战里，我们遇到了一个大问题。

摘星录 OL 这个游戏，坦爷不仅是制作人，还是个高端玩家，意识超前，走位风骚，强到可以去参加职业比赛。

我跟 Moota 殿的操作水平半斤八两，打个小型副本问题不大，如果要去龙渊地宫，绝对是坑爹的队员、团灭的元凶，不要说手刃墨鳞星君了，能顺利过地宫前面几个 Boss 都够呛。

至于梁警官跟唐双就更不用说了，他们压根没玩过摘星录 OL，不，确切来说，是从来就没玩过游戏。虽然在各自专业里，他们都是不可多得的顶尖人才，但是在短短一个星期内，要训练到熟悉各种操作，可以正面硬抗墨鳞星君的水平，几乎是不可能的事情。所以，我们这一群杂牌军、乌合之众，按照这种操作，必然要被团灭。

在大家一筹莫展的时候，坦爷提出了这个方案。据他介绍，这一套 VR 操作系统，首先可以从视觉、听觉上给予玩家身临其境的真实感受，即使是没有基础的新玩家，也可以很快融入游戏里。更重要的是，操作系统可以读取玩家的脑电波，配合肢体运动的记录，并予以反馈，让玩家自然而然地在游戏里运动、战斗。

坦爷当时的说法是："超级真实，绝对震撼，鬼叔，小心别吓尿

了哦。"

几乎没有任何考虑,我们所有人都同意了这个方案。

唐双的表现更是踊跃:"好呀,就让我来看看,鬼叔的前女友有多美。"

我无奈地看了她一眼,Marilyn分析得一点都没错,要说服唐双跟我出生入死、并肩作战,不是一个问题;要说服她不这么做,才是真正的问题。

这一场前任男友携现任女友,一起找前任女友开撕的大戏,就这么拉开了帷幕。

现在,我们一行五人,正置身于坦爷引以为傲的秘密实验室里。在一个300平方米左右的大房间里,周围墙壁都是隔音的海绵垫,天花板上布满了各式密密麻麻的摄像头,整个房间的布置,很有黑科技的味道。

重点在于房间的正中间,按照梅花的形状,摆着五台坦爷所说的"虚拟现实VR操作系统",从外观上看,就像是又巨大又古怪的跑步机。坦爷带着我们走到五台"跑步机"前,开始介绍VR操作系统的各个部分。

首先,是这个看起来像巨型跑步机的玩意儿。跟普通长方形的跑步机不同,这个巨型跑步机的底座呈圆形弧面,周围高,圆心凹下去,怎么形容呢,就像一把撑开的巨伞,没有伞柄,倒过来放置。我蹲了下去,用手摸了一下跑步机的底座,发现它不同于普通跑步机的履带,首先是不可移动的,其次,很光滑。

我皱着眉头嘟哝道:"这么滑,怎么跑啊,不把门牙摔断才有鬼。"

坦爷嘿嘿一笑:"鬼叔,别着急啊。"

接着,他开始示范巨型跑步机的正确打开方式。他先是走到墙旁边的柜子里,拿出了一双白色的鞋子,这鞋子有点像多年前流行的暴走鞋,鞋体是普通的波鞋,但鞋底有四个橡胶滚轮。

坦爷走回跑步机旁，先把鞋子换好，然后走到跑步机旁的地板上，一个画了红色边框的位置，又按了一下跑步机上的启动按钮。

在跑步机正上方的天花板上，悬挂着一个黑色的金属支架，还吊着四根长短不同的皮带。此时支架移动了下来，两只腰带似的护翼打开。坦爷走进去，调整好位置，把四根皮带分别套到四肢上，又扣好安全带，然后，按下另一个按钮。

在我们惊奇的目光中，那个悬挂支架，就像夹娃娃机一样，把坦爷整个夹起来，带回到跑步机上，站好。

坦爷搓了搓手，拿起跑步机旁边挂着的一个全包围的摩托车头盔似的东西，在戴上之前，朝着我们笑道："来战。"

就在星期一的这天里，坦爷帮我们按照身高、体重调校了各种数据，又给我们拿了合适的专用鞋子，让所有人都体验了一把。真是一次奇妙得无以复加的体验，现实，又超现实。

当我戴上VR头盔，视觉、听觉，就和真实世界分隔开，从一个现代都市的写字楼顶层，完全进入了游戏的虚拟空间，一个东方玄幻的山水世界。

头盔里内置的超过240度的弧形屏幕，把整个玄幻世界带到了我面前，环绕的立体声喇叭，更是让我有了身临其境的感觉。在这个头盔里，还集成了多个摄像仪跟录音器，会读取我们的脸部表情跟声音，呈现在游戏角色的身上。

而脚底穿上特制的鞋子之后，配合跑步机底座的感应板，能够模拟真实的行走、跑步等动作，甚至在需要跳起来的时候，整个操作系统会感应到我的动作，通过天花板上的悬挂支架，把我整个身体往上拉。

绑在四肢上的皮带，也具有跟支架类似的功能。当我在游戏里的角色，走到一面墙壁前，或者触碰某个物体，皮带就会施加相应的力，来限制我的动作。而当我想要施展某一个技能，只要读出技能的名字，也就是吟咒，再加上动作配合，游戏里的角色，就会做出相应的动作。总而言之，这是一种完全浸入式的体验。

而且，这种把五感全部代入游戏的方式，取代了鼠标跟键盘，跟人体本身的生理反应和直觉，毫无抵触地融合在一起。这样一来，我们几个半桶水玩家、菜鸟玩家，确实很快就掌握了各种技能。而且，由于我们四人本来就喜欢运动，身体素质都高出正常范围，用这种方式来操控角色，更加游刃有余。

如果说，硬件方面的真实感，要多谢坦爷的提供，那么来自软件方面，那种百分百还原的感觉，却要感谢另一个人。不，确切地说，要感谢另一个意识——墨鳞星君，Marilyn。

那天在坦爷的办公室里，Marilyn说，她给我们五个人，都准备好了相应的游戏角色。果然过了不久，坦爷的邮箱里就收到了摘星录OL官方邮箱发来的一份邮件，里面写好了我们五个人的账号名、登录密码。

不光可以用游戏的官方邮箱发邮件，在坦爷后来试图修改我们角色的数值，增加一些逆天的技能、武器时，却发现他的权限竟然无法对服务器进行修改。这从一个方面证明了Marilyn所说的她已经控制了整个摘星录OL的服务器，甚至整个网络，并不是吓唬我们而已。

在我们五人首次聚集到一起，看见各自的游戏角色形象时，都差点惊呆了。因为这五个角色，跟我们本人，是字面意义上的一模一样，几乎精细到每一根毛发。

这种超乎想象的真实感，发生在五人团队首次采用VR操作系统，第一次登录游戏训练时。当我们五个人的游戏角色，一起出现在一座白云缭绕的山顶上，那种真实的质感，就像是我们换上了古代的衣服，一起穿越到了另一个世界。

我扭头看向唐双，她正低垂着脸，看着自己笼罩在薄纱袖子里的手。这时候我才发现,原来她那么适合古装的打扮,剑眉星目却又出水芙蓉,像一个刚开始行走江湖的侠女。她眉头轻皱的样子,让我按捺不住想亲她一口的冲动。

四天半的训练下来,人都快散架了。虽然叔每年都会跑两三场马拉松,最好成绩是 3 小时 45 分钟,但是每天被悬挂支架吊着,在跑步机上跑足 12 小时,还要吟诵,还要做动作,运动强度比一场马拉松还大。

五个人里面,梁警官的体能最好,其次是我,我都觉得骨头快散掉了,更别提唐双、坦爷还有 Moota 殿了。其中,梁警官是为了破案,我是为了解决跟 Marilyn 的恩怨,坦爷和 Moota 殿可以看成是赎罪,只有唐双,她会卷进这件事情里,或者应该说义无反顾地投入其中,没有别的原因,只是为了我。

在训练的间隙里,我有时会想,如果在星期五晚上,我们失败了,团灭了,会有什么样的后果?每一次,我都强制自己,不能再往下想。每当这个时候,抬起头来,都会看见唐双的目光。那目光里,有我需要的一切营养。

我在心底默默地说,如果这次能够平安度过,能够制止 Marilyn 疯狂的阴谋,救下那可能的三百万玩家,以后,我发誓,再也不掺和到什么危险的事情里了,拯救世界这种大事,真的不适合我。

接下来,我要跟唐双一起,过安安稳稳的小日子。

## 第十六章
## 终局险胜

星期五,跟 Marilyn 约定好的时间终于到了。早上,我们结束了最后一次训练。

这四天半里,我们是用坦爷从游戏里截取的龙渊地宫素材,分段进行训练,比如怎么通过貔貅嘴巴里的黑洞,怎么打各个场景的小怪,怎么打前面的几个小 Boss。这样,一来方便,二来避免在决战之前,就已经见到了墨鳞星君,产生一些控制不了的变化。

下午,我去了趟医院看望了老蛇,回来之后,抓紧时间小憩了几小时。

晚饭是在秘密实验室里吃的,我们五个人围着一张桌子,吃梁警官从楼下拿上来的外卖。吃饭的时候,颇有些风萧萧兮易水寒的感觉,我开了几个玩笑,大家都笑得很勉强。

其实,我肚子挺饿的,又不敢吃太饱,怕等下打得太激烈,会吐在头盔里。

到了晚上的 7:45,我们这五个人,站在秘密实验室里,五台梅花状分布的 VR 操作系统中间,伸出右手,叠在了一起。

"我,梁超伟,恶铁剑客,凡人。"

"Tristan,神木药师,狐妖。"

"Moota 殿，水月琴师，魔族。"

我把手叠在 Moota 殿的手背：“蔡必贵，火云道士，谪仙。"

唐双是最后一个，把手用力拍在我手背上：“还有我，唐双，玄土弓士，也是谪仙。"

金、木、水、火、土，齐了。

5 个人齐声喊：“开团！"

我们收回手，然后，分别上了 VR 操作系统，在戴上头盔之前，我跟右边的唐双，交换了一个眼神。她笑了一下，比我更快戴上头盔。我深深吸了一口气，紧随其后。马上，世界就切换到了摘星录 OL 的那一个。

今天晚上，坦爷特意安排了两个保安，梁警官也让两个武力值超高的同事，还有唐双的保镖大只佬 Tommy，一起把守着秘密实验室的出入口。另外，还有两个项目研发人员，透过天花板上的摄像头，以及 VR 操作系统上的各项心率、呼吸检测仪，来确保我们没有遭遇什么意外。

所以，我们五人在这个装满隔音海绵的实验室里，是绝对安全的。唯一可能发生危险的，是在另一个世界——摘星录 OL 里。今天晚上，我们加入的开荒团，就是之前我借 Vicky 的账号参加的那一个。 开团的时间，也一样是 20:00。

Marilyn 总算厚道，给我们的账号都是满级的，装备也是顶级的，再加上坦爷让一个负责玩家关系的运营，跟开荒团团长猫老板通气，所以，我们才能挤走别的玩家，顺利进入这个团。

跟那个星期二晚上一样，我们上线之后，被召唤到了一个群山环绕的湖边，开荒团剩下的 35 个人，也渐渐都来齐了。跟上次不同，这一次腾挪跳跃的人少了，大家都静静地站在湖边，不怎么动弹。

我可以理解这些高端玩家的心情，毕竟在明天之前，是极少能见到墨鳞星君的 4000 个玩家之一。到了明天，运营活动一旦开始，

几百万个玩家都能在野外召唤墨鳞星君。这样一来,高端玩家得来不易、地位高到飞天的殊荣,就会贬值掉一些了。

所以,也有一些人在骂摘星录OL,骂游戏制作人坦爷。却不知道那个传说中的坦爷,就站在他身边。

20:00,准时开团。跟之前用Vicky账号体验的一样,也跟我们前几天训练的一样,猫老大在开启任务之后,龟丞相出现,开始吸入我们眼前的湖水,湖底的貔貅雕像慢慢露了出来。

这时候,我突然想明白了,为什么在摘星录OL里面,有那么多我经历过的元素,比如水哥体内的貔貅,无头的骑兵小怪,Boss都是星辰的化身这种设定,并不是我多心,而是Marilyn在给Moota殿的那一份案例分析里,加入了这些专门为我而设的内容。

这么做,是为了加大我的心理压力吗?我一时想不通。

对了,还有一个问题。我扭头看看旁边的梁警官:"梁警官,我能问你最后一个问题吗?"

跟上次一样,他的答案还是那么无趣:"爱过。"

我低声骂道:"滚,你快告诉我,跟我一起潜伏在TIT的卧底,到底是谁?"

梁警官似笑非笑地看着我:"鬼叔,这个重要吗?"

我重重地点了点头:"重要,你不告诉我,我就没法安心打墨鱼了。"

梁警官不由得摇了摇头:"好吧,既然你诚心诚意地发问了,那我就大发慈悲地告诉你,只是知道答案之后,恐怕你会觉得更加无趣。鬼叔,我告诉你另一个卧底的名字,是开发组前台的员工,王鹏,当然是化名啦。"

说完之后,他不怀好意地看着我:"鬼叔,有印象吗?"

我支吾道:"王鹏,呃,王鹏,好像……"

梁警官笑了笑说:"一个合格的卧底,就是要湮没于众人,尽量不引起注意。这一点,这个同事做得很好,所以你没印象是正常的啦。"

我只能点头道:"确实是。"

梁警官开解道:"这下子,你能专心打墨鱼了吧?别忘了,谁是卧底根本不重要,要怎么解决你的前女友,才是主线任务呀。"

我做了个"嘘"的手势,不过梁警官这一句话,还是让旁边我的现任女友,唐双听到了。

她面无表情地看了我一眼,然后回头看着已经完全显露出来的貔貅雕像,正色道:"开始了。"

如同之前四天的训练内容一样,我们召唤出各自的坐骑,然后飞向貔貅黑漆漆的巨口。之前用 Vicky 账号的那一次,光是用鼠标操作飞行,已经累得够呛,现在是全程被悬挂支架吊起,倾斜身体来操纵坐骑,辛苦程度更是加倍。

每当这个时候,我都暗自骂娘,坦爷提议用这个 VR 操作系统,都是什么馊主意。不过,一旦进到龙渊地宫的副本里,开打小怪之后,感觉就轻松了起来。VR 操作系统,体现了它巨大的优越性。

讲真,如果能给坦爷多点时间,把这一套东西市场化,绝对会大受欢迎,卖断货的。到时候,就算没了墨鳞星君这个噱头,TIT 公司的股票,还有坦爷的金牌游戏人地位,都能企稳,甚至会水涨船高,再翻个几番。

在 VR 头盔里,我深深地吸了一口气。希望会有这么一天。

打完龙渊地宫的前三个 Boss 之后,我们来到了一片亭台阁楼前。团长猫老板在语音软件里喊,让大家要上厕所,要喝水的都赶紧,10 分钟后,开启最终 Boss——墨鳞星君。

没有去上厕所的玩家,纷纷开启语音,说今天打得特别顺利。甚至有人乐观地预测,说不好,今晚可以完成世界首杀,那就真的是载入史册了。

我们这五个人,没有说话,没有任何动作,只是在最高的楼台下,

静静地站着。这一座特别高的楼台,琉璃瓦都是黑色的,闪烁着诡异的光芒。在楼上摆着一架古筝,一盏茶的时间后,古筝前会出现一个白衣飘飘的身影。

每次,40个玩家组成团队来龙渊地宫,如果有幸过了前面的3个Boss,就能见到龙渊地宫,也是整个摘星录OL的终极Boss——墨鳞星君。玩家们知道,每一次,墨鳞星君都会幻化一张新的脸孔。玩家们不知道,只要在游戏里见过墨鳞星君的脸孔,就有可能会被莫名其妙地"登录"自己的身体,做一些恐怖而残忍的事情。

像侯小杰,一个以玩摘星录OL为职业,获得其他玩家资助,住在广州出租屋里的小青年,有一个刚认识不久的成都女网友。像许乐诗,一个在澳大利亚求学的年轻妹子,也一定有喜欢的人吧?雅各布,我不太熟悉他的背景,是一个热爱中国文化的德国小伙子。还有Vicky……

想到惨死的Vicky,我紧紧握住了拳头,相信坦爷心里的愤怒,要比我更甚。老蛇,一个不修边幅、头发乱糟糟的程序员,乐观善良,现在却躺在医院里。他比侯小杰更惨,连女朋友都没有。而这一切,都是我曾经战胜过,不,是以为战胜过的时间囚徒Marilyn一手造成的。

"南、明、离……"

我念出了四字咒语,右手从腰间抽出道士用的桃木剑,竖起;左手捏着一道符,食指跟无名指并拢,从剑尖慢慢抹向剑柄。

"火。"

顿时,桃木剑轰的一声,燃起了炫目的火焰。我深深吸了一口气,这一次,我要用这一把火剑,再一次战胜Marilyn,为那被团灭掉的几个人,讨回公道。

来了。

猫老板走到最高的楼台下,轻叩长满青苔的木门,过了一会儿,楼台上边传来了悠扬的琴声。一曲终了，"嗡"的一声，琴弦皆断。琴后的白衣人站起身来，轻轻一跃，跳到楼下众人的包围圈里，正面对着我们五人。

我心里一惊，果然。每一次到龙渊地宫，见到的墨鳞星君，都不会是同一副脸孔。所以理论上说，应该没有人见过白衣人的这张脸。但是，我却见过，不是在游戏里，而是在现实世界中。

因为，这就是 Marilyn 的脸。

实际上，在识破了 Marilyn 让我做替死鬼的阴谋，把她送回四维空间的时间囚笼之后，我并不是没有一丝愧疚。是不是每一个男人，面对自己的前女友时，心情都会如此复杂？

白衣人墨鳞星君轻轻一笑，只对着我说："好久不见。"

我还没说话，身后却传来唐双的声音："挺漂亮的嘛。"

墨鳞星君笑着回敬道："你也是。"

以墨鳞星君为核心，围成一圈的其他玩家们，此刻却有些哗然。因为按照游戏的正常进程，墨鳞星君应该是指责玩家们为黄鼠狼精所迷惑，然后念出那一句经典台词："吾将净化尔等。"

但是这一次，她却不按套路出牌，走过来跟一个火云道士对话。团里的这些人，都跟墨鳞星君交手过多次，知道她是个难缠、可怕的 Boss，每一次都全面碾压他们，杀个片甲不留。

他们不知道，墨鳞星君曾经跟他们一样，是一个正常的人类，确切来说，是一个颜值特别高的少女。现在，却以另一种生命形式，活在了游戏里，并且，墨鳞星君不光能在游戏里杀人，只要她愿意，在现实中，也可以把玩家们一个个杀掉。

而我这个火云道士，还有身后的两男两女，正是为了不让谋杀再次发生，才进入到游戏里。墨鳞星君的嘴角轻轻上扬，这个笑容似乎有种魔力，我感觉到浑身的力量似乎都被汲取了。

她低声笑道："鬼叔，小心哦。"然后，墨鳞星君一跃升空，白色

的衣袂飘飘。

40个不同种族、职业的玩家,一齐抬头仰望,那一句熟悉的台词,如仙乐般从天上洒落。

"吾将净化尔等。"

冲天而起一道道黑色闪电,亭台楼阁在地动山摇中,化成了破碎的瓦砾。

"小心!"我正在烧一道符,唐双的喊声从旁边传来。

一道黑色的闪电,贯穿天地,击中我脚边的青砖地面,像是在须弥之间,从地上盛开了一朵天那么高的黑色曼陀罗。我急忙向后一跃,躲开了这一道致命的闪电。

跟墨鳞星君开战到现在,已经有大半个小时了。今天,开荒团的表现不错。不,按照团长猫老板的说法,是史上最好的。

在语音软件里,他是这么说的:"加油啊!说不定晚上真能首杀!"

不知道是因为运气好,还是侯小杰他们死前钻研的那一套战法发挥了作用,到目前为止,团里只有3个人被黑色闪电劈中。为了杀掉这3个被墨鳞星君"净化"的角色,团里又牺牲了另外6个人。

我跟唐双、梁警官、坦爷、Moota殿的五人小队,配合默契,不光没有挂掉任何一个,而且生命值、法力值都保持得不错。看起来,5天的特训加上VR操作系统,确实是绝佳的秘密武器。

总之,今天的这场战斗,已经是这个团最好的一次战绩了。40个队员里,有31个存活,而第一阶段,身穿白衣的墨鳞星君,生命值只剩下7%。

游戏里已经死掉的9个队员,虽然角色躺在青砖地板上,但是玩家们都没有离开,而是在语音软件里,时不时地给我们加油打气。角色死掉,他们就可以下场了,但是如果开荒团完成了世界首杀,荣耀当然能分到一份。

　　猫老大的角色是一个身材矮小的土地，跟我一样用火，不过输出的伤害比我大多了。此时，他正在念念有词地憋着大招，两个药师站在他身旁，不停给他开罩、加血，在超长时间的吟诵之后，一只巨大的赤色癞蛤蟆从青砖下钻出，将半空中白衣飘飘的墨鳞星君一口吞下。在癞蛤蟆被从里面撕裂的一瞬间，所有人惊喜地看到，墨鳞星君的生命值，只剩下最后的5%。

　　"快上啊！"

　　发完大招之后，虚弱的猫老大退到一边，七八个近战的力士、剑客、侠客飞身而上，手里的各种刀枪棍棒，都往墨鳞星君身上招呼。跳得最高的那个，赫然就是手持一柄青虹剑的梁警官。

　　在所有人都被震开之后，早已准备好的火球、水刃、电枪、弓箭，带着五颜六色的炫目光芒，从四面八方飞向墨鳞星君。

　　"砰"的一声巨响。

　　墨鳞星君隐入一团黑色雾气中，缓缓降到地面。所有人屏息静气地看着，黑雾渐渐消散，身穿白衣的墨鳞星君，正单膝跪在地上，面目低垂而不可见。她头上悬空的血槽，已经完全清空了。

　　语音软件里，传来震耳欲聋的欢呼声！

　　猫老板赶紧出来告诫我们："镇定，镇定！这才第一阶段！"

　　但是谁都可以听出，他的声音里也带着无法抑制的兴奋。

　　所有人都在想着，难道说，奇迹真的会发生在今晚？

　　"轰隆"一声，一道比之前巨大10倍的黑色闪电，将墨鳞星君整个笼罩起来。

　　猫老板大喊："小心，大家散开，注意走位！"

　　在黑色的闪电中，墨鳞星君的衣服如白色蝴蝶般粉碎，一具完美无瑕的身躯，蜷曲如新生儿般，缓缓飞向高空。

　　突然之间，一声龙吟！那具完美的身躯，仿佛废弃的蝉蛹般，从头尾裂开，钻出一条黑色的魔龙。魔龙见风就长，几秒钟后，在空中变成一列火车的大小，仿佛飞翔的能力已经不够支撑自身重量般，"砰"的一声，巨大的尾巴掉到了地上，如巨蟒般盘踞起来。我们还活着的 31 人，已经远远散开，呈圆形包抄着这条魔龙。

此刻，我抬头看着遮天蔽日的魔龙，回想起第一天到 TIT 公司上班时，在办公室里看到的模型。眼前的魔龙，跟那个模型的造型是完全一样的，张牙舞爪、凶神恶煞，让人不寒而栗。不过比起那个巨型模型，这条魔龙的体型更大，起码有 3 层楼高，嘴巴一张一合，龙须在云彩里舞动，尖锐而巨大的龙爪，像是要把我们像苍蝇般拍死。

我回头看了一眼唐双："怕不怕？"

她却低头拉满弓，然后举起来对着魔龙的头，看也不看我一眼就说："来个火。"

我愣了一下，然后赶忙抽出一张符，化成一指尖大小的三昧真火，附在她的箭头上。

她依旧是看也不看我一眼，嘲讽道："你的前女友，脾气比我还差嘛。"

魔龙低头对着我们，张开血盆大口，随着一声震天的怒吼，无数的黑色烈焰，从青砖的裂缝里绽开。两个站位稍有偏差的倒霉蛋，当即被黑焰烧死。剩下的 29 人，剑拔弩张，神经像唐双的弓弦一样紧绷。

大战一触即发。

"咻——"利箭划破长空。各色法宝的光芒冲天，数道人影飞身而起，金属斩在黑色龙鳞的声音，晦涩如破损的古琴。

29 个人，死了一大半。最后剩下来的人，只有 13 个。

第二阶段的墨鳞星君，比第一阶段更加难缠。从魔龙嘴巴里喷出的黑焰、从天而降的龙爪、横扫过来的龙尾，都是杀伤力跟判定超大的技能。

不愧是千万个玩家梦想着能征服的，摘星录 OL 最终 Boss 啊！但是，终于，它还是躺在了地上。不，不是地上，而是青砖碎裂殆尽、地面起伏如坟山的破碎地形。

一个小时前威风凛凛、不可一世的魔龙，如今躺在地上，像一条丑陋的巨型鳗鱼。梁警官、坦爷、Moota 殿，还有我跟唐双，五人并排站在一个拱起的山包上，看着下面小汽车大小的龙头。

Moota 殿的声音充满疲倦："结束了吧？我能把头盔拿掉了吗？"

就连梁警官也说："比追逃犯还累。"

我这才发觉，接近两小时高强度的战斗下来，双腿肌肉发软，汗湿透了后背。

梁警官大声问另一个山头站着的团长："猫老板，接下来怎么做？"

猫老板的声音明显在发抖，不知道是紧张还是兴奋："怎么做？哈哈，我也不知道啊。从来没有，从来没有人，能打赢第二阶段的墨鱼！接下来，我们的一举一动，都是新的……新的历史！"

语音软件里传来一阵欢呼，那是已经阵亡的团友们。

猫老板嘿嘿一笑："接下来怎么做，这个问题，只能问游戏制作人了吧？"

我们四个人，一起看向身边的坦爷。猫老板再怎么也猜不到，他说的游戏制作人，正操纵着一个神木狐妖药师，站在他对面的山包上。

唐双低声问："游戏制作人，接下来怎么办？"

坦爷却苦笑着说："别这么看我，我也不知道啊。你们又不是不知道，墨鳞星君的代码是老蛇给的，我一点眉目都没有。不过，我们美术制作的素材，只有一阶的白衣形象，跟二阶的魔龙形象，所以说不好……"他面带侥幸地说，"说不好，真的就结束了吧？"

此时，有两个团友从山坡上滑了下去，走到龙头前，其中一个和尚，还搓了个火球扔到龙头上，发出开心的笑声。

突然之间，魔龙睁开了眼睛！巨大的黄色瞳孔里，倒映着和尚的光头。

猫老板急得大喊："快跑！"

来不及了，魔龙的嘴巴张开，身体往前一蹿便把两人吞入了嘴巴里。之后，魔龙一声哀鸣，做出要冲天的姿势，却"砰"一声摔回地面。然后，它的躯体开始变淡，渐渐消失了。

剩下最后的 11 个人，分别站在 3 个山包上，面面相觑。

"墨鱼呢？"

"死了？"

"我们赢了吗？"

"世界首杀！"

"不对啊，打赢 Boss 了，那宝箱呢？"

猫老板也毫无头绪，只能安慰道："大家不要急，找找看，找找看！"

突然之间，毫无征兆地，又有三道闪电从天而降，劈在了一个山包的 3 个人身上。闪电过后，那 3 个玩家浑身冒着黑气，明显是被"净化"了。

语音软件里，传来那 3 个玩家的骂声：

"我去！"

"耍赖啊！"

"去你的 TIT 公司，这是存心不让人过啊！"

但是骂也没用，那 3 个被净化了的人，已经冲向了猫老板在的那个山包。

我着急道："快过去帮忙！"

5 人刚要动身，又有 5 道黑色闪电从天而降，却不是冲着我们来的，而是齐刷刷地劈到了距离我们一丈远的地面上。黑色闪电消散，我忍不住骂了一句娘。因为，在我们五个人对面，出现了五个人影。

那是另一个团队，跟我们一样，金、木、水、火、土，五行齐备。其中，有两张脸我是亲眼见过的，另外三张，也在照片或者视频里看过了。是他们。侯小杰，许乐诗，雅各布，王薇琪，徐云峰。

我想起了那天在自己家里，Vicky的狐仙账号不受控制，先是出现在一个大宅子里，最终被杀死。原来，被残酷杀害并不是一切的终结，被Marilyn控制过的人，即使死后，也仍然不得安宁。诡异的是，站在我们面前的五个人，此刻脸上，都带着笑意。

侯小杰嘻嘻笑道："鬼叔，早。"

他手里三尺长的剑——而不是短短的水果刀——却是向我脖子横劈而来。

"咚！"从地上长出一根藤蔓，帮我挡住了这一剑。

坦爷一边捏着手诀，一边骂道："发什么愣，动手！"

Marilyn的居心，不可谓不险恶。用5个受害者的形象，来跟我们对打，首先会造成我们巨大的心理压力。再加上，对面5人捉对厮杀的对象，也是非常有讲究的。

五行相生相克，相互制约，金克木，木克土，水克火，火克金，土克水。侯小杰是金，缠着属木的坦爷。属木的Vicky，找的是属土的唐双。淹死在浴缸里的Leslie，把所有的水月系法术，都往我身上招呼。雅各布是火，自然找上了属金的梁警官。老蛇是个玄土力士，专门攻击水月琴师Moota殿。

我以为，像热血漫画里那样，代表正义的五人团队，会一起战到最后，笑到最后。但我们的剧本不是这样写的。坦爷杀了侯小杰，唐双搞定了Vicky，我也侥幸打赢了Leslie，三昧神火把她身体整个笼罩的时候，我整个人都快虚脱了，生命值也剩下不到20%。

但是，老蛇杀了Moota殿，梁警官这个不中用的家伙，也被德国小伙子烧死了。不过也好，这两人终于能脱掉VR头盔，下来歇

会儿了。我跟坦爷、唐双合力,又终于灭掉了老蛇和雅各布。我隐约听到梁警官走到我的跑步机旁,问我要不要喝点水。但我无暇顾及,只是望向另一个山头。

一头巨大的赤色癞蛤蟆,吞噬了两个浑身黑气的人;而猫老板也被一根巨大的藤蔓缠住,血量清空而亡。偌大的虚拟世界,只剩下3人。VR头盔里,清静得像是另一个世界。

游戏的背景音乐、语音软件里聊天的声音,不知怎的,似乎都离我而去。我的耳腔里,只有自己心跳的咚咚声。一只手伸过来,握住了我的手。是唐双。

坦爷走到我们面前,虚弱地张开口,正要说点什么。一道黑色的火焰,将他的身体整个吞没。坦爷在黑焰中痛苦挣扎,我甚至可以看到,他的眼珠子是怎么融化的。

这种真实的程度,是一个游戏可以模拟到的吗?

我来不及分清,一声震耳欲聋的"小心!"。唐双使尽全力,用肩膀把我撞开。我倒在山包的边沿,滚下去的一刹那,看见锋利的剑刃,从背后刺穿了她的胸膛。血汩汩流出,落地有声。

唐双无力地朝我伸出右手,喉咙却发不出任何声音。我滚落山坡,残破的青砖,在脸上划出了几道口子。

不对。怎么可能!VR操作系统再怎么真实,也只有四根皮带,可以牵引四肢做出相应的动作,像平躺在地上翻滚的感觉,是无论如何都模拟不来的。玩家的手指,不可能有泥土的质感。玩家的脸上,更不可能会有皮肤开裂、汗水渗入的灼痛。

我终于滚到了山坡底下,平躺在地面上,看着呈现妖异紫色的天空。

幻觉,一定是幻觉。两个多小时的高强度操作,让我的神经彻底崩溃,无法分清虚拟世界跟现实世界。

只要我拿掉头盔,就会回到那个墙壁是黑色海面,天花板悬挂着各色摄像头的秘密实验室。我闭上眼睛,深深地吸了一口气,耳边仿佛听到了唐双焦灼的呼喊。

妈的,我不玩了。不玩了还不行吗?Marilyn 说要杀掉那几百万玩家,就让她一个个去杀,跟我有毛线关系。好啦,我是 2017 号平行空间的饭桶蔡必贵,又不是什么救世主。

拯救世界,真的不适合我。我不玩了行吗?

我躺在地上,屏住呼吸,不敢睁开眼睛,双手慢慢伸向头部。我害怕……会摸不到 VR 头盔。手指一点一点,慢慢往上,肩膀、脖子、下巴。噔。我急促地吸了几口气,心里的大石头,终于落了地。手指上,是 VR 头盔的塑胶质感。

吓死老子了。

我坐起身子,双手用力往上,狠狠摘下了 VR 头盔。刺眼的光亮,让我瞬间失明。好不容易睁开眼,我发现自己正坐在一片沙地上。头上晴空万里,阳光像金针一样洒落。四周群山环绕,无比静谧。就好像刚才的屠龙血战、震天厮杀,不过是南柯一梦而已。

我举起手里的 VR 头盔,它却化作细沙,从指缝里汩汩流走,被山风吹成一条抛物线。天地之间,只有我一人。什么唐双、梁警官、坦爷、Moota 殿,什么秘密实验室,统统不存在,不过是我梦中的人事而已。一个复杂的梦中梦啊。这世间什么都是虚幻,只有空无一人的寂静,才是绵长、坚定的真实。

我双手撑地,艰难地站起身来。不远处,群山环抱之中,是一个巨大无比的湖泊。湖边,摆着一把交椅。我深深吸了一口气,没来由地轻轻一笑,然后走向那把交椅。交椅上坐着的是一个低头不语的白衣女人。我走到她跟前,她抬起脸,白皙的皮肤反射着阳光,美得像一场梦。

"你来啦,"她笑着说,"鬼叔。"

我同样笑着说:"我来了,Marilyn。"

她柔若无骨的手,把一件冰凉的物什交到了我手上。我低头去看,却是一柄长剑。再抬头看时,什么山什么湖,都已消失不见。我站在破裂的青砖地上,天空是妖异的紫色,空气却静止不动,人物也凝固在半空中。

我手持长剑,站在唐双身后,她身体倾斜,撞开的另一个我,正悬在半空之中。Marilyn,墨鳞星君,伸出长而白皙的食指,在唐双背脊的左边,轻轻画了个圈。

她笑着说:"鬼叔,这次的游戏规则,是这样的。你用剑把唐双杀了,她不会死,只是会成为我的继任者,留在摘星录 OL 里。"Marilyn 双手捧着我握剑的右手,"我呢,会用唐双的身体,回到现实世界。放心哦鬼叔,没有任何人知道,没有任何人能看穿,我演技那么好。你抱得美人归,又救了 300 万玩家,绝世英雄,指的就是你这样的男人。"

我轻轻推开她的手,缓缓举起剑,架在她的脖子上:"另一个选择呢?"

Marilyn 笑着摇头,像是看着一个再次犯错的小学生:"你呀,还是那么不理智。好吧好吧,杀了我,唐双会活下去,梁警官、坦爷、Moota 殿都会死,300 万玩家里大概会死 1000 多个吧,在一年多时间里,以各种好玩的方式。"

她用手指轻轻推开剑刃:"哦,当然啦,还有你。放心,不会让你当墨鳞星君的,太难为你了。你的角色是龟丞相,每次有人来龙渊地宫,你要先喝掉一整个湖的水,然后被无聊的玩家顺手杀掉。"

我深吸了一口气,想起每次进入貔貅前,龟丞相身首异处的样子。

Marilyn 面带不忍地说:"我保证,被斩首的真实感很强的。"

我皱眉道:"你说的游戏规则,我凭什么要信?"

Marilyn 似乎觉得我的问题很可笑:"你还有别的选择吗?"

我自嘲地笑道:"好像也是,那我就选择相信你吧,照你之前说的,站在我们身后的高维生物，不是同一个。我想我的这一个，不会放任你用欺骗的手段，来逼我做出最后决定的。"

Marilyn 不置可否："是吗？"

"那好。"我双手握住长剑，毫不犹豫地往 Marilyn 脖子上斩去。

除了我爱的人，别的关我鬼事。在剑刃快要碰到 Marilyn 脖子上时，画面瞬间又切换了。还是在那个群山环绕的湖边。Marilyn 的手指，轻轻挡住了我全力砍下的剑。

她对我笑着说："鬼叔，谢谢你。"

她的白衣如同蝴蝶，翩翩飞走，露出了完美无瑕的身躯，又转眼变成白色的沙粒，随风飘散。

声音却在空气中回荡："它给我的任务，是要把你引入摘星录 OL，亲手杀掉我。这是最重要的仪式，可以解除我的桎梏，让我以更高的生命形态，重新回到现实世界。从此以后，我就会是介于人类跟高维生物，或者说，介于凡人跟神之间的存在。"

我手持长剑，在原地旋转，声音无处不在，但我却看不到 Marilyn 的踪迹。

"鬼叔，我其实很怕呢，怕你像上次一样理智。如果你能用逻辑推理，计算风险跟收益，自然会选择杀死唐双。这样一来，我的任务就失败了，没有任何人会死，只有我，烟消云散。谢谢你，终于上当了一次。爱情这种东西，是你们人类的硬伤呢。"

一声清脆的龙吟。我急忙转身，面向湖面，双手徒劳地举起长剑。一条黑龙从湖底飞出，笔直地升上了天空，然后化作遮天蔽日的黑气，像光波般散射开去。黑暗慢慢笼罩了一切。我右手拄剑，无力地慢慢跪下。

Marilyn 的声音，从遥远的虚空中传来："放心吧，我的它答应你的它，这一次没有人会死。"

她似乎无奈地笑了一下："高维生物也跟人类一样，喜欢无聊的

游戏呢。"

"但是别担心,不用等太久,我会回来找你的。我会是你一辈子的噩梦,在这个梦里,你在乎的人、不在乎的人,会一个个死去。吾将净化尔等。鬼叔,下次再会。"

随后是漫长的黑暗,如同宇宙初生时那样。

"怎么回事?"

"停电了!"

"我们赢了吗?"

"快看,鬼叔怎么了?"

一阵熟悉的声音,回荡在空荡荡的大厅里。

"咚咚——"这是心脏再次跳动的节奏。

"蔡必贵,你给我醒醒!"

"快醒醒!"

谁在动我的 VR 头盔。我自己来。